MICK SCHULZ
MS Mord –
baltische Angst

MICK SCHULZ

MS Mord – baltische Angst

Kriminalroman

GMEINER

Immer informiert

Spannung pur – mit unserem Newsletter informieren wir Sie
regelmäßig über Wissenswertes aus unserer Bücherwelt.

Gefällt mir!

Facebook: @Gmeiner.Verlag
Instagram: @gmeinerverlag
Twitter: @GmeinerVerlag

Besuchen Sie uns im Internet:
www.gmeiner-verlag.de

© 2020 – Gmeiner-Verlag GmbH
Im Ehnried 5, 88605 Meßkirch
Telefon 07575 / 2095 - 0
info@gmeiner-verlag.de
Alle Rechte vorbehalten
1. Auflage 2020

Lektorat: Sven Lang
Herstellung: Mirjam Hecht
Umschlaggestaltung: U.O.R.G. Lutz Eberle, Stuttgart
unter Verwendung eines Fotos von: © Wojciech Wrzesień / stock.adobe.com
Druck: GGP Media GmbH, Pößneck
Printed in Germany
ISBN978-3-8392-2740-4

FÜR DIE HELDEN
DER SINGENDEN REVOLUTION

Mein Vaterland, mein Glück und Freude,
Wie schön bist du!
Ich finde nichts
Auf dieser großen weiten Welt,
Was mir so lieb auch wäre,
Wie Du, mein Vaterland!

Erste Strophe der estnischen Nationalhymne

PROLOG
TALLINN, AUGUST 1989

Regentropfen tippten die schneeweißen Blütenblätter der Stockrosen am Nachbarhaus an, dass sie zu tanzen begannen. Wie eine schneeweiße Feder würde auch sie über die Bühne schweben, der schönste Junge finge sie auf und stellte sie auf die Spitzen vor sich hin, wo sie eine Pirouette drehte, so schnell und so lang, wie es keine Prima Ballerina vor ihr geschafft hatte. Und dazu erklang perlende Musik. Sie summte eine der Melodien, die Sascha immer in den Proben am Klavier spielte. In diesem Moment kam ihr mit hastigen Schritten ein Mann entgegen. Er hatte – wie sie – keinen Regenschirm. Im Vorübergehen trafen sich ihre Blicke und sie sahen sich tief in die Augen. Doch Ona dachte nur daran, wie sie Papa gleich die Überraschung präsentieren würde. Meine kleine Ona, würde er sagen, mein kleiner Weltstar, und sie um die Taille fassen und so hochheben, dass sie leicht mit der Hand die Decke der Wohnstube berühren könnte.

Das kleine Gartentor am Haus stand offen. Die Regentropfen fielen immer dichter. »Gut, dass es regnen wird. Die Pflanzen brauchen Wasser«, hatte Mutti am Morgen noch gesagt. Sie liebte ihren Garten sehr. Jeden Tag pflegte sie ihn, zupfte die welken Blüten ab, jätete Unkraut oder lockerte den Boden und schnitt an den Sträuchern herum. Sie mähte auch den Rasen, obwohl das eigentlich Papas

Arbeit war, aber er war Abgeordneter im Parlament, und da hat man nicht so viel Zeit für anderes. Wenn er einmal ein paar Stunden frei hatte, tranken sie zusammen Tee im Garten, Mutti und Papa, so wie jetzt. Beide saßen sie auf der Holzbank unter der Kirsche und umarmten sich.

»Ihr werdet es nicht glauben«, rief sie ganz aufgeregt zu ihnen herüber, da war sie noch nicht an der Terrasse angekommen. Gleich würde Papa aufspringen, natürlich ahnte er, was los war. Er hatte es doch auch so für sie gehofft.

Aber die beiden waren eingeschlafen, manchmal schliefen sie auch im Wohnzimmer Arm in Arm auf dem großen Sofa. Ona schlich sich von hinten an. Dann sprang sie vor. »Wer ist der schönste Schwan von Tallinn?«

Ihre Köpfe steckten zusammen, als tuschelten sie. Doch etwas stimmte nicht mit ihnen. Sie rührten sich nicht. Muttis Augen waren geschlossen, Papa starrte leer auf den Holztisch. Erst jetzt sah Ona, dass rote Flüssigkeit aus seinem Mund lief, und auf Muttis Bluse breitete sich ein dunkler Fleck aus. Es war Blut. Ona wusste nicht, was sie tun sollte. Dann fiel ihr ein, was Papa gesagt hatte: »Du musst singen, Ona, wenn du Angst hast. Sing das Lied, das uns Esten zusammenhält, damit wir keine Angst mehr zu haben brauchen, vor nichts und niemandem.«

KIEL, AN BORD DER BALTIC CROWN – AUGUST 2018

1

Der lang anhaltende Ton erinnerte Marius Gautier an den eines Alphorns, sonor und majestätisch. Aber er befand sich nicht in den Schweizer Alpen, es war das Signal eines Kreuzfahrtschiffs.

»Alles zu Ihrer Zufriedenheit, Sir?«, fragte der junge Mann, der ihm soeben die für die nächsten acht Tage gebuchte Balkonkabine vorgeführt hatte. Marius nickte, ohne sich für ein Lächeln entscheiden zu können. Dafür war es zu früh. Zumindest fehlte es der Kabine nicht an Ausstattung. Aber die wirkliche Qualität einer Unterkunft hing von etwas anderem ab: von der Sauberkeit. Erst kürzlich hatte er im Fernsehen eine Reportage über die Arbeit eines Kreuzfahrttesters gesehen und sich die Schwachstellen genau gemerkt.

Kaum hatte der Mann vom Service die Tür hinter sich geschlossen, fuhr er langsam mit dem Zeigefinger über den Rahmen des Aquarells an der Wand und stellte fest, dass in diesem Fall der Reinigungsdienst offenbar seine Pflicht getan hatte. Er öffnete hintereinander alle sechs Türen des Hängeschrankes, inspizierte die Ecken und fischte an den Seiten nach Spinnweben. »Hm«, auch hier keine Beanstandung. Doch jetzt die entscheidende Kontrolle unter dem Bett und natürlich der Matratze. Bisher hatte er noch in jedem Hotel etwas gefunden. Er beugte sich ein Stück hinunter – doch da ... da war er wieder, der plötzliche, rasende Schmerz, der ihm sagte: »Marius Gautier, du bist ein Idiot!«

Wenn Luisa ihn so sehen könnte. Warum ließ er sich vom Personal mit dem Gepäck helfen, wenn er zwei Minuten später Akrobatik machte? Zentimeter für Zentimeter richtete er sich auf, allerdings nicht ohne auf dem Weg nach oben das Betttuch ein Stück herauszuziehen, um einen Blick auf die Matratze zu werfen … Nicht ein einziges Haar.

Er sank in den runden Sessel. Oh, wie vermisste er die Alpen. Die letzten Jahre vor seiner Pensionierung als Kriminalrat der Braunschweiger Polizei hatte er nur überlebt, weil er im Sommer in die Schweiz fahren und wandern konnte, mit dem Niedermoser aus Salzburg und dem Wächli aus Zürich. Vor nichts hatten sie haltgemacht, keine Tour war ihnen zu schwer gewesen. Auf den Säntis waren sie gestiegen, hatten das Matterhorn umrundet, und dann das: Ausgerechnet auf der leichtesten Route war er auf losem Geröll ausgerutscht und gegen eine Felsenkante geschlagen. Komplizierter Hüftbruch. Eine kleine Unachtsamkeit degradierte ihn erbarmungslos zum Passagier auf einem Kreuzfahrtschiff.

Nach der Operation hatte er seine Dreizimmerwohnung am Kohlmarkt ein halbes Jahr lang nicht verlassen, seinen Zustand für nicht vorzeigbar befunden. Als Folge war seine Laune von Tag zu Tag gesunken, bis ihn Luisa aufgefordert hatte: »Hör endlich auf, Trübsal zu blasen! Du musst selbst dafür sorgen, dass in deinem Leben wieder etwas los ist.«

»Jedenfalls werde ich mich nicht auf einer Kreuzfahrt von einem Sessel in den nächsten schleppen und mir pappsüße Cocktails aufdrängen lassen.«

»Als hättest du dir jemals etwas aufdrängen lassen. Aber auf einem solchen Schiff gibt es natürlich überall Stühle, du kannst dich hinsetzen, wo du nur willst, und immer eine traumhafte Sicht genießen.«

»Du meinst, Wasser zur Linken, Wasser zur Rechten, und wenn es regnet, auch noch Wasser von oben?«

»Du machst mich krank, Papa.«

»Ich bin schon krank. Sehr krank sogar.«

Wenn seine Tochter wenigstens mitgereist wäre, aber Luisa war ja nie abkömmlich. »Ich bin selbstständig, Papa. Manchmal habe ich das Gefühl, du willst einfach nicht verstehen, was das bedeutet: *Keine* geregelten Arbeitszeiten, *kein* garantiertes Einkommen und *kein* Recht auf Urlaub ...«

Warum sie immer alles gleich dramatisieren musste? Andere Leute arbeiteten doch auch und konnten sich ein paar Tage freimachen, um ihren alten Vater zu begleiten. Aber dann hatte er ihrem Drängen nachgegeben, es musste ja irgendwie weitergehen. Luisa hatte ihn sogar bis zum Zug gebracht und eine Träne verdrückt, als er in die Regio-Bahn stieg. Aber das hatte kaum darüber hinweggetäuscht, dass sie nur sichergehen wollte, ob er auch wirklich abfuhr.

Wie er die beiden beneidete, die Kollegen Niedermoser und Wächli. Dieses Jahr wollten sie ins Berner Oberland, hatten sich die spektakuläre Wanderung zur Triftbrücke vorgenommen. Für ihn endgültig passé, er musste sich mit Stadtrundfahrten im Bus begnügen. Lieber Blasen an den Füßen als Schwielen am Hintern, war immer sein Motto gewesen. Vielleicht schrieben sie ihm eine Ansichtskarte, dass er nicht glaubte, sie hätten ihn vergessen. Aber ihm wäre es fast lieber, wenn nicht.

Der Schmerz ließ allmählich nach. Marius erhob sich aus dem Sessel, öffnete die Schiebetür und trat auf den Balkon hinaus. Es war bereits gegen achtzehn Uhr, die Sicht ging auf die letzten Meter der Kieler Förde und es wehte eine laue, angenehme Brise. Gleich würde es Abendessen geben, dachte er, was seine Stimmung etwas aufhellte. Die Verpflegung sollte angeblich recht gut sein.

*

Ein Bild wie von Turner. Die flammende Augustsonne versank langsam in den schaukelnden Wellen der See. Fragte sich nur, in welcher Geschichte er das Bild verwenden würde, dachte Lars Fabritius. Er zog sein Zigarettenetui aus russischem Silber, das er eigentlich verschenken wollte, sich aber dann nicht trennen konnte, aus der Hosentasche und bestellte sich noch eine Bloody Mary. Im Gegensatz zu früher hatte er Zeit, so viel er wollte. Er recherchierte jetzt für eigene Projekte. »Menschen auf Kreuzfahrt« war der Arbeitstitel für die neue Serie. Hasselbach hatte ihm freie Hand gelassen. »Du weißt am besten, was sich eignet«, hatte er zu ihm gesagt. Und Lars hatte sich ein Thema ausgesucht, aus dem sich mühelos die sogenannte Tiefe herauskitzeln ließ, seine Spezialität. Nicht zuletzt ging es darum, in diesem Herbst einen der begehrten Preise abzugreifen, die Gütesiegel des Spitzenjournalismus, die aus einem Bleistift eine Edelfeder machten. Und Hasselbach hatte großen Einfluss. Mit ihm hatte sich Lars immer gut verstanden. »Schreib etwas, irgendetwas, das gut klingt. Das genügt völlig. Alles Vernünftige steht eh schon bei Tucholsky«, war seine lakonische Ansage.

»Die Bloody Mary, mein Herr, bitte sehr!«

Lars steckte sich eine Zigarette an und tat einen langen, versonnenen Zug, während er dem Kellner nachblickte. Er hasste schlecht angezogene Leute. Die Montur des Kellners saß einigermaßen, aber die Schuhe waren staubig und wirkten reichlich ausgetreten. Ob das Personal sich die Schuhe selbst kaufen musste? – Vorab hatte Lars sich Fragen ausgedacht, schließlich war er an Bord, um undercover Recherche zu betreiben. Im lockeren Gespräch als Gleicher unter Gleichen ließ sich weit mehr ans Tageslicht fördern als mit vorgehaltenem Mikro. Er war immer auf der Jagd nach dem Unverbrauchten. Vielleicht hatte sogar jemand eine originelle Meinung zu den ausgetretenen Schuhen der Kellner?

Am Ende ging es in einer solchen Serie darum, die Balance zwischen Intellekt und Emotionalität zu halten, einerseits Niveau zu zeigen, andererseits nicht unterkühlt zu wirken, eben das Menscheln nicht zu vergessen, wenn man auch peinlich darauf achten musste, den Abstand von der Regenbogenpresse zu wahren.

Lars warf einen Blick auf den Chronografen an seinem linken Handgelenk. Vor dem Abendessen wollte er sich noch umziehen. Er hatte schließlich seine Lieblinge mitgebracht, den seidenen mit dem Silberschimmer, den englischen aus leichtem Tweed, den Miami-weißen und den Gottschalk-Anzug, den er so nannte, weil dazu eine goldgeränderte Weste mit barockem Schnörkelmuster gehörte … Er hatte sich darauf gefreut, die Kollektion seiner Designer-Anzüge auszuführen, mit seiner Figur konnte er sich immer noch sehen lassen. Aber tagsüber erschien es ihm günstiger, Freizeitlook zu tragen, geschmackvoll, aber unauffällig. Schließlich lag ihm nicht daran, einschüchternd auf die Leute zu wirken, mit denen er ins Gespräch kommen wollte.

»Guten Abend, meine Damen und Herren, liebe Kinder. An Bord der Baltic Crown begrüßt Sie ganz herzlich Willi Papandreou, Ihr Kapitän von der Brücke. Eine Woche liegt vor uns, in der wir die schönsten Städte der Ostseeküste von Danzig bis St. Petersburg anlaufen werden. Das Wetter ist herrlich, und die Meldungen sagen für die nächsten Tage nichts Gegenteiliges voraus. Nachdem wir den Hafen von Kiel verlassen haben, nehmen wir Kurs auf Polens Perle Gdansk, unser erstes Ziel, das wir bereits nach einem Tag auf See erreichen werden.

Nun darf ich Sie zum Abendessen bitten. Im Admiral's-Splendid-Restaurant haben unsere Service-Mitarbeiter bereits liebevoll für Sie eingedeckt und werden alles tun, um Sie nach Strich und Faden zu verwöhnen.«

*

»Du meine Güte, hier oben weht es einem ja den Kopf vom Hals. Das hättest du mir ruhig sagen können …«

Natürlich war es nur halb so schlimm, wie Karla es darstellte, dachte Olivia Sesselmann, und wer hatte denn nach der ohnehin so späten Sicherheitsübung unbedingt auf die Plattform gewollt? Außerdem konnte es wohl kaum eine Überraschung sein, dass es am höchsten Punkt des Schiffes zog. Sie jedenfalls störte es weniger. Ganz im Gegenteil, sie fand es erfrischend. Der Sommer war schließlich heiß genug.

Der Wind verwirbelte Olivias Haar. Ein Streifen blauer Himmel wehrte sich noch gegen die heranziehende Dunkelheit. Ihr fiel auf, dass die Wasseroberfläche von kleinen Schaumkronen übersät war, und es wurden immer mehr, als hätte das Wasser eine Infektion, die Schaumkroneninfektion, die sich scheinbar nicht mehr aufhalten ließ, es war unmöglich, ihr zu entkommen. So wie es Olivia unmöglich war, Karla zu entkommen …

»Ich glaube, ich habe den Fisch nicht vertragen, also wundere dich nicht, wenn ich nachts noch einmal rausmuss.«

Olivia wusste, was das bedeutete, denn auch wenn Karlas Bett nur zwei Armlängen vom Bad entfernt war, kam sie nicht ohne ihre Hilfe bis zur Toilette. Der Rollstuhl passte nun einmal nicht ins Bad. Dass die Kabine nicht behindertengerecht war, hatten sie in Kauf genommen. Es sei eine der letzten verfügbaren Kabinen auf dieser Reise, hatte ihnen Frau Seifert vom Reisebüro versichert, aber wenigstens mit der Option auf getrennte Betten. Sie hatten diesmal eben sehr spät gebucht. »Das werden wir schon meistern«, hatte Karla in diesem weinerlichen Ton erwidert. »Ich habe eine so treu sorgende Schwester. Sie lässt mich nie im Stich. Und es bedeutet kaum mehr Unannehmlichkeiten. Nicht wahr, Olivia, du wirst deiner armen Schwester beistehen?«

Die Situation war an Peinlichkeit kaum zu überbieten gewesen. Was war Olivia also anderes übrig geblieben, als zuzustimmen.

»Ich fand den Fisch sehr gut. Vielleicht solltest du einen kleinen Schnaps trinken, der wird den Magen wieder in Ordnung bringen.«

Karla starrte sie entsetzt an. Sie trank nie Alkohol, das wusste Olivia. Aber *sie* hätte gern noch etwas getrunken, unten in einer Bar. Sie wäre gern noch etwas unter Menschen gegangen, hätte sich unterhalten, einfach nur um zu plauschen. Sie hatte auch immer gern mit Hans-Peter und seinen Freunden etwas getrunken. Es war lustig gewesen, und sie konnte dabei diese unerträgliche Schwere abschütteln, die ihnen von ihren Eltern nebst dem Geld als Erbe mitgegeben worden war. Schon oft hatte sich Olivia gefragt, ob diese Schwere nicht die einzige Verbindung zwischen ihr und Karla darstellte, auch wenn sie Zwillingsschwestern waren.

*

Sein Herz hatte einen Schlag ausgesetzt, als Präsident Kruse ihnen vor versammelter Mannschaft mitteilte, dass sich die Stiftung zum Jubiläum für die leitenden Köpfe der Zellforschungsgruppe etwas Besonderes ausgedacht hätte. Herr Dr. Dr. Thomas Bergengruen und er, Herr Dr. Richard Körber, hätten in den letzten fünfundzwanzig Jahren Unvergleichliches für die Gesellschaft geleistet und man habe eine Summe zur Verfügung gestellt, um den Herren gegenüber ihre große Dankbarkeit auszudrücken. Weil sie nun beide Junggesellen und seit Jahren die dicksten Freunde seien, habe man entschieden, ihnen eine gemeinsame Kreuzfahrt entlang der Ostseeküste zu schenken, um ihren Erlebnishorizont über die Versuchslabore hinaus zu erweitern. Worauf Kruses meckerndes Lachen durch den Saal hallte.

Einmal musste sich diese Heuchelei ja rächen, dachte Richard, wobei die erste Gemeinsamkeit nicht von der Hand zu weisen war. Ihr beider Junggesellendasein hatte sich jedoch aus unterschiedlichen Gründen ergeben. Kollege Bergengruen war Witwer und hatte seine Frau ausgerechnet an die Krankheit verloren, deren Früherkennung er seine Meriten verdankte: Krebs. Während er selbst es von Anfang an für unverantwortlich gehalten hatte, eine Frau unter falschen Voraussetzungen an sich zu binden. Schließlich hatte er bereits in jungen Jahren seine ganze Liebe der Forschung geweiht. Und da er früh festgestellt hatte, dass ihm sexuelle Bedürfnisse eher fernlagen, hatte er sich für ein keusches Leben im Junggesellenstand entschieden. Aber dass sie *befreundet* seien, konnte man als glatte Falschmeldung bezeichnen. Und wie sie zustande kam, war eine längere und für ihn bittere Geschichte …

»Was darf es sein?«, fragte der zierliche Kellner mit der dunklen Hautfarbe und einem ausgesprochen freundlichen Lächeln.

»Tja«, antwortete er etwas zögerlich, »das ist eine gute Frage. Was können Sie empfehlen?«

Er war es nicht gewöhnt, in Bars zu gehen, aber was sollte man auf einem solchen Schiff abends tun? Fern zu sehen hatte er keine Lust, und um zehn konnte er sich unmöglich bereits ins Bett legen. Dann würde er um vier aufwachen und danach kein Auge mehr schließen.

»Mit Alkohol oder ohne?«

»Mit.« Ja, das wusste er ganz bestimmt. Immerhin war er zum Vergnügen an Bord dieses Schiffes. Am besten war, Bergengruen einfach zu ignorieren und sich dem süßen Nichtstun hinzugeben, dem Dolce Vita. Auch wenn es zu einem der Wissenschaft gewidmeten und disziplinierten Lebenslauf vielleicht nicht passte, war es genau das, was er hier lernen konnte: Er musste seine Arbeit vergessen und den Kollegen Bergengruen erst recht.

»Wie wär's mit einer Piña colada, da ist Rum drin?«

»Warum nicht?« Rum erinnerte Richard an »Die Schatzinsel«, das erste Abenteuerbuch seiner Jugend, das er verschlungen hatte. Er wollte sie auch erleben, die Abenteuer des Jim Hawkins, und plötzlich stand ihm die Frage vor Augen, was eigentlich aus seinem Leben geworden war. Die Antwort stellte sich als ebenso einfach wie ernüchternd dar: Seine Abenteuer hatten hinter den Mauern eines Instituts stattgefunden, und der sagenhafte Schatz war ihm auch entgangen, ein anderer sonnte sich in seinem Glanz …

»Na, alter Freund, kaum an Bord und bereits in Partylaune?«

Wieder stand der Kollege in der Pose vor ihm, die er – seit er in die engere Wahl für den Nobelpreis gekommen war – unablässig einzunehmen schien: Seht her, ich bin es, der große Bergengruen.

2

Marius Gautier lehnte an der Brüstung seines Balkons. Immerhin war der Abend zufriedenstellend verlaufen. Er hatte gepflegt gegessen, danach auf dem Pooldeck noch eine Runde gedreht und war an einer der Bars vorbeispaziert, wo kleine Lichter auf den Tischen flackerten. Gern hätte er einen Cognac genossen und dazu eine Zigarre geraucht wie früher, wenn er einen Fall erfolgreich abgeschlossen und sich seine Abteilung eine Belobigung verdient hatte. Aber in letzter Zeit machte sein Kreislauf nicht mit. Wurde er mit Mitte sechzig bereits hinfällig, oder stimmte, was Luisa sagte: »Wer sich nicht fordert, braucht sich nicht zu wundern, wenn er schneller abbaut. Nur weil du nicht mehr auf Berge steigen kannst, bist du noch kein Pflegefall.«

Der folgende Tag würde ein Seetag sein, auf Deck ging es dann sicher recht laut zu. Er war erstaunt, wie viele Familien mit kleinen Kindern an Bord waren. Erneut musste er seine Meinung korrigieren. So ein Schiff war durchaus keine Alte-Leute-Schaukel, wie oft gespöttelt wurde. Aber für ihn blieb nur der Liegestuhl. Die Badehose hatte er erst gar nicht eingepackt. Einen Zusammenstoß im Pool mit einem Schwimmenden, einen unabsichtlichen Tritt gegen seine operierte Hüfte durfte er keinesfalls riskieren. Seit der Operation war er nicht mehr der Alte: unverwüstlich, kraftvoll, entschieden, eben ein Mann und keine Memme.

Vom oberen Deck drang Partymusik. Marius wich zurück und setzte sich auf einen der Stühle, die er für solide hielt. Auch an der Balkonausstattung konnte man nichts aussetzen. Er griff nach dem Prospekt, den er mit nach draußen genommen und den das Kabinenpersonal zusammen mit einem Schokoladenherz auf sein Bett gelegt hatte, als er beim Abendessen gewesen war.

Am späten Vormittag war ein Vortrag über Danzig angesetzt. Er hatte eine Stadtrundfahrt unter deutscher Reiseleitung gebucht. Doch ein wenig Vorwissen konnte nicht schaden. Schließlich ging es im Leben meistens darum, den Überblick zu behalten, dachte Marius.

Die Luft hatte sich abgekühlt. Er blickte auf das Wasser wie in ein schwarzes Grab. Der Fall Simonis, sein letzter, tauchte aus der Tiefe auf. Landrat Simonis, den alle für den Mörder seiner Frau gehalten hatten. Auch die Presse trug dazu bei, dass er am Ende als Gewalttäter dastand. Sein Äußeres passte ins Bild der Vorverurteilung: die offenbar durch einen Bruch eingedrückte Nase, lange Narben im Gesicht, von einem Verkehrsunfall herrührend. Ihm konnte zwar nichts Konkretes nachgewiesen werden, aber die Indizien stützten den Verdacht, der ihn schließlich zu Fall brachte. Seine Karriere war ruiniert, Simonis trat von allen Ämtern zurück.

Die Mordkommission unter seiner Leitung war in eine Sackgasse geraten. Marius hatte die Fakten von hinten nach vorn gedreht, ohne zu überzeugenden Ergebnissen zu kommen. Er stand kurz davor, mit dem ungelösten Fall in den Ruhestand verabschiedet zu werden, da erschien auf dem Präsidium eine Frau mit einem Foto in der Hand, auf dem die ermordete Eva Simonis zu sehen war. Sie hatte es im Jackett ihres Mannes gefunden. Eva Simonis hatte also einen Liebhaber gehabt, von dem niemand wusste. Noch am selben Tag wurde er verhört und war geständig. Eva Simonis hatte ihm eröffnet, zu ihrem Mann zurückzuwollen, daraufhin habe ihr Liebhaber sie mit einem Schlag niedergestreckt ...

Marius erhob sich. In der Kabine brannte das Licht, und sein Bett war für die Nacht bereitet. Sollte er sich damit zufriedengeben, dass er keine Frau hatte, die ihn hintergehen und eine Katastrophe anrichten konnte? War diese Genugtuung das Einzige, was ihm von seinem Privatleben geblieben war?

*

Nach dem Dinner hatte sich Lars Fabritius noch einmal umgezogen. Es war, wie in eine andere Haut zu schlüpfen, vorhin der Gentleman, der im weißen Dinner-Jackett, schwarzer Fliege und passendem Einstecktuch im Admiral's-Splendid artig mit einer alten Dame Konversation betrieben hatte, jetzt der lockere Plauderer im taubenblauen Abendanzug mit offenem Kragen an der Bar. Es inspirierte ihn, sich immer wieder zu verwandeln. Die alte Dame im Splendid hatte er sogar zu einem Kompliment hingerissen. Sie hatte anerkennend gelächelt und gesagt: »Nur wenige wissen sich heutzutage noch passend zu kleiden. Abgesehen davon ist es ein Unterschied, ob man verrückt angezogen ist oder einfach nur schlecht. Finden Sie nicht, junger Mann?«

Natürlich hatte er ihr beigepflichtet und die Gelegenheit wahrgenommen, seinen ersten Kontakt zu knüpfen.

Es war nicht viel herausgekommen bei diesem kleinen Interview. Schließlich konnte er nicht direkt solche Fragen anbringen wie: Was bedeutet Luxus für Sie? Halten Sie Luxus für unanständig? Damit hätte er alles verdorben. Wenn auch die Leute oft nicht verstanden, worauf er hinauswollte, spürten sie doch, ob er beabsichtigte, sie aufs Glatteis zu führen. Nur wenn sie Vertrauen gefasst hatten und sich sicher fühlten, wurden sie irgendwann unvorsichtig und gaben ihre Wahrheiten preis. Soweit zumindest seine Erfahrungen. Der weißhaarigen Lady würde er jeden Abend begegnen, denn die Plätze waren fest vergeben. Wenn auch mindestens Mitte siebzig, war sie geistig lebhaft und schien Humor zu haben. Die Dinnerabende konnten also durchaus erfolgreich für ihn werden …

»Einen finnischen Wodka und einen Orangensaft, bitte.« Ein junger Mann hatte sich bis zu ihm nach vorn gekämpft. An der Bar gab es keine freien Plätze mehr, und die Kellner brauchten Zeit, um alle Bestellungen, die sie an den Tischen einsammelten, abzuarbeiten. Die Durstigen zog es also an die Bar, wo sie hofften, schneller bedient zu werden, und ihre Getränke selbst entgegennahmen.

Der junge Mann trug diesen Haarschnitt, den Lars so angesagt fand: an den Seiten kurz rasiert und darüber eine dicke braune Tolle. Ansonsten wirkte er in den stumpfen Jeans und dem karierten Hemd eher wie jemand, der sich nicht viele Gedanken um sein Outfit machte. Man musste ja nicht gleich jedem Trend folgen. Einmal hatte Lars allerdings nicht widerstehen können und mit silbernen Nieten besetzte Lederhandschuhe getragen, fingerlos wie Karl Lagerfeld. Er fand sie damals einfach genial.

»Orangensaft und Wodka, bitte.« Der Barkeeper reichte dem jungen Mann die Getränke. Der nahm sie entgegen, hielt sie schützend in die Höhe und bahnte sich geduldig seinen Weg. Lars fiel der durchtrainierte Body auf. In der Nähe der Wendeltreppe setzte er sich zu einer Rotblonden mit langen dünnen Armen. Als er ihr den Orangensaft gereicht hatte, wandte er den Kopf. Lars konnte seinem Blick nicht mehr ausweichen.

*

Karla Sesselmanns Schnaufen übertönte das gedämpfte Surren der Klimaanlage. Olivia lag mit offenen Augen im Bett, aus dem Bad drang ein schmaler Lichtstreifen. Zu Hause ließ Karla ihre kleine Lampe auf dem Nachtkasten brennen, aber die hier sei zu grell, hatte sie moniert, so würde sie kein Auge zumachen. Deshalb hatten sie sich darauf geeinigt, die Leuchtröhre über dem Becken im Bad brennen zu lassen. Der Lichtschein, der unter der Tür in die Kabine einfiel, genügte, um sie nicht ganz im Dunkeln zu lassen.

Sieben Nächte würden sie nun zusammen in diesem Raum verbringen, dicht an dicht. Karla störte das nicht, im Gegenteil, ihr konnte es nie nahe genug sein. Am liebsten hätte sie gesehen, wenn sie zusammen in einem Bett hätten schlafen müssen. Als Frau Seifert vom Reisebüro sagte, dass man die Betten auseinanderschieben könne, war Karla die Enttäuschung direkt anzusehen gewesen.

Angeblich konnten Zwillinge nicht ohne den anderen, spürten über den halben Erdball hinweg, ob der andere Hilfe brauchte. Karla hing bereits als Kind wie eine Klette an ihr, wollte sie immer streicheln. Einmal hatte Olivia ihr deshalb eine runtergehauen. Alle fünf Finger hatten sich auf Karlas linker Wange abgezeichnet, und prompt hatte sie alles Papa gepetzt. Sie, Olivia, würde so grob zu ihr sein und habe sie geohrfeigt, dabei habe sie doch nur streicheln wollen. Und Olivia musste zu Papa, und Papa hatte zu ihr gesagt: »Ihr müsst euch immer lieb haben, hörst du, Olivia, mein Spatz. Ihr seid meine beiden Goldstücke, nie sollt ihr euch streiten.«

»Siehst du«, hatte Karla hinterher zu ihr gesagt, »auch Papa ist auf meiner Seite.« Und um Papa nicht zu enttäuschen, hatte Olivia beim nächsten Mal stillgehalten …

Der Reisewecker gab sieben Minuten vor zwei an. Karla schlief wie ein Stein. Dass sie den Fisch nicht vertragen habe, war wohl wieder eine dieser gezielten Falschmeldungen gewesen, die sie nur ausstreute, um sie zu beunruhigen. Plötzlich flog Karlas Mund auf und ließ ein lautstarkes Schnarchen hören. Olivia rutschte aus dem Bett, zog sich ihren gesteppten rosafarbenen Morgenmantel über und schob vorsichtig die Balkontür auf. Karla musste das schleifende Geräusch unbewusst wahrgenommen haben. Sie unterbrach sich kurz, dann schnarchte sie weiter.

Unhörbar begab sich Olivia auf nackten Füßen an die Brüstung und genoss es, ihre schulterlangen Haare vom frischen Fahrtwind durchwirbeln zu lassen. »Willst du dir den Tod holen?« Sie war immer da, die Stimme ihrer Schwester, die sich seit ihrer Kindheit wie ein Phantom in ihren Kopf geschlichen hatte. Vor allem das: »Ich sag es Papa.«

Dieses »Ich sag es Papa« hatte eines Tages etwas Furchtbares angerichtet, damals, als sie erst zehn und noch Kinder waren. Papa hatte ihnen verboten, so weit unten am Neckarufer zu spielen … Später hatte sie es tausendmal bereut, ihre Schwester überredet zu haben, es doch zu tun. Wenn sie geahnt hätte, dass sie deswegen den Rest ihres Lebens im Rollstuhl sitzen müsste.

Das war der Anfang der Hölle gewesen, an der sie selbst Schuld trug, und es blieb ihr nur, jede Gelegenheit zu nutzen, um ihr manchmal zu entkommen. Olivia hatte bereits einen Plan. Morgen früh gegen sieben würde sie mit dem Badetuch ein schattiges Plätzchen auf dem Oberdeck für sie beide reservieren. Später, wenn sie sich dort eingerichtet hätten, stellte sich auf einmal heraus, dass das Sonnenöl fehlte. Das war ihre Chance. Sie nähme sich alle Zeit der Welt, es zu holen, würde vielleicht unterwegs in einer Bar einen Cocktail trinken. Auch wenn Karla hinterher mit ihr schimpfte, dass sie sie habe warten lassen. »Wenn Papa das wüsste! Wenn Papa das wüsste!« Papa war tot, und er würde ihr frühestens im Jenseits wieder begegnen.

*

Der Saal war rundherum mit Kränzen geschmückt. Die Orgel prangte wie ein riesiges Diadem über den Köpfen des Publikums. König und Königin lächelten stolz und wohlwollend. Der Höhepunkt nahte.

»Hat jemand im Saal etwas gegen die Verleihung dieses Preises einzuwenden, dann möge er jetzt sprechen oder auf ewig schweigen.« Der Mann im Smoking blickte einmal routinemäßig durch den Saal und wollte fortfahren, als …

»Ja, ich … ich habe etwas einzuwenden!«

Durch das Publikum ging ein Raunen. Noch nie hatte es einen solchen Vorfall gegeben.

»Nicht allein *er* hat diese Ehrung verdient, diesen Preis der Preise. Offiziell war er der Leiter des Projekts. Doch wer hat sich durch die unendliche Zahl von Versuchsreihen gekämpft, sich auch von Rückschlägen nicht vom Weg abbringen lassen und in kleinsten Schritten diese Forschungsergebnisse erst möglich gemacht? Doch nicht Bergengruen allein. Das waren die vielen Mit- und Zuarbeiter, ohne deren Einsatz dieser Mann nicht weit gekommen wäre. Und die sollen alle leer ausgehen? Ist das gerecht?«

Stimmen erhoben sich im Publikum des geschmückten Konzerthauses von Stockholm. »Recht hat er. Warum werden nicht ganze Teams ausgezeichnet, warum immer nur ein Kopf? Erfolgreiche Forschung geht doch nur zusammen …«

»Ein Team kann ohne Führung nicht zielbewusst arbeiten, und deshalb soll der Kopf den Preis haben«, rief ein anderer, sprang von seinem Sitz und wandte sich ihm zu: »Wer bist du, Richard Körber, dass du es wagst, den großen Thomas Bergengruen öffentlich anzufeinden? Nichts weiter als ein neidischer Tropf. Warum gibst du dich nicht mit deiner Rolle zufrieden? Du bist doch anerkannt, wirst respektiert. Was willst du mehr?«

»Ich will …«

Richard wachte auf. Der Traum war zu Ende. Der Tumult im Saal verstummte schlagartig, als hätte jemand eine Glocke darübergestülpt. Er setzte sich im Bett auf. Diesen Saal im alten Konzerthaus von Stockholm hatte er weder gesehen noch betreten und die Zeremonie der Verleihung der Nobelpreise war ihm unbekannt. Was sich das Unbewusste zusammenreimte, schien oftmals sinnlos. Und doch enthielten diese Träume und Vorstellungen am Ende immer auch etwas Wahrheit. Wissenschaft hin und her. Er würde nie ein Bergengruen werden. Lebenslang hatte er geackert, aber es hatte nicht gereicht, um aus dem Schatten dieses Mannes zu treten. Traf die Bezeichnung auf ihn zu, dieses schlichte englische Wort mit der verheerend stigmatisierenden Wirkung: Loser?

Er rutschte aus dem Bett und schlüpfte in seine Pantoffeln. Das weiche Futter war im Moment sein einziger Trost. Mit drei Schritten erreichte er die Balkontür und vermisste sofort sein Wohnzimmer. In dem Göttinger Altbau hatte er genügend Platz, konnte, wenn ihn nachts schlechte Träume geweckt hatten, in seinem Wohnzimmer lange Bahnen auf und ab gehen, während das Knarren des alten Parketts beruhigend auf seine Nerven wirkte.

Er drehte sich auf dem Absatz um. Wieder trieb ihn seine innere Wutmaschine an. Es musste doch Gerechtigkeit geben. Es konnte nicht sein, dass ein unverbesserlicher Egozentriker die Ehrungen einheimste und die anderen in der Versenkung verschwanden, nachdem sie alles gegeben hatten ... Bergengruen, du wirst einen Preis erhalten, aber nicht den, den du dir wünschst.

3

Bereits früh am nächsten Morgen ließ eine strahlende Sonne die Wasseroberfläche glitzern. Fast wie in den Schweizer Alpen, dachte Marius Gautier, dort oben, wo der Winter das ganze Jahr hielt und sich das gleißende Licht in den Schneekristallen brach, bis einem die Landschaft vor Augen flimmerte. Um in solchen Situationen klare Sicht zu behalten, hatte er in den Achtzigern eine Spiegelbrille erstanden, die er jetzt trug. Ein weiterer Vorteil des Spiegeleffekts bestand darin, dass er seine Umgebung unentdeckt ins Visier nehmen konnte.

Das erste Frühstück an Bord nahm Marius in einer der Außenbars ein, an einem Tisch gleich vis-à-vis der Glaswand. Zwei Tische weiter saß ein älteres Ehepaar. Beide plauderten unaufgeregt, strahlten dabei eine gewisse innere Zufriedenheit aus, um die er sie in dem Augenblick beneidete. Ihm kam Sibylle in den Sinn. Und wie immer, wenn er an sie dachte, fragte er sich, ob sie inzwischen jemanden gefunden hatte, der ihren Ansprüchen genügte. Ihre Ehe habe auf dem Papier gestanden, aber nie stattgefunden, und zu einer gemeinsamen Tochter sei es nur gekommen, weil sie damals seinen Urlaub durchgesetzt und dafür gesorgt habe, dass er in der Zeit für die Braunschweiger Polizei unerreichbar gewesen sei. Immer noch lag Sibylle Marius in den Ohren, obwohl zwischen damals und heute mehr als fünfzehn Jahre lagen. Sibylles Erscheinung hingegen war nur noch blasse Erinnerung, manchmal fragte er sich, ob er sie noch erkennen würde, wenn sie ihm auf der Straße begegnete. Was durchaus passieren könnte, Hannover und Braunschweig waren Nachbarstädte. Aber warum sollte sie nach Braunschweig kommen? Vielleicht lebte sie gar nicht mehr in Hannover, war in die Schweiz verzogen, nach Zermatt … Er musste lachen, denn es wäre das Letzte, was sie täte, in die Schweiz zu ziehen. Sibylle hasste die Schweiz, genauso wie sie ihn hassen gelernt hatte. Männer wie er sollten gar nicht heiraten dürfen, gesetzlich verbieten müsste man es ihnen, um die Frauen zu schützen, für die Partnerschaft nicht nur ein Lippenbekenntnis sei. Aber was hätte er machen sollen? Die Polizei war bereits damals notorisch unterbesetzt. Er wurde gebraucht, und … ja, er hatte sich für die Karriere entschieden. Aber niemals *gegen* Sibylle. Er hatte um ihr Verständnis gebuhlt, sich bei ihr entschuldigt, dass er nie da war und ihr gemeinsames Leben immer den Kürzeren zog. Dafür hatte er ihr eine schöne Zeit in Aussicht gestellt, eines Tages. Dann könne sie sich die Reiseziele aussuchen, dreimal im Jahr. Das war ernst gemeint. Aber ein paar Wochen später hatten ihm die Kollegen Niedermoser und Wächli die Wanderungen in den Schweizer Bergen schmackhaft gemacht. Eine Versuchung, der er nicht widerstehen konnte. Sibylle hatte geschäumt. Das war der Todesstoß für ihre Ehe gewesen.

Seine Blicke schweiften über das Deck. Auf den meisten Liegestühlen lagen bereits Handtücher ausgebreitet, mit denen manche Gäste meinten, Plätze reservieren zu können. Immer schon hatte diese Selbstherrlichkeit sein Blut zum Kochen gebracht. Als handelte es sich um ein international anerkanntes Abkommen. Nein, ganz und gar nicht!

Wer an einem in dieser Weise markierten Stuhl vorbeiging und plötzlich schwere Füße bekam, der durfte sich setzen, auch wenn ein deutsches Handtuch es angeblich untersagte. In diesem Fall war er, der Deutsch-Schweizer, ganz Schweizer, und ihm kam der Gedanke, dass die Kreuzfahrt, auf der er sich nicht ganz freiwillig befand, keineswegs langweilig werden musste. Allein zu versuchen, dieses deutsche Handtuch-Recht bei geeigneter Gelegenheit aus den Angeln zu heben, war ein Anreiz.

*

»Ich würde auch lieber auf Kreuzfahrt gehen und Rum-Cocktails bis zum Abwinken schlürfen, als von morgens bis abends in der Redaktion zu rotieren.«

Am Handy war Nesrin. Nesrin, der Spatz, der die News vom Dach pfiff, Nesrin, die immer wusste, wann und wo es brodelte im Dampfkessel Berlin, die unter den Kopfkissen der Abgeordneten vom Reichstag lauschte und dafür sorgte, dass es das, was ihnen im Traum herausrutschte, noch in die Morgenausgabe schaffte.

»Bitte mehr Respekt, Frau Kollegin, hier läuft eine Sozialstudie von unschätzbarer Bedeutung: Brennpunkt Kreuzfahrt«, erwiderte Lars. Nesrin war die Einzige, mit der er auf diese Weise scherzen konnte, sie verstand seine Ironie, den leise bitteren Zug darin, und vor allem würde sie ihm nie einen Strick daraus drehen.

»Neues von Hasselbach?«

Sie zögerte. »Hasselbach geht es nicht gut. Kein Witz. Gestern kurz nach der Sitzung hat ihn ein Schwächeanfall umgehauen …«

»Oh.« Lars sah Hasselbach vor sich auf der Intensivstation, Versorgungsschläuche wuchsen aus seinem Körper, die verlöschenden Augen in tiefen schwarzen Höhlen …

»Kein Wunder …« Hatte Nesrin in Berlin gerade dasselbe gesagt? Sie lachte jedenfalls ihr piepsiges Lachen.

»Kein Wunder bei dem Zigarettenkonsum«, vervollständigte er den Satz. Nikotin war eben doch Gift. Allerdings rauchte er selbst. Hasselbach war schuld, dass er diesen Job machte, und Hasselbach war schuld, dass er an den Glimmstängeln hing …

»Aber kein Grund zur Sorge. Er ist schon wieder obenauf. Er könne gehen, mit dem Rauchen sei es allerdings vorbei, hat der Arzt angeblich gesagt. Wie ich Hasselbach kenne, hat er darauf seine Klamotten gepackt, die Station verlassen und sich noch vor dem Ausgang eine angesteckt.«

Lars lachte. »Grüß Hasselbach von mir und sag ihm, dass ich mein erstes Opfer gefunden habe, eine silbergraue Lady … Und sonst?«

Sie seufzte. »Du weißt ja, durch Berlin geht ein feiner Riss, der unmerklich breiter wird, Tag für Tag …«

Sie teilten diese Melancholie, verbunden mit dem süßen Schmerz. Wenn sie sich außerhalb der Redaktion zu einem oder zwei Glas Rotwein zusammenfanden, gaben sie sich hemmungslos dieser Poe'schen Untergangsstimmung hin. Wäre Lars hetero, hätte er Nesrin längst geheiratet.

»Mach's gut!«

Noch bevor er antworten konnte, hatte sie aufgelegt. Lars trat aus dem Windschatten und stellte sich an die Reling, um sich den Fahrtwind um die Nase wehen zu lassen.

Hasselbach ging es nicht gut. Lars hätte nicht gedacht, dass ihm das unter die Haut gehen könnte. Er wusste nicht, ob er ihm dankbar sein oder ihn verfluchen sollte, denn Hasselbach war es, der ihn süchtig gemacht hatte, süchtig nach der Droge Journalismus.

Damals hatte er als verblendeter Germanistikstudent, der meinte, berufen zu sein, ohne die geringste Spur von Selbstzweifel das Pressehaus aufgesucht. Nicht viel später stand er vor dem von einer Nikotinwolke eingehüllten Hasselbach, der sich den Bauch vor Lachen hielt, nachdem er seine Schreibproben in Augenschein genommen hatte. Aber er ließ ihn nicht abblitzen. »Wollen Sie lernen?«, hatte er gefragt. Und seine Antwort war ein verhängnisvolles »Ja« gewesen.

*

»Wie konnte das nur passieren? Ich hatte dich extra darauf aufmerksam gemacht.«

»Das ist doch kein Beinbruch, Karla. Hier gibt es schließlich Aufzüge.«

»Bitte, beeil dich. Auf See kann man selbst im Schatten einen Sonnenbrand kriegen, wenn man nicht eingecremt ist. Erst recht im Hochsommer.«

Doch Olivia hörte nicht weiter auf ihre Schwester, sie kontrollierte noch die Bremse von Karlas Rollstuhl und griff in die Jutetasche im Netz, um sicherzugehen, dass sich die Plastikflasche mit dem stillen Wasser darin befand. »Bin gleich wieder da.«

Als Karla außer Sicht war, verlangsamte Olivia den Schritt. In der Nähe der Edelstahltreppe hielt sie an, stellte sich an die Reling, atmete den frischen Fahrtwind ein und schaute auf die endlose blaue Fläche. Immer noch verschwanden Flugzeuge und Schiffe in den Meeren und wurden nie gefunden. Der Ozean war noch längst nicht komplett erforscht. Unglaublich, wenn es stimmte, was Olivia gelesen hatte. Die Menschen wussten mehr vom Weltall als über die Meere ihres eigenen Planeten. Vielleicht existierte unter Wasser eine ungeahnte Zivilisation von Wesen, die kein Geld kannten, die einfach nur leben durften und den ganzen Tag schöne Blumen pflückten? Bei dem Gedanken musste Olivia kichern. Sie stellte sich vor, wie sie als Blumenmädchen in den blubbernden Strömungen herumtollte.

Die große runde Uhr über dem Swimmingpool zeigte sechs Minuten vor zehn. Wenn sie sich richtig erinnerte, sollte heute um elf die Modenschau mit diesem baltischen Model stattfinden. Olivia hatte nicht einmal gewagt, Karla darauf anzusprechen. »Machen wir uns nichts vor. Für uns kommen diese Designer-Ergüsse zwanzig Jahre zu spät. Und ich habe nicht die geringste Lust, am Laufsteg zu sitzen und mir alt und armselig vorzukommen«, hatte sie Karlas abfälligen Kommentar bereits im Ohr. Aber Olivia würde es Vergnügen bereiten, sich in eins der schwerelosen Models hineinzuversetzen und mit ihm über dem Publikum zu schweben.

Auf dem Weg zur Kabine überlegte sie, wie sie es anstellen könnte, doch dabei zu sein. Eigentlich war es ganz einfach: Sie brauchte Karla nur einzureden, dass sie die Sonne auf dem Aussichtsdeck bald einholen würde und sie einen sicheren Schattenplatz auf dem Veranstaltungsdeck für sie gefunden habe.

Auf dem Rückweg – aus der Kabine hatte sie neben der Sonnenmilch ein zusätzliches kleines Handtuch mitgebracht, um einen Platz zu reservieren – betrat sie das Veranstaltungsdeck, auf dem bereits Vorbereitungen getroffen wurden. An einem Tisch in der Nähe der Außenbar fiel ihr ein einzelner Herr mit Hornbrille und einem exakt gezogenen Scheitel auf. Er wirkte etwas zerstreut, aber gemütlich. Olivia mochte gemütliche Herren. Ganz in der Nähe wartete der Eismann auf Kundschaft. Eine Gelegenheit, die sie nutzen wollte. Sie suchte sich Waldbeere, Pfefferminz und Malaga aus. »Viel zu viel«, würde Karla einwenden, »du wirst dir den Magen erkälten. Aber jammere später nicht, ich hab dich gewarnt.«

»Darf ich mich zu Ihnen setzen?«, fragte Olivia den einzelnen Herrn mit Hornbrille. Er sah sie erstaunt an, als wäre er aus einem unguten Traum erwacht. Für einen Moment hielt sich ein ernster, fast bitterer Ausdruck auf seinem Gesicht. Doch dann erschien darauf ein freundliches Lächeln.

*

Bergengruens unverwüstliche Reputation konnte nur ins Wanken gebracht werden, indem er mit etwas Unverzeihlichem, nicht nur moralisch Verwerflichem, sondern nachweislich Kriminellem in Verbindung gebracht werden würde, so dachte Richard. Und er war bereit, bis zum Äußersten zu gehen, sein eigenes Leben für alle diejenigen zu opfern, die Bergengruen ausgenutzt hatte, um sich ihre Erfolge an die Brust zu heften.

Er hatte die Idee, Bergengruen wie einen Mörder aussehen zu lassen. Keine Jury der Welt, auch nicht die in Stockholm, würde einem Mann einen Preis verleihen, der eines Kapitalverbrechens angeklagt war. Richard musste den Eindruck erwecken, als hätte er den berühmten Kollegen erpresst und ihm gedroht aufzudecken, dass die eigentliche Arbeit nicht von ihm, sondern von dem Forschungsteam geleistet worden war, das unter seiner Leitung, der Leitung des Assistenten, gestanden hatte. Dr. Richard Körber und dem Team der Gesellschaft gebührte Lob und Preis ...

Die Idee war genial, kostete allerdings nicht nur Bergengruen den Nobelpreis, sondern auch ihn, Richard Körber, sein Leben. Doch hatte sein Leben – nüchtern betrachtet – überhaupt noch einen Wert? Schon länger fühlte sich Richard ausgelaugt, verbraucht. Von ihm hatte die Wissenschaft nichts Bewegendes mehr zu erwarten. Außerdem war er allein, in dem Fall ein Vorteil, denn er trug keine Verantwortung, konnte frei über sich verfügen. Auch hielten ihn keine religiösen Skrupel von seinen Plänen ab. Auf die Religion hatte er nie Hoffnungen gesetzt, und Moral war für ihn ein Hort der Verlogenheit.

Richard brauchte nur einen Brief an den Kollegen zu verfassen, in dem er ankündigte, nicht mehr länger zu schweigen, dass ihm die Erfolge in der Zellforschung zu Unrecht zugeschrieben worden waren, ihm die Ehre nicht zustünde. Damit wäre Bergengruens Ruf ruiniert und der Nobelpreis außer Sichtweite. Das war der erste Teil, und wie es schien, der leichtere. Weitaus schwieriger war die Frage zu beantworten, wie er es anstellen sollte, dass Bergengruen wie ein Mörder aussah.

»Ja, aber ...« Plötzlich war da ein hellhäutiges Gesicht vor seinen Augen, umrahmt von einer golden schimmernden Lockenfrisur. Ihre Augen glänzten, als freue sich die

Frau, ihn zu sehen. Doch er kannte sie nicht. Er kannte keine Frau Mitte fünfzig, die ein Kleid mit buntem Blumenmuster trug. Vielleicht seine Nachbarin, aber die war brünett und hatte eine längere Nase und auch keinen Ring mit einem roten Stein am Finger, einem Rubin, wenn er sich nicht irrte, er kannte sich mit Edelsteinen nicht aus. Sie leckte an einem Eis in der Waffel wie ein kleines Mädchen, etwas verschämt, und schien darauf zu warten, dass er etwas sagte. Ausgerechnet jetzt. Sollte er ihr etwa erzählen, dass er Pläne schmiedete, wie er seinen Kollegen demnächst in eine Falle lockte? Oder wie ihm die Reise gefalle, wo doch noch gar nichts passiert war?

»Mögen Sie Modenschauen?«, fragte ihn jetzt die Frau.

»Ich? … Nein … Ich weiß nicht. Wieso?«

»Weil hier gleich eine stattfinden wird …« Ihre kleine rote Zunge ergab einen reizvollen Kontrast zu dem grünen Pfefferminzeis.

Modenschau, Pfefferminzeis? Die Frau machte Richard ganz verwirrt. Er musste doch über einen Plan nachdenken, den perfekten Plan, der am Ende Bergengruen zerstören sollte.

4

Marius Gautier schlug die Augen auf und zuckte zusammen. Er war ... auf einem Schiff? Aber natürlich, er war doch auf Kreuzfahrt. Gehörte er jetzt auch schon zu der Fraktion, die einnickte, sobald sie sich irgendwo hinsetzte? Um ihn herum fand plötzlich eine emsige Geschäftigkeit statt. In Windeseile wurde eine lange Theke aus Tischen aufgebaut, mit weißen Tüchern ausgeschlagen, Geschirr und Besteck und Speisen herangetragen. Menschen umringten ihn, zogen Stühle heran und schwatzten. Trubel entstand, und Marius saß auf einmal ganz nah an diesem Steg, der vorhin noch deutlich kürzer gewesen war. »Entschuldigen Sie, Gnädigste. Was steht als Nächstes auf dem Programm?«

Eine vollschlanke Enddreißigerin, die ihren Stuhl neben den seinen gerückt hatte, schaute ihn belustigt an, wobei sie mit einem Hochglanzprospekt vor seiner Nase wedelte. »Hier ist gleich Modenschau, und *Sie* haben den besten Platz.«

Es klang fast wie ein Vorwurf. Na und?, hätte er beinahe erwidert. Auch wenn er von Mode nicht die geringste Ahnung hatte, durfte er doch sitzen, wo er wollte. »Oh, dann bin ich ja gerade richtig«, gab er mit einem frechen Grinsen zurück.

Jemand klopfte auf ein Mikrofon und sprach dann einige Begrüßungsworte hinein, die Marius kaum verstand. Ihm fiel ein, dass er eigentlich den Vortrag über Danzig besuchen wollte, und er wäre ohne Weiteres aufgestanden und gegangen, wenn die Situation jetzt nicht eine völlig andere gewesen wäre. Man gab einen Platz in der ersten Reihe nie ungestraft auf, das hatte ihm das Leben beigebracht. Eine verpasste Gelegenheit kam nie zurück. Er blieb also sitzen, straffte seinen Rücken und schob die Sonnenbrille über die Stirn.

Vielleicht war es der Trubel, der in ihm eine gewisse innere Aufregung verursachte. Jedenfalls war es eine ungewohnte Aufregung, nicht die, die er als Kriminalrat kannte, die einem Jagdfieber glich, wenn er einen neuen Fall übernommen hatte oder wenn er nach monatelangen Ermittlungen kurz vor der Klärung des Verbrechens stand. Es war eher eine, die er von früher kannte, die ungeduldige Vorfreude des Kindes auf ein Ereignis voller Überraschungen.

»Und hier ist sie, meine Damen und Herren, die Königin des Laufstegs. Von Paris bis New York, von Mailand bis Moskau und Shanghai reißen sich die Couturiers um sie. Hier nun exklusiv auf der Baltic Crown: Ona Kakies, meine Damen und Herren. Applaus für Ona Kakies.«

Musik, die einem suggerieren sollte, in einem Raumschiff durch fremde Galaxien zu schweben, ertönte. Alle Augen waren auf den Laufsteg gerichtet, und aus dem Hintergrund trat ein strahlendes weibliches Wesen mit langen Beinen und ebensolchen Schritten, wehendem, über die Schultern fallendem falbem Haar, in den Himmel ragend wie eine Freiheitsstatue.

Das alles bedeutete nichts gegen ihr Lächeln. Es war das Lächeln eines Sonnenkindes, ein Geschenk, das sie tausendfach weiterschenkte.

Marius war überwältigt. Nie hätte er gedacht, dass ihn eine Frau noch einmal … Oder stimmte etwas nicht mit ihm? Waren das die ersten Anzeichen für …? Er hörte die ehemaligen Kollegen in der Polizeikantine lästern: »Hast du von Gautier gehört? Ist auf einer Kreuzfahrt völlig ausgeflippt. Während einer Modenschau hat er ein Model umarmt und geküsst, auf offener Bühne. Armer Kerl, sie haben ihn ausfliegen müssen …«

Ona Kakies musste sich in Windeseile umgezogen haben. Wieder erschien sie, diesmal in einem luftigen Kleid – wenn man es denn so nennen mochte.

»Diese Kreation aus dem Hause Donatella wird Ihre Herzen höher schlagen lassen, meine Damen, und natürlich auch meine Herren …«

Jetzt war Marius sicher, dass er wirklich durchgeknallt war. Es kam ihm vor, als lächelte die Göttin ihn an, ihn ganz allein, wenn auch nur für eine Sekunde.

*

Vom Aussichtsdeck hatte Lars Fabritius die sich allmählich auflösende Menschenmenge zu seinen Füßen im Blick. Die Kakies hatte eine perfekte Show abgeliefert, und nur wenn man nah heranzoomte, ließ sich erkennen, dass sie die Altersgrenze für Models längst überschritten hatte. Aber die baltische Königin des Catwalks war mit ihren Ende dreißig immer noch ein Erlebnis, im Gegensatz zu so mancher Popsirene, die nicht einsehen wollte, dass ihr Verfallsdatum längst abgelaufen war. Auch die Jungs, die um sie herumschwirrten, waren nicht übel. Vielleicht würde ihm der eine oder andere abends an der Bar begegnen, dachte Lars. Doch er meinte es nicht ernst. Ab ins Bett und tschau, das war für ihn längst vorbei.

Es wurde Zeit, sich unter das Publikum zu mischen, der Kapitän erklärte soeben das Austern-Büfett für eröffnet. Eine gute Gelegenheit, der Recherche für seine Reportage nachzugehen. Ona Kakies hatte er für ein Interview allerdings nicht vorgesehen. Er hätte sich dann outen müssen. Abgesehen davon war zu ihr kein Durchkommen, immer noch stand sie am Catwalk umringt von Fans und gab Autogramme. Er war also frei und konnte kommentieren, was ihm zu ihrem Auftritt einfiel, oder auch nicht. Die Jungs von der Crew bauten die Kulisse bereits um. Laut Ansage ging es weiter mit einer Dixieland-Band.

Als Lars die Aluminiumtreppe betrat, fühlte er wieder diese Leere, die ihn in letzter Zeit öfter befiel und mit der Frage einherging, warum er immer noch machte, was er machte. Wuchs man nicht eines Tages heraus aus diesem Job, spätestens dann, wenn es einen plötzlich beim Blick in den Spiegel ekelte?

Der stechende Geruch von Zitronensaft und Salzwasser holte ihn zurück. Er begab sich in die Warteschlange, bis ein Serviceman ihm den vorbereiteten Teller mit drei geöffneten Austern und einem schräg angeschnittenen Stück Kräuterbaguette zureichte. Der nächste drückte ihm eine halb gefüllte Champagnerflöte in die Hand, ausgerechnet jetzt meldete sich sein Handy in der Brusttasche. Er stellte Glas und Teller auf einen der Stehtische. »Nesrin, ich …«

Doch ihre Stimme klang anders als sonst, und nach den ersten drei Worten aus ihrem Mund wusste er auch warum. »Heute Morgen war doch noch alles …«

»Ich kann dir nur sagen: Hasselbach hat es nicht geschafft, Lars. Kreislaufzusammenbruch. Totalversagen der Organe. Ich muss leider Schluss machen, hier geht alles drunter und drüber. Wir sprechen uns …«

Lars spürte, dass seine Knie weich wurden, und er griff nach dem erstbesten freien Stuhl.

»Kann ich helfen?«, fragte eine Männerstimme.

»Ich wünschte, Sie könnten …« Er brachte gerade noch ein bemühtes Lächeln zustande.

»Schlechte Nachrichten?«

Lars nickte. Er kannte dieses Gesicht, aber er erinnerte sich nicht daran woher.

»Vielleicht bringt Sie der Champagner wieder auf die Beine?«

Lars trank einen Schluck. Aber es war nicht der Champagner, es war eher die Besorgnis auf dem Gesicht des jungen Mannes, die ihn aufbaute. Es tat gut, wenn sich jemand um einen sorgte. Wie lange war das letzte Mal her? Bei Hasselbach hatte er manchmal das Gefühl gehabt, dass er sich Sorgen um ihn machte. Und diese Besorgnis würde ihm verdammt fehlen … Jetzt wusste Lars, wo er seinem Gegenüber bereits begegnet war. Gestern Abend an der Bar. Der junge Mann, der die Drinks für sich und … »Oh, entschuldigen Sie. Habe ich etwa den Platz Ihrer Partnerin besetzt?«

»Nein, bleiben Sie nur, meine Schwester hat es vorgezogen, schwimmen zu gehen. Sie findet Haute Couture irgendwie affig.«

Seine Schwester also. »Und was halten Sie davon?« Plötzlich war Lars wieder ganz bei der Sache. Vielleicht würde sogar ein brauchbares Interview dabei herauskommen, dachte er.

*

»Gib zu, Oli, dass du den Platz nur ausgesucht hast, weil du auf diese Modenschau neugierig warst.«

Einen ähnlichen Kommentar hatte Olivia natürlich erwartet. »Sind die Austern nicht vorzüglich?«, versuchte sie abzulenken, aber bestimmt war Karla um einen neuen Einwand nicht verlegen.

»Ich beschwere mich nicht, könnte durchaus noch zwei von der Sorte vertragen. Austern sollen sehr gesund sein: Mineralien, Eiweiß und Jod …«

Olivia hatte auch gelesen, dass man besser vorsichtig sein und nicht übertreiben sollte, wenn man den Verzehr nicht gewöhnt war. Magen-Darm-Verstimmungen waren oft die Folge. Sie wollte es Karla sagen, aber dann … Wenn es sie erwischte, hätte sie selbst zwar ebenso unruhige Nächte, aber tagsüber würde Karla in der Kabine bleiben, um so schnell wie möglich die Toilette aufsuchen zu können. Mittlerweile hatte sie einen Dreh gefunden, wie sie sich mit der Krücke abstützen musste, um auch allein im Bad zurechtzukommen. Olivia brauchte also kein schlechtes Gewissen zu haben, wenn sie hie und da einen Grund erfand, die Kabine zu verlassen.

Sie nahm schweigend den leeren Teller, den Karla ihr entgegenstreckte, und erhob sich von ihrem Stuhl. Schade, dass sich der nette Herr so schnell verabschiedet hatte. Er erinnerte sie an Hans-Peter, ihre Nummer drei. »Warum verliebst du dich immer in Taugenichtse?«, klang ihr Papas wütende Stimme in den Ohren, und sie war wie immer in Tränen ausgebrochen, denn Tränen waren ihr einziger Schutz. Daraufhin hatte sie sich bittere Vorwürfe gemacht, dass sie so schwach war. Sie hätte Hans-Peter die Pistole auf die Brust setzen, alle Konten rigoros sperren und ihm die Scheidung androhen sollen, wenn er nicht ab sofort mit dem Spielen aufhörte. Aber sie hatte es nicht übers Herz gebracht. Papa musste es für sie tun. Daraufhin hatte Hans-Peter ihr Besserung gelobt, aber sie um Geduld gebeten und sie angebettelt, ihn nicht wie einen Hund zu bestrafen. Prompt waren am nächsten Monatsende ganze Fünftausend von ihrem gemeinsamen Konto verschwunden. Wenn Hans-Peter damals nicht den tödlichen Unfall gehabt hätte, Karla und sie könnten weder Austern noch Champagner schlürfen, sie müssten mit der Tafel über die Runden kommen oder würden gar unter der Neckarbrücke schlafen.

Vor ihr an der Bar standen zwei ältere Herren, ein schlanker, hochgewachsener mit Brille und der nette rundliche von vorhin. Dem großen war der Erfolg anzusehen. Der Typ Schwiegersohn, den sich Papa immer für sie gewünscht hatte. Einer, der das Leben beherrschte und keine Fehler machte. Wie sie diesen Typ Mann hasste.

*

Kaum dass Bergengruen den Kapitän – einen stämmigen Südländer, der offenbar die Brücke verlassen hatte, um der Modenschau seinen Segen zu geben – entdeckt hatte, raunte er Richard zu: »Du musst mich entschuldigen, alter Knabe. Ich will die Gelegenheit nutzen, um mit unserem Hauptverantwortlichen ins Gespräch zu kommen. Vielleicht gibt es Neuigkeiten.« Er ließ ihn mit einem freundlichen Klaps auf die Schulter stehen.

Tonangebende Kreise übten eine magnetische Wirkung auf Bergengruen aus. Aber Menschen waren für ihn nur Stationen, und er hatte für sie meistens nicht mehr als Spott übrig. Das verriet allein seine Wortwahl und die ironische Betonung – »unserem Hauptverantwortlichen«. Im Institut hatte man sich an Bergengruens Sticheleien gewöhnt. Was blieb ihnen anderes übrig? Sie überhörten sie einfach oder rollten mit den Augen, wenn ihr Chef wieder einmal jemanden auf dem Kieker hatte.

Bei Richard machte er es anders, und Richard hatte es lange Zeit gar nicht bemerkt. Thomas klopfte ihm auf die Schulter, bei jeder Gelegenheit, wo immer er ihm auch begegnete. Eine kollegiale Geste? Die meisten hielten es dafür, deshalb befanden sie sich gemeinsam auf dieser Kreuzfahrt. In Wirklichkeit aber handelte es sich um ein Ritual der Erniedrigung. Nicht etwa: Ich danke dir oder ich mag dich, sollte es bedeuten. Vielmehr: Kopf hoch, du armer Wicht, beim nächsten Mal wird es schon besser werden. Und das in aller Öffentlichkeit. Eine Demütigung, die sich kaum nachweisen ließ und deshalb an Schäbigkeit nicht zu überbieten war.

Aus der Entfernung beobachtete Richard, wie der Kapitän, der vorher entspannt mit einem Schmunzeln im Gesicht an seinem Champagnerglas genippt hatte, eine merklich straffere, achtungsvollere Haltung einnahm und aufmerksam Bergengruens Worten lauschte. In dem Augenblick spürte Richard wieder dieses Ziehen im Magen. Er hatte deswegen einen geschätzten Kollegen aufgesucht. Nein, kein Ulkus, jedenfalls noch nicht. Doch er solle sich dem bisherigen Stress entziehen, um erst gar nicht einem Magengeschwür den Boden zu bereiten. Einmal mit dem Magen, immer mit dem Magen.

Die beiden Männer standen an der Reling, und Bergengruen breitete im Gespräch die Arme über die Ostsee aus, als gehörte sie ihm. Das brachte Richard auf die Idee, wie er den Mord inszenieren könnte. Dazu musste er nur selbst mit seinem »lieben Freund« Thomas an die Reling treten. Nicht vor so vielen Menschen, dann könnte später der Verdacht aufkommen, dass etwas vorgetäuscht werden sollte. Aber es musste Zeugen geben. »Ich werde die Wahrheit nicht länger für mich behalten, Thomas«, würde er lautstark, für die Zeugen unüberhörbar, seine Stimme erheben. »Die Welt wird erfahren, dass du ein Schmarotzer bist und dafür auch noch den Nobelpreis erhalten sollst. Du kannst mich nicht zum Schweigen bringen, nur über meine Leiche.« Dann würde er mit seinen Fingernägeln dem verdutzten Bergengruen einen blutigen Striemen am Unterarm beibringen, ihn halb über die Reling ziehen, doch sich am Ende selbst in die Fluten stürzen und ihn als Mörder an Bord zurücklassen. Der einzige, aber ein schwerwiegender Nachteil war: Auf dem Meeresgrund würde er seinen Triumph nicht mehr genießen können.

»Hallo, da sind Sie ja wieder«, zwitscherte plötzlich eine helle Frauenstimme gleich neben ihm.

5

Der Abend brachte Abkühlung. Marius Gautier genoss es, wie der Luftzug sein Gesicht streifte und sein Jackett blähte. Ein Gefühl von Leichtigkeit erfasste ihn, als trüge ihn der Wind wie ein Segelflugzeug. Vor sich ein Glas Weißwein und eine Mahlzeit, bestehend aus einer Portion Steinbeißer mit Bratkartoffeln und Speck und etwas süß-saurem Gurkensalat, die er sich am Büfett des Fischrestaurants zusammengestellt hatte, saß er allein an einem Tisch nahe der Reling. Hinter ihm verlor sich der breite Schweif, den die Verwirbelungen der Schiffsschraube auf der Meeresoberfläche hinterließen.

Das Erlebnis der Modenschau vom Morgen hatte ihn bis in den Mittagsschlaf verfolgt. Dabei dachte er an Sibylle und ihre verpfuschte Ehe zurück. Eigenartige Fragen stellten sich ihm plötzlich. Etwa, ob da jemals so etwas wie Leidenschaft zwischen ihnen gewesen war, um nicht zu sagen wilde Leidenschaft. Doch er erinnerte sich nicht. An Momente der Zufriedenheit schon, zum Beispiel, wenn sie einen gemeinsamen Ausflug einmal harmonisch beenden konnten, ohne dass er von einem dringenden Anruf zu einem neuen Fall gerufen worden wäre. Aber Leidenschaft …

Gegen Ende vegetierte ihre Ehe nur noch als Abfolge von Gewohnheiten dahin. Auch wenn sie miteinander schliefen. Er erbrachte den Nachweis, dass er seine ehelichen Pflichten erfüllte, erreichte aber kaum mehr, als ihr ein gequältes Lächeln abzuringen. Wenn er fertig war, wandte sie sich mit einem Seufzer ab und machte das Licht auf dem Nachtkasten aus. Jahrelang war es zwischen ihnen so gelaufen. Jetzt fragte er sich, wie sie es so lange hatten aushalten können.

Ein Mann vom Service griff über seine Schulter hinweg und entfernte das leere Glas vor ihm. Sie arbeiteten ausgesprochen gründlich, dachte Marius, schneller als die Polizei erlaubte. Manchmal allerdings räumten sie im Übereifer den Teller ab, während man das Besteck noch in Händen hielt. Doch er beschwerte sich nicht. Wenn ihm damals im Polizeidienst ähnlich beflissene Mitarbeiter zur Verfügung gestanden hätten, wäre seine Aufklärungsrate besser gewesen.

Er stand auf, um sich an der Theke im Innenraum des Selbstbedienungsrestaurants noch ein Glas von dem fruchtigen Weißwein zu zapfen, als sein Blick über die Reling auf einen darunterliegenden Luxusbalkon fiel. Er war deutlich größer als der vor seiner Kabine und verlief über Eck der Backbordseite. Nahe dem Glasschutz lag eine junge Frau im Bikini ausgestreckt auf einer der Sonnenliegen. Das Tattoo über dem linken Fußgelenk, das aussah wie eine Kette, erkannte Marius Gautier sofort. Er blieb stehen und betrachtete die Schlafende, als hätte er noch nie eine Frau gesehen.

*

Im Admiral's-Splendid-Restaurant servierten die livrierten Kellner das Dinner bei samtigen Streicherklängen. Eine Atmosphäre zum Entspannen. Aber nicht für Lars Fabritius.

Die alte Dame an seinem Tisch fragte ihn rundheraus: »Sie essen ja gar nicht. Geht es Ihnen nicht gut?«

Lars schob es auf seinen empfindlichen Magen, dass er ein, zwei Tage brauche, um sich an den schwankenden Untergrund zu gewöhnen. Doch es war nicht der Magen. Es war Hasselbach. Hasselbach war tot und hatte ihn allein zurückgelassen in dem Sumpf, in dem Haifischbecken, welches Bild auch immer man bedienen wollte, um die Welt des sogenannten freien Journalismus zu beschreiben. Hasselbach hatte ihm nicht nur gezeigt, wie es ging, mit Worten zu betören und mit Worten zu blenden, er hatte ihn sogar in der Illusion belassen, einen ehrbaren Beruf ergriffen zu haben, einen, auf den man stolz sein konnte. Hasselbach war für ihn das, was der blaue Dunst für Hasselbach gewesen war. Ohne ihn lief nichts, ohne ihn war er verloren.

»Ich habe mich ja noch gar nicht vorgestellt«, flötete die alte Dame gut gelaunt, als fühlte sie sich dafür verantwortlich, ihn aufzuheitern. »Ich heiße Kampeter, Margitta Kampeter.«

Fast rührend, wie sie sich alle Mühe gab, ihn abzulenken. Margitta Kampeters Gesicht umrahmte ein frecher kurzer Haarschnitt in Weißgrau, der an die Zwanzigerjahre des vorigen Jahrhunderts erinnerte. Ihr luftiges Kleid war mit einem karminroten Blümchenmuster bedruckt, worauf es moosgrüne Tupfen geschneit hatte. Wie eine kleine Waldfee sah sie darin aus mit ihren wachen Augen und dem spitzen Mündchen. Wollte die kleine Waldfee etwa mit ihm flirten?

»Lars Fabritius, freut mich«, erwiderte er und schob den Teller mit dem Artischockensalat ein Stück von sich. Nach seinem Geschmack war er versalzen.

»Sie werden lachen, aber irgendwo habe ich Ihren Namen schon einmal gehört oder gelesen.«

»Tatsächlich?« Ein Fehler, sich mit seinem richtigen Namen vorzustellen. Sie würde für ein ehrliches Interview ausfallen, wenn ihr einfiele, woher sie ihn kannte. Aber auch wenn sie eine intelligente und aufgeweckte Dame war, so entsprach sie doch eher nicht dem Typ, der sich durch das gehobene Segment der Tageszeitungen las.

»Bitte verstehen Sie es nicht falsch, ich wollte keinesfalls ...«

Sie war süß, die Waldfee mit den reichlich siebzig Lenzen. Er sollte keinesfalls einen plumpen Annäherungsversuch dahinter vermuten. »Aber natürlich nicht, ich habe es auch nicht so aufgefasst.« Sie schaffte es, ihm ein Lächeln zu entlocken. »Ich habe heute eine schlechte Nachricht erhalten, wissen Sie?«, sagte er wie zur Entschuldigung, und plötzlich gerieten seine Gesichtsmuskeln außer Kontrolle, zuckten, wie sie es taten, wenn er kurz davor stand zu heulen. Als Kind hatte er oft geheult. »Lars, das Mädchen«, hatte sein Vater ihn dann verächtlich genannt.

Er riss sich zusammen, aber er brauchte jemanden zum Reden. Den ganzen Nachmittag hatte er versucht, Nesrin ans Telefon zu bekommen. Doch sie ging nicht dran, einmal hatte sie ihn sogar weggedrückt.

Das Sichtfeld von seinem Platz aus reichte bis zum Panoramafenster. Die letzten Sonnenstrahlen des Tages verwandelten das Meer soeben in einen purpurn schimmernden Teppich. Dieses flirrende Rot beunruhigte ihn. Er war drauf und dran, die Serviette auf den Tisch zu werfen und ... Die alte Dame sah ihn erwartungsvoll an. »Möchten Sie mir erzählen, worum es geht?«

Lars überlegte einen Augenblick, ob er ihr sein Vertrauen schenken sollte, als einer der Tische in der Nähe des Aquariums neu besetzt wurde. Es waren die beiden: der junge Mann und seine Schwester. Lars wusste jetzt seinen Namen: Dominik. Kaum dass er nach der Modenschau mit ihm ins Gespräch gekommen war, hatte sich seine Schwester zwischen sie gedrängt. Sie langweile sich allein am Pool, Dominik solle sich umziehen und ihr Gesellschaft leisten. Ziemlich verwöhnt schien es zu sein, das liebe Schwesterlein. Daraufhin hatte Dominik sich bei ihm entschuldigt, allerdings nicht, ohne ihn einzuladen. »Kommen Sie doch einfach mit. Ein paar Runden kraulen im Pool kann Wunder bewirken.« Doch dazu war er nicht aufgelegt gewesen. Er konnte doch nicht einfach weitermachen, als wäre nichts passiert. Hasselbach war tot …

»Vielleicht ein anderes Mal«, redete sich Lars bei der alten Dame heraus.

»Natürlich«, erwiderte sie unverdrossen, und ein verschmitztes Lächeln kräuselte ihr Kinn. »Sie können übrigens gerne Margitta zu mir sagen, da kommt man sich gleich näher.«

*

»Ich muss sagen, ich freue mich schon sehr auf die Altstadt von Danzig. Ein Juwel, wenn auch alles wiederaufgebaut werden musste. Nach dem Krieg stand ja kein Stein mehr auf dem anderen …« Olivia schaltete ab, zumal Karla nur wiederkäute, was in den Infoseiten stand, die man an der Rezeption erhielt und die der Roomservice abends auf das gemachte Bett gelegt hatte. Aber nicht nur deswegen. Nicht weit von ihrem Tisch in dem Bistro, in dem sie ihr Abendbrot einnahmen, weil hier für Karlas Rollstuhl mehr Platz zur Verfügung stand als im Restaurant, saßen die beiden Herren. Und der eine von ihnen hatte es Olivia nun einmal angetan. Sie war überzeugt, dass auch er sie mochte, auch wenn er sich am Morgen etwas abweisend verhalten hatte. Vielleicht war er es nicht gewöhnt, dass eine Frau ihn ansprach, und hatte deshalb so seltsam reagiert. Sie hatte dennoch ihr Bestes gegeben, um ihn in ein Gespräch zu verwickeln, über das schöne Wetter, das gute Essen und die geräumigen Kabinen waren sie allerdings nicht hinausgekommen. Der lange Schlanke war wieder erschienen und hatte sich aufgedrängt. Warum er wohl mit diesem Mann in den Urlaub gefahren war? Ihr verblieb nicht einmal die Zeit, sich mit Namen vorzustellen, und sie würde auch seinen nicht kennen, wenn ihn sein Bekannter nicht mit Richard angeredet hätte. Dem Namen eines Helden, den freilich als Brillenträger, kaum größer als eins siebzig und rundlich, nicht gerade die Aura eines Richard Löwenherz umgab.

Wahrscheinlich war er nichts Besonderes, und sie wusste es nicht zu erklären, warum er ihr gefiel. Er war eben ihr Typ. Sie konnte nichts dafür, dass sie sich in ihn verguckt hatte. Ja, Papa, ich falle immer wieder auf diese Sorte herein. Wahrscheinlich hatte Richard auch irgendeine ruinöse Schwäche. Aber noch wusste sie nichts von ihm. Warum schon von vornherein das Schlechte annehmen? Vielleicht hatte sie Glück. Wer weiß? Auch Dummchen hatten einmal Glück. Im Film war das jedenfalls so. Sie dachte an die Monroe ... Aber Olivia Sesselmann war keine Monroe. Leider.

»Du musst mir nicht so offensichtlich zeigen, dass es dich einen feuchten Kehricht interessiert, was ich sage, Oli. Wenn ich nicht hie und da ein paar Worte einflechten würde, dann gäbe es zwischen uns nur noch Schweigen. Ein Leben in Schweigen. Vielleicht hab ich es ja nicht besser verdient, als mein Dasein wie ein Kartäusermönch zu fristen …«

Olivia hatte keine Idee vom Leben eines Kartäusermönchs, sie wusste nicht einmal, was ein Kartäusermönch war, denn sie las nicht die Hälfte von Karlas Pensum. Und jetzt lauerte sie darauf, dass sich Richard einmal zur Seite wandte und sie in sein Blickfeld kam, um ihm zuzunicken, um ihn anzulächeln, denn sie hatte das Gefühl, dass er ihr Lächeln mochte, auch wenn er anfangs so getan hatte, als wäre es ihm unangenehm. Erkläre mir die Männer.

»Aber Karla. Natürlich interessiere ich mich für das, was du sagst. Mich hat nur dieser wunderbare Sonnenuntergang abgelenkt.« Die beiden Männer hatten es gut, sie durften schweigen.

»In Petersburg wirst du dich nicht so einfach herausreden können. Da gibt es nämlich noch keinen Sonnenuntergang zu dieser Zeit.«

Jetzt warf ihnen einer der Herren einen Blick zu. Aber es war nicht Richard, es war der andere, der Typ Schwiegersohn, den sich Papa immer gewünscht hatte.

*

Es war noch hell genug. Richard Körber lehnte sich im Bademantel an die geöffnete Balkontür seiner Kabine und schaute auf die endlose See. Natürlich war sie nicht endlos, irgendwann kam Land hinter der nächsten Erdkrümmung. Er wusste allerdings nicht, um welche Küste es sich handelte. Geografie war nie seine Präferenz gewesen. Er gab sich vielmehr dem eigenartigen Gefühl hin, das ihn bei diesem Anblick erfüllte. Als könnte er die Unendlichkeit spüren. Die Grenzenlosigkeit des Alls, die unfassbar war für das menschliche Gehirn. Seine Welt war die der Reagenzgläser, und selbst diese scheinbar enge Welt war unbegreiflich, wenn man bedachte, wie viel Leben sich allein in einem Tropfen Wasser tummelte. Ihm kam zu Bewusstsein, wie unbedeutend seine Arbeit doch war, obwohl sie bereits über dreißig Jahre währte. Wie lächerlich die Ausbeute an Wissen. Nicht er, auch nicht die Generationen nach ihm würden jemals alle Geheimnisse aufdecken. Wie vermessen, darauf zu hoffen, dass wir die Natur einmal ganz verstehen könnten, dachte Richard.

Die Dunkelheit war gierig. In den nächsten Augenblicken würde sie das letzte Licht des Tages verschlungen haben. Richard setzte sich auf einen der beiden Stühle auf seinem Balkon und schlug die nackten Beine übereinander. Seine Gedanken zogen an ihm vorüber wie der leise Fahrtwind. Die Menschen stellten sich wie Kinder an, nahmen diese Welt auseinander und wussten hinterher nicht, was sie mit den Einzelteilen anfangen sollten. Sie waren nicht einmal in der Lage, aus den wenigen Erkenntnissen die notwendigen praktischen Konsequenzen zu ziehen.

Er fühlte sich bestätigt. Sein Entschluss, sich von diesem Jammertal zu verabschieden, war richtig. Und wenn er dabei die Gelegenheit ergriff, Thomas Bergengruen für all die Niedertracht in den Jahren ihrer Zusammenarbeit zu bestrafen, dann war es für ihn moralisch vertretbar, wenn auch nicht von Rechts wegen.

Plötzlich kam ihm die Szene beim Abendessen in dem kleinen Bistro dazwischen. Sie hatte also eine Schwester, vielleicht sogar eine Zwillingsschwester, denn obwohl die Frau im Rollstuhl ein ganz anderer Typ als sie zu sein schien, sahen sie sich doch sehr ähnlich. Er hatte es ganz schön kess von ihr gefunden, ihn vor der Modenschau einfach so anzusprechen. Aber wenn er so darüber nachdachte, hatte ihm ihre Art imponiert, und dieses fröhliche Gesicht, sie schien ein Mensch zu sein, der gern fröhlich war. Irgendjemand schien sie jedoch daran zu hindern, es auszuleben. Vielleicht die Frau im Rollstuhl? Es konnte bedrückend sein, immer einen Schwerkranken um sich zu haben. Doch was sollte er näheren Kontakt mit ihr suchen? Seine Zeit war abgelaufen, er hatte nur noch einen letzten Plan auszuführen. Und in den letzten Momenten seines Lebens eine Frau unglücklich zu machen, das war wirklich unmoralisch. Eins ließ ihn jedoch nicht kalt: Dass ausgerechnet Bergengruen mit ihr liebäugelte – Richard hatte es genau gesehen, wie er ihr beim Abendessen im Bistro zulächelte.

DANZIG

6

Sie schwammen in nicht allzu großer Tiefe im trüben Wasser. Wächli und Niedermoser voran, Marius bildete die Nachhut, Niedermosers wedelnde Flossen vor der Taucherbrille. Bisher hatten sie nur ein paar kleine, unbedeutende Stücke gefunden. Lange würden sie nicht mehr aushalten, der Sauerstoff in den Flaschen war fast verbraucht. Die anfängliche Zuversicht war geschwunden. Warum auch sollten ausgerechnet sie die legendäre Bernsteinrose finden? Hunderte von Tauchern suchten nach ihr, ach was, Tausende. Eher würden sie die Überreste eines Schatzsuchers auf dem Grund der Ostsee finden als diese Rose. Zudem führten die Kollegen den Scheinwerfer mit sich, hatten also die weit besseren Chancen, das Juwel aufzuspüren. Zwar wollten sie bei Erfolg den Fund als einen gemeinsamen ausgeben, aber wenn es so weit käme, könnte man selbst einem guten Freund nicht trauen. Denn die Rose war angeblich nicht nur wunderschön, sie verlieh auch dem Mann, der sie zuerst in Händen hielt, unvergängliche Liebeskraft …

Die grauen Konturen einer Anhöhe kamen in Sicht, jedoch nichts als wabernde, blassgrüne Algen, in denen kleine Fische Schutz und Nahrung suchten. Marius wandte sich ab, doch dann zögerte er. Blitzte da nicht etwas zwischen den Steinen auf? Er setzte mit dem Beinschlag aus und ließ sich ein Stück treiben. Das Tempo der beiden Kollegen war gemächlich. Wenn er die Stelle kurz untersuchte und sich dann beeilte, würde er den Anschluss nicht verpassen.

Mit kräftigen Stößen schwamm er auf die Anhöhe zu, geriet in einen Schwarm Heringe, der ihm für kurze Zeit die Sicht nahm. Das Blitzen war verschwunden. Marius sank zu der Stelle hinab, wo er es vermutet hatte. Der Sandboden gab nichts als graue Steine frei. Es war wohl nur eine Täuschung gewesen. Da leuchtete es plötzlich wieder stärker als zuvor aus einer Sandfalte heraus. Sein Herz schlug laut, vor Aufregung atmete er nicht, das Blubbern um ihn herum verstummte. Nur sie konnte es sein, die legendäre Bernsteinrose, die so unvergleichlich strahlte, und er, Marius Gautier, hatte sie gefunden. Auf ihn allein würden die legendären erotischen Kräfte übergehen.

Sie war größer als gedacht. Mit den Händen legte er den honiggelben Stein in der Form einer halb geschlossenen Rosenblüte frei, hob ihn vorsichtig an, um ihn mit seinem Sammelnetz zu umhüllen. Da fiel ihm ein runder, bleicher, wie poliert wirkender Gegenstand auf, kaum mehr als zwei, drei Meter entfernt, so groß wie ein menschlicher Kopf … In dem Moment fuhr der weit aufgerissene Schlund einer riesigen Seeschlange aus der Tiefe, packte seinen Arm und verbiss sich darin. Er ließ die Rose in den Staub sinken, der Schmerz war zu groß …

Marius wachte auf. Er wusste nicht gleich, wo er war, doch das Logo der Reisegesellschaft an der Wand gegenüber holte ihn schnell zurück. Er lag sicher im Bett seiner Kabine, unternahm keinen Tauchgang in der Ostsee, es gab keine Seeschlange und er hatte sie nicht gefunden, die honiggelbe Rose mit den wundersamen Kräften. Aber der

Schmerz war echt. Nur nicht im Arm, es war die Hüfte, die verfluchte Hüfte.

Beinahe hätte er sie vergessen. Der gestrige Abend hatte seine Stimmung gehoben, direkt Zuversicht in ihm geweckt. Allein dieser Ausblick – die Schöne auf dem Balkon. Bester Laune, für seine Verhältnisse direkt euphorisch, hatte er danach den Abend in einer der Bars ausklingen lassen, erfüllt von … Illusionen.

Geäfft. Natürlich hatte sich nichts geändert. Alles war beim Alten. Der Vorhang am Fenster bauschte sich. Er musste die Balkontür gestern Abend noch geöffnet und dann vergessen haben, sie zu schließen. Davor war gewarnt worden. Zu Recht, denn ein gewisses Risiko gab es immer, auch auf einem gut bewachten Kreuzfahrtschiff wie diesem. Der Luftzug kühlte seine verschwitzte Stirn. Doch das Schiff bewegte sich nicht mehr. Offenbar lagen sie bereits im Hafen von Danzig, nein, von Gdingen, denn dort machten die Schiffe mit größerem Tiefgang fest. Behutsam setzte er an, um sich aus dem Bett zu winden.

*

In seiner Morgenansprache hatte der Kapitän die Schiffsposition und die Wettervorhersage durchgegeben. Sonnig und trocken würde es bleiben, und die Temperaturen stiegen bis siebenundzwanzig Grad an. Ein weiterer Sommertag stand bevor. Die Shuttlebusse nach Gdansk fuhren stündlich ab neun Uhr vom Hafen aus, und Lars hatte gleich den ersten genommen. In der Nacht hatte er kaum geschlafen, bereits um halb sechs auf dem Balkon geraucht. Es war keine gewöhnliche Trauer, eine Seelen-entzündung hatte ihn befallen, wenn es so etwas gab …

»Proszę o kawe«, gab er dem Kellner des kleinen Cafés in Auftrag.

»Sehr gern, der Herr, kommt sofort«, erwiderte der mit einem Augenzwinkern. Der polnische Akzent war ihm kaum anzumerken, er hatte eben auch seinen Stolz.

Die Aussicht auf das entspannte Treiben in der Lang-gasse milderte allmählich Lars' aufgewühlten Zustand. Die verschnörkelten Fassaden der restaurierten Patri-zierhäuser wirkten wie eine gute Stube in Erinnerung an große Tage.

In den meisten Auslagen der Geschäfte schimmerte es goldgelb. Lars fiel Nesrins Auftrag ein. Eine Kette oder ein Armreif sollte es sein. »Ich verlasse mich ganz auf deinen Geschmack«, hatte sie ihm mit auf den Weg gegeben, »aber achte auf die Qualität: Bernstein ist nicht gleich Bernstein. Außerdem kommt es auf die Verarbei-tung an. Lass dir bloß keinen billigen Touristenkrem-pel andrehen.«

Nicht ganz einfach, schließlich wollte jeder seinen Schnitt machen. Aber für Nesrin würde er alles geben und einen Meisterbetrieb aufsuchen. Sie hatte es verdient, auch wenn er sauer auf sie war.

»Ich stecke bis zum Hals in Arbeit, das kannst du dir doch denken, Lars. Lass dir bloß nicht einfallen zu schmollen.« Sie klang abgehetzt, entnervt, und er gab es schnell auf, den Beleidigten zu spielen. Mit Recht konnte sie Verständnis von ihm erwarten, wenn sie für ihn keine Zeit hatte, jetzt, wo sie den Laden quasi allein schmei-ßen musste.

»Soll ich in den nächsten Flieger steigen?«, hatte er gefragt, natürlich ein Scherz. Er gehörte längst nicht mehr zu den Haien der Tagespresse. Er hatte es ins Feuilleton geschafft.

»Bleib bloß da, wo du bist. Hier ist genug Chaos. Noch eins: Ich kann dir nicht garantieren, ob dein Projekt bei dem Neuen eine Chance haben wird …«

Das hatte Lars allerdings nicht erwartet. »Gibt es denn schon einen Nachfolger?«

»Hasselbach stand seit einem halben Jahr auf der Abschussliste.«

»Das wusste ich nicht.« Vielleicht hatte ihn das so fertiggemacht, dachte Lars. »Eigentlich kann es ja nur *eine* werden …«

»Lieb von dir, mein Schatz. Aber es ist bereits klar, dass ich es nicht werde. Ich spiele hier nur die Zwischennummer und kann von Glück reden, wenn sie mich im letzten Augenblick nicht noch schassen. Der Neue will angeblich alles umkrempeln.«

Arme Nesrin. Aber anstatt seine loszuwerden, hatte sich Lars jetzt auch ihre Sorgen aufgehalst. Dabei dachte er weniger an sich, egal wen sie ihm da vor die Nase setzten, er würde schon mit ihm klarkommen.

»In zwei Tagen wird Hasselbach beerdigt. Sei froh, dass du nicht dabei sein musst.«

Lars versetzte es einen Stich. Er hätte ihm gern die letzte Ehre erwiesen, dem alten Haudegen, aber Nesrin hatte recht. Bei der Gelegenheit würde er nicht umhinkommen, sich diese eitlen Plattitüden anzuhören. Doch da gingen ihm bereits selbst Formulierungen für Hasselbachs Nachruf durch den Kopf. Er stutzte. Nur stille Trauer war ehrliche Trauer, und Dankbarkeit brauchte keine Schnörkel. Sein Blick wanderte die verzierten Fassaden entlang, als er bemerkte, dass er weinte.

*

Das, was die Reiseleiterin im Bus über Danzigs Schicksal erzählte, kannte Olivia schon von Karla, und sie hatte das Interesse an der Stadt bereits verloren, bevor sie sie gesehen hatte. Doch dann überwältigte sie die heutige Schönheit, und sie vergaß augenblicklich die beklemmenden Bilder der Zerstörung durch den Krieg, auch den unheimlichen Jungen mit der Trommel und dem hohen Schrei, der alles Glas zerspringen ließ …

Nach der Rundfahrt landeten sie gegen Mittag in der Rechtstadt, wie man hier die Altstadt nannte, weil dort einmal das Stadtrecht der Hanse geherrscht hatte. Auch das wusste sie bereits von Karla. Mit etwas Glück ergatterten sie einen Schattenplatz vor einem der Restaurants in der Fußgängerzone. Karla schwitzte schnell und hatte den ganzen Weg über gestöhnt. »Das Einzige, was dagegen hilft, ist Bitter Lemon«, sagte sie. Gottlob konnte der Kellner auch diesen Wunsch erfüllen. Olivia atmete auf. Doch Karla hatte offenbar ihre Melancholie befallen und sie erwartete, dass Olivia sie tröstete. »Wem nützt all die Schönheit, wenn man sie nicht anfassen darf?« Sie seufzte, während sie auf den vergitterten Neptunbrunnen deutete, der in Sichtweite lag. Natürlich war es nicht leicht für Karla zu wissen, dass sie sich nie von diesem Stuhl würde befreien können und gezwungen war zuzusehen, wie andere ihr Leben lebten.

Aber was war mit *ihr*? Sie war an Karla gekettet und musste ihre Launen ertragen, so lang, bis eine von ihnen starb. Und Karla war zäh. Bestimmt würde Olivia vor ihr sterben ... Wenn nicht an einer Krankheit, dann an innerer Leere. Es wurde Zeit, dass sich ihr Leben änderte. Hatte sie nicht genug gebüßt: die vielen Jahre, die sie Karla jetzt pflegte, ihre Sticheleien ertrug, ihre Besserwisserei, ihren Egoismus?

Olivia dachte an Hans-Peter zurück, ihre Nummer drei, der ihr Vermögen bis auf einen lächerlichen Rest verspielt und sie doch geliebt hatte. Sie selbst hatte allerdings nie die Rechnung aufgemacht – Papa und Karla hatten das für sie besorgt –, sich auch nie gefragt, wem er mehr zugetan gewesen war, den Spielautomaten oder ihr, seiner Frau. Dafür hatte es keinen Grund gegeben. Er war so zärtlich gewesen, hatte ihr das Bewusstsein geschenkt, begehrenswert zu sein. Für sie war es der Himmel gewesen, mit ihm zu schlafen. Sie vermisste ihn sehr. Ja, vielleicht hätte er sie verlassen, wenn ihr das Geld endgültig ausgegangen wäre. Vielleicht aber auch nicht. Als ihre Konten leer waren, hatte Hans-Peter jedenfalls eine Idee: »Wozu braucht Karla dieses große alte Haus für sich allein? Warum verkauft ihr es nicht und jede verwendet ihre Hälfte vom Erlös, wie es ihr gefällt? Dann geht es uns wieder besser, mein Sternchen, wir könnten eine kleine Eigentumswohnung anzahlen und alles wäre gut.«

Sie hatte sich zuerst nicht getraut, Karla darauf anzusprechen, schließlich steckten so viele Erinnerungen in ihrem Elternhaus. Doch als Hans-Peter immer mehr darauf drängte, fasste sie sich ein Herz und kam beim Nachmittagskaffee, den sie immer noch um halb fünf einnahmen wie damals mit Papa, darauf zu sprechen. »Ich mache mir Sorgen, dass uns das Haus eines Tages über den Kopf wächst. Es ist doch sehr groß und dazu der Garten. Findest du nicht, wir sollten uns davon trennen?«

Karlas Kopf, den sie beim Zuhören gern schräg hielt, erhob sich plötzlich kerzengerade auf ihren Schultern. Olivia schlug die Augen nieder und erwartete heftige Vorwürfe. Doch es kam anders. »Meinst du?«, fragte Karla halblaut.

Olivia konnte ihre freudige Überraschung kaum verbergen. »Ja«, erwiderte sie, »du könntest dich in eine Residenz für Behinderte einkaufen, dann wärst du auch nicht so allein.«

»Ja, du hast recht, ich bin oft allein ...«

Endlich eine vernünftige Lösung, und ausgerechnet Hans-Peter hatte sie gefunden. Ein wirklicher Neuanfang stand bevor. Olivia würde eine einfache Arbeit annehmen, vielleicht als Verkäuferin, sie hatte ja nichts gelernt, und Hans-Peter würde einen Entzug machen. Mit dem Geld aus dem Hausverkauf tilgten sie dann seine Schulden, und für die Anzahlung einer kleinen Wohnung würde es auch reichen.

Drei Tage später war Hans-Peter tot. Er hatte die dumme Angewohnheit, sich bei kurzen Strecken mit dem Auto nicht anzuschnallen. Irgendetwas musste unerwartet in der Einfahrt zur Tiefgarage vor ihm aufgetaucht sein und ihn gezwungen haben, so stark auf die Bremse zu treten, dass er mit dem Kopf durch die Scheibe flog und sich dabei das Genick brach.

*

Richard versuchte, die Gesellschaft von Bergengruen zu vermeiden. Deshalb hatte er bereits gegen sieben sein Frühstück eingenommen, weil er wusste, dass der Kollege gern länger schlief. Bei der Stadtrundfahrt trafen sie jedoch aufeinander, und während der Zeit zur freien Verfügung sagte Bergengruen zu ihm: »Was hältst du davon, alter Freund, wenn wir uns die berühmte Werft noch etwas genauer anschauen? Immerhin ist hier die Wende vom Stapel gelaufen. Anschließend könnten wir die Danziger Bucht entlang bis nach Sopot fahren. Von der Seebrücke soll man einen herrlichen Ausblick haben. Das Taxi dorthin und der Kaffee an der Strandpromenade gehen natürlich auf meine Rechnung.«

Kaum zu glauben. Bergengruen hatte die Spendierhosen an? Das sollte doch nicht etwa ein Versuch sein? Bei jedem anderen hätte Richard das Angebot respektiert, es vielleicht sogar angenommen, aber bei Bergengruen … Selbst in der Kantine ließ er die Kollegen zahlen. »Ach Richard, könntest du mal einspringen, habe gerade kein Kleingeld. Ich revanchiere mich.« Darauf konnte man sich tatsächlich verlassen. Aber der liebe Thomas revanchierte sich nicht mit einer Einladung zum Kaffee, sondern mit reichlich unbezahlten Überstunden. Jetzt, wo ihm der berühmteste aller Preise verliehen werden sollte, versuchte er offenbar, sein Image aufzupolieren. Aber nicht mit ihm. Richard Körber war nicht käuflich.

Die berühmten Ecken der Altstadt hatten sie besichtigt und bogen gerade von der Frauengasse in die Langgasse ein, als Richard die beiden Damen erkannte. Sie saßen im Schatten eines der barocken Kaufmannshäuser mit dem typischen Stufendach. »Vielen Dank für das

Angebot, Thomas, aber ich bin etwas erschöpft und muss mich ausruhen. Lass dich bitte nicht aufhalten, wir sehen uns später.«

Jetzt war es an Bergengruen, ihn verwundert anzusehen, er hatte offensichtlich nicht damit gerechnet, dass Richard diese einmalige Gelegenheit ausschlagen würde. Aber ohne Gesichtsverlust konnte er kaum einen Rückzieher machen und musste sich wohl oder übel auf die Suche nach einem Taxi begeben.

Sie war wieder in Begleitung der Dame im Rollstuhl, die ihr stark ähnelte, deren Gesichtsausdruck aber heute noch verhärmter und verbitterter wirkte. Während *sie* eine natürliche Frische ausstrahlte. Wenn er sie mit einer Blume vergleichen sollte, dann wäre ihm die Wildrose eingefallen. Ihre Lippen leuchteten in einem anziehenden, unaufdringlichen Rot, sie trug ein geschmackvolles Sommerkleid. Über fünfzig mochte sie sein, aber Schönheit hatte nicht unbedingt etwas mit dem Alter zu tun.

Bergengruen drehte sich noch einmal zu ihm um und stutzte. Anscheinend bewog ihn etwas innezuhalten, und Richard konnte sich denken, was. Aber zu spät, ein Taxi fuhr vor und der Fahrer öffnete ihm den Schlag.

Richard atmete auf. Bergengruen war aus dem Feld geschlagen. Doch was jetzt? Schließlich hatte er sich etwas vorgenommen. War er etwa drauf und dran, seine eigenen Pläne zu durchkreuzen? Ein Schweißtropfen rann ihm von der Stirn. Sollte er den Plan eisern durchziehen oder besser auf sein Herz hören?

Es zog ihn zu dem Tisch, an dem die beiden Damen saßen. Nur wenige Schritte und er würde davorstehen. War es unhöflich, sich einfach aufzudrängen? Aber auch *sie* hatte ihn nach der Modenschau ganz unvermittelt angesprochen. Außerdem waren alle anderen Tische im Schatten besetzt.

»Entschuldigen Sie, meine Damen, wir haben uns bereits auf der Baltic Crown gesehen. Darf ich mich vorstellen? Mein Name ist Körber, Dr. Richard Körber. Darf ich mich zu Ihnen setzen? Ich vertrage die starke Sonne so schlecht.«

»Wenn Sie die Sonne so schlecht vertragen, sollten Sie sich einen Hut anschaffen«, erwiderte die Dame im Rollstuhl ungnädig.

Aber *sie* lächelte wieder bezaubernd und kam ihm zu Hilfe. »Angenehm, ich bin Olivia Sesselmann, das ist meine Schwester Karla. Bitte setzen Sie sich. Du hast doch nichts dagegen, Karla?«

Anscheinend hatte sie, aber er setzte sich, bevor sie antworten konnte.

7

Wegen seiner Schmerzattacke hatte Marius überlegt, den Ausflug abzusagen und den Morgen in der Lounge zu verbringen. Aber er wollte endlich wieder festen Boden unter den Füßen spüren. So ein Schiff engte ein, und ihn packte die Sehnsucht, wenn er an die Touren mit Wächli und Niedermoser in den Weiten der Schweizer Alpen dachte.

»Einmal möchte ich erleben, dass du an etwas *nicht* herumnörgelst«, hätte Luisa bestimmt dazu gesagt. Sie erinnerte ihn immer mehr an ihre Mutter. Sibylle hatte am Ende ihrer Ehe auch kein gutes Haar an ihm gelassen. Er sah ein, dass er manchmal mit seiner kritischen Einstellung über das Ziel hinausschoss. Aber mit Nörgeln hatte das nichts zu tun. Er war eben nicht so leicht zufriedenzustellen, er gab sich auch nie mit dem Anschein zufrieden, sondern prüfte jede Situation auf Herz und Nieren, bevor er ein Urteil fällte. Das gehörte zu ihm, das gehörte zu seinem Beruf, den er immerhin vierunddreißig Jahre ausgeübt hatte. War es nicht gerade diese Eigenschaft, die einen Ermittler von Format ausmachte?

Am frühen Nachmittag kehrten sie zum Schiff zurück und Marius entschied, den Rest des Tages auf seinem Balkon zu verbringen, trotz der Tabletten spürte er immer noch einen starken Druck auf der Hüfte und konnte ein leichtes Hinken nicht vermeiden. Doch zuvor wollte er sich Lesestoff an der Rezeption auf Deck drei besorgen.

Dort war gerade nichts los, Melodien wie in Watte gepackt erfüllten das Treppenhaus. Nur eine einzelne Frau, die Marius den Rücken zukehrte, befand sich im Gespräch mit einer Schwarzhaarigen vom Service. Er nahm zunächst die Prospekte in Augenschein, als er ein paar Gesprächsfetzen aufschnappte.

»Es ist über zwanzig Jahre her, wissen Sie, aber ich bin sicher, dass er es ist, der Mann, der ...«

»Ich rufe gern den Chef der Security. Er kann diesen Herrn überprüfen, und wenn er sich verdächtig verhält ... Immerhin gibt es ein Sicherheitsgewahrsam hier an Bord.«

Es entstand eine Pause.

»Besten Dank ... aber vielleicht irre ich mich auch, es ist so lange her ... Es könnte der Falsche sein, dann hätte ich ... Jedenfalls vielen Dank für Ihre Hilfe.«

Warum wiegelte die Frau so plötzlich ab?, wunderte sich Marius. Was konnte sie bewogen haben, ihre Meinung zu ändern? Offenbar fühlte sie sich bedroht und suchte Schutz.

»Gern geschehen, Frau Kakies«, erwiderte die Schwarzhaarige hinter dem Tresen.

Kakies, der Name ging ihm durch und durch. In dem Augenblick drehte sich die Angesprochene zu ihm um und ihre Blicke begegneten sich. Ja, sie war es, die Göttin vom Laufsteg, die Schöne mit dem Tattoo über dem linken Fußgelenk, das so aussah wie eine Kette. Sie war jetzt privat nicht so stark geschminkt, aber immer noch überirdisch schön. Ihr Lächeln machte ihn verlegen, er hatte ihm nichts entgegenzusetzen, er, der hinkende, ausgediente Kriminalrat. Doch offenbar hatte sie ein Problem, und zum Problemlösen taugte er immer noch recht gut, jedenfalls was die Probleme anderer betraf.

Sie griff nach ihrer kleinen Handtasche, die auf dem Tresen lag, und ihm wurde klar, wenn er nichts sagte, würde sie an ihm vorübergehen. »Entschuldigen Sie«, hörte er seine eigene Stimme. Sie klang unerschütterlich und Respekt einflößend, so wie früher, als er noch im Dienst gewesen war. »Mein Name ist Gautier, Kriminalrat a. D. Marius Gautier. Bitte halten Sie mich nicht für neugierig, aber ich habe unfreiwillig zugehört und den Eindruck gewonnen, dass Sie Hilfe brauchen.«

Das Lächeln schwand aus ihrem Gesicht, während sie anscheinend überlegte, das Angebot anzunehmen. Doch plötzlich wirkte sie nervös wie eine Verfolgte. »Ich ... nein, vielen Dank ... sehr freundlich.« Er wollte sie beruhigen, aber sie wandte sich abrupt von ihm ab und entfernte sich mit schnellen Schritten in Richtung der Aufzüge.

*

Über eine Stunde hatte Lars Fabritius in der Bernsteingalerie am Rand der Danziger Innenstadt verbracht und sich einiges über das fossile Kiefernharz erzählen lassen. Bei der Gelegenheit lernte er auch die erstaunliche Bandbreite von Farben kennen und wusste jetzt, dass die Inklusionen von urzeitlichen Pflanzenteilen und Insekten den eigentlichen Wert eines solchen Steins ausmachten. Am Ende hatte er tief in die Tasche gegriffen für einen in Gold gefassten Anhänger, der garantiert die Dame seines Herzens bezaubern würde, so der polnische Verkäufer. Und er lag nicht einmal falsch: Nesrin war die Dame seines Herzens, nur ohne die fleischliche Versuchung.

Am Nachmittag saß Lars in der Café Lounge auf Deck vier vor einer Latte Macchiato, hielt sein Geschenk gegen das Licht, betrachtete den Einschluss genauer, der an eine Fliege erinnerte, und musste unweigerlich an »Jurassic Park« denken.

»Faszinierend, nicht? Es gibt sie auch in Blau, Rot und Grün«, sprach ihn jemand über seine Schulter hinweg an.

Lars erkannte die Stimme sofort. Dominik. »Offenbar kommt hier niemand an Bernstein vorbei«, erwiderte er und konnte nicht widerstehen, die Gelegenheit zu nutzen, seine Neugier zu befriedigen. »Sicher haben Sie Ihrer Freundin auch etwas Passendes besorgt.« Doch dann ärgerte er sich. So plump hatte er lange nicht mehr versucht, jemanden auszufragen, schämen sollte er sich. Es war unter seiner Würde.

»Sie ist nicht meine Freundin, sie ist meine Schwester, das wissen Sie ja bereits …«

»Ja, natürlich, ich dachte nur …«

»Nein, habe ich nicht …«, beantwortete Dominik die ungestellte Frage und warf ihm einen spitzbübischen Blick zu. Lars spürte die Röte in sein Gesicht steigen. »Ich bin übrigens Dominik, aber auch das wissen Sie bereits, fehlt nur, dass Sie mir sagen, wie Sie heißen.«

Er war also auch an ihm interessiert. Aber diesmal ging Lars auf Nummer sicher: »Steffen«, gab er an, ein Name, der ihm geradeso eingefallen war. Er kannte einen Steffen, einen Kollegen, der etwas von dem jungen Hermann Hesse hatte …

»Und für wen hat Steffen den Anhänger besorgt?«, fragte Dominik.

»Für eine Freundin …«

»Aha, für eine Freundin also …«

»Nein, nicht, wie Sie denken. Für eine Kollegin, die jetzt wahnsinnig viel arbeiten und deshalb unbedingt getröstet werden muss.«

Dominiks Lächeln zog ihn magnetisch an, auch wenn sein Outfit ihn eher entsetzte: Bermudas mit tropisch buntem Aufdruck, dazu ein Poloshirt in Orange. Wie ein Frühstücksbüfett für Orang-Utans sah er darin aus. Die Mokassins aus dünnem elfenbeinfarbenem Leder fand er hingegen sexy, mehr noch die gut gewachsenen, blond behaarten Beine … Sicher tauchte gleich wieder seine Schwester auf und machte alles kaputt.

»Möchten Sie sich nicht setzen? Das Getränk geht ohnehin aufs Haus.«

Dominik setzte sich in den Korbstuhl ihm gegenüber, schlug die Beine übereinander und ließ ihn nicht aus den Augen.

»Hatten Sie einen schönen Tag?« Nicht besonders originell, der Einstieg, dachte Lars, dieser Mann machte ihn nervös.

»Er ist immer noch schön, der Tag, finde ich«, erwiderte Dominik, während ihn sein Blick weiter herausforderte.

Wo waren nur seine Erfahrung, seine Selbstsicherheit? Was lag in der Ausstrahlung dieses jungen Mannes, das ihn verunsicherte? War er es etwa … der Herzklopfen-Mann, den er immer schon gesucht hatte?

Aber es war helllichter Tag, sie befanden sich nicht in einer schummrigen Bar beim Mitternachtsblues, sie saßen in der Café Lounge der Baltic Crown, und ein Streichquartett erfüllte den Äther mit: »Gern hab ich die Frau'n geküsst« und »In einer kleinen Konditorei«. Aber er könnte ihm ein paar Fragen stellen. Er hatte doch einen Auftrag zu Ehren von Hasselbach.

*

Zutiefst peinlich war es Olivia gewesen, wie sich ihre Schwester gegenüber dem netten Herrn Körber verhalten hatte. Während der Rückfahrt im Bus hatte sie eisern geschwiegen. Auf der Baltic Crown angekommen, hatte sich Karla auf den Balkon ihrer Kabine begeben, saß dort nun seit beinahe zwei Stunden und starrte von ihrem Rollstuhl aus reglos in die Ostsee.

Anscheinend versuchte Karla, ihr auf diese Weise ein schlechtes Gewissen zu machen. Dabei war es nur eine unverbindliche, harmlose Unterhaltung gewesen, und schon lag der Vorwurf in der Luft, sie wolle mit einem Mann anbandeln, wo sie doch in Karlas Augen in puncto Männern so versagt hatte. Dabei war der nette Herr Körber ein Wissenschaftler. Ein angesehener Beruf, oder etwa nicht? Wenn er sie mochte – und Olivia hatte das starke Gefühl, dass es so war –, hätte sie alle Achtung verdient. Außerdem war längst nicht klar, ob er verheiratet war oder nicht. Er reiste zwar mit einem Freund, wie er erwähnt hatte, trug keinen Ehering – an seinen Ringfingern hatte sie auch keinen Abdruck entdecken können –, aber das schloss nicht aus, dass er in einer Beziehung war. Warum also legte Karla dieses unausstehliche Verhalten an den Tag?

Auf die Frage gab es nur eine Antwort: Egoismus und Bitterkeit. Was Karla nicht hatte, sollte auch sie nicht haben. Nie hörte das auf, im Gegenteil, es würde immer schlimmer werden.

Warum nur war sie nach Hans-Peters Tod Hals über Kopf zu ihrer Schwester gezogen, zurück in das Elternhaus, aus dem sie doch einst geflohen war? Sie hätte Karla auch jeden Tag besuchen und ihr bei den Dingen helfen können, die sich vom Rollstuhl aus schlecht oder gar nicht machen ließen. Außerdem gab es Frau Willumeit, ihre Haushaltshilfe und Mädchen für alles. Olivia konnte sich auch nicht mehr erklären, warum sie ihren Vorsatz so einfach über Bord geworfen hatte, als Verkäuferin ihr Geld zu verdienen. Sie wäre unabhängig geblieben und hätte ein Auskommen gehabt. Aber wer sagt schon Nein bei einem so verlockenden Angebot, wie Karla es ihr gemacht hatte? »Du wirst es leicht mit mir haben, Oli, und um Geld brauchst du dir ab jetzt keine Sorgen mehr zu machen. Ich habe Mutters Erbteil noch nicht angerührt. Wenn wir gut rechnen, reicht er für uns beide.«

Zu diesem Zeitpunkt war Olivia bis auf einen Notgroschen abgebrannt gewesen. Nach Hans-Peters tödlichem Unfall fiel auch sein kleines Gehalt weg, und die Miete für die Wohnung hätte sie auf Dauer allein nicht aufbringen können. Also packte sie ihre sieben Sachen in zwei Koffer, bestellte ein Taxi und zog wieder in die Villa Sesselmann ein.

Am Anfang war zwischen ihnen alles gut, Karla ließ ihr viel Freiraum, Olivia durfte, ohne zu fragen, durch die Stadt bummeln und ihre Freundinnen treffen. Doch dann wollte Karla plötzlich überall dabei sein und machte ihr Vorschriften, was sie besser nicht essen oder trinken sollte, welches Kleid zu ihr passte und welches nicht, welchen Umgang sie pflegen und wessen Gesellschaft sie besser meiden sollte. Natürlich waren Männer kein Thema.

Zuerst hatte Olivia gedacht, dass Karla sich nur Sorgen um sie machte, schließlich hatte sie allen Grund dazu. Ja, Olivia hatte es zugelassen, dass sich jemand am Vermögen ihrer Eltern vergriffen, es zum Fenster hinausgeworfen hatte: Ein Mann, ein verantwortungsloser, schwacher Mann. Die Glücksmomente, die Hans-Peter ihr beschert hatte, waren sie teuer zu stehen gekommen. Aber Karla hatte nie gefragt, ob sie es vielleicht wert gewesen waren. Wer bestimmte, was Glück kosten durfte? Außerdem hatte das Geld ihr gehört, wie Karla hatte sie geerbt und konnte mit ihrem Anteil machen, was sie wollte. Sie war ihr nichts schuldig, gar nichts.

*

Nach Gdingen würde die Baltic Crown fast jeden Tag den Hafen einer neuen Hauptstadt anlaufen. Richard spürte zum ersten Mal eine gewisse Faszination am Reisen. Bisher hatte er sich nie viel daraus gemacht. Seit zwanzig Jahren fuhr er an den Gardasee in ein Hotel, das noch immer das Flair der Kaiserzeit verströmte, und verbrachte dort eine Woche im Liegestuhl mit Blick auf Wasser und Berge, um sich zu entspannen. Jedoch selten länger, denn dann holte ihn die Arbeit wieder ein. Seine Urlaube waren nie aufregend, plätscherten so dahin. Er hatte es nicht anders gewollt und nichts vermisst. Dieser Urlaub hingegen unterschied sich von den anderen. Das hatte nichts mit dem Ärger um Bergengruen zu tun, nein, im Gegenteil, die gewisse Unruhe, die ihn erfasst hatte, bedeutete Belebung. Richard konnte dieses Gefühl nicht genau einordnen, das ihn immer mehr vereinnahmte, er wusste nur, dass es mit dieser Frau namens Olivia Sesselmann zusammenhing.

Ihren Namen zu denken genügte, und schon saß er kerzengerade in seinem Stuhl auf dem Balkon. Die Welt lächelte ihn an, lächelte in ihn hinein, und er dachte an die Begegnung in der Danziger Altstadt am Morgen. Für die Schadenfreude über Bergengruens enttäuschtes Gesicht hatte er allerdings büßen müssen.

Obwohl er sich tadellos vorgestellt und Olivia ihm erfreut einen Platz angeboten hatte, konnte ihre Schwester ihn offenbar nicht leiden. Die Szene stand ihm wieder vor Augen. Es ging schon los mit der Bemerkung, er solle sich einen Hut kaufen, wenn er die Sonne nicht vertrage. Worauf er sofort versuchte, die Situation zu entschärfen. »Sie haben völlig recht. Wenn man in dieser Weise empfindlich ist, sollte man unbedingt einen Hut tragen. Ich habe mir nicht nur *einen* gekauft, aber manchmal bin ich etwas nachlässig und habe die Hüte einen nach dem anderen wieder verloren.«

Olivia fand es komisch, jedenfalls ließ sie ein anziehendes helles Lachen erklingen.

»Nachlässigkeit ist gefährlich«, ließ Karla Sesselmann nicht los, »Nachlässigkeit und Sorglosigkeit können ein Leben sogar ruinieren, nicht wahr, Olivia?«

»Aber das will doch Herr Dr. Körber gar nicht wissen, Karla«, versuchte Olivia ihre Schwester von diesem Thema abzubringen. »Es ist ein so schöner Tag. Finden Sie nicht, Herr Dr. Körber?«

»Ja, sehr schön. Aber bitte verzichten Sie doch auf den Doktor.«

Ein rosa Schimmer huschte über ihren bemerkenswert glatten Teint, was er ganz reizend fand.

Sie saßen draußen an der erfrischenden Luft, und ihm schwebte ein Idyll vor. Zwei Menschen, ein Mann und eine Frau, Hand in Hand auf einer Holzbank sitzend, mit einer stillen Zufriedenheit auf den Gesichtern. Er konnte sich nicht erinnern, sich je nach dieser Art von Zufriedenheit gesehnt zu haben. Aber im Schatten dieses barocken Kaufmannshauses tauchte diese Sehnsucht urplötzlich auf.

»Darf ich Sie fragen, was Sie beruflich machen?«, forderte Karla ihn erneut heraus. Es war anzunehmen, dass sie bewusst gegen alle Regeln der Höflichkeit verstieß, in ihren Augen funkelte jedenfalls die pure Angriffslust. Olivia senkte den Blick, verständlicherweise war ihr das Verhalten ihrer Schwester höchst unangenehm. Offensichtlich setzte sie alles daran, ihn zu vertreiben. Aber Olivias flehender Blick machte ihn stark. Schließlich war er Dreistigkeiten und Beleidigungen gewöhnt, befand er sich doch mit einer Person, die ihm das seit Jahrzehnten angedeihen ließ, auf Kreuzfahrt. Anscheinend war Olivia in einer ähnlichen Situation. »Ich bin Wissenschaftler in der Krebsforschung«, beantwortete er Karlas Frage, was sie zunächst zum Schweigen brachte.

8

»Rinderragout an Kichererbsen und Prinzesskartoffeln. Guten Appetit, Sir.«

Marius Gautier nickte freundlich, seine Gedanken waren allerdings woanders. Seit dem Nachmittag kreisten sie unablässig um Ona Kakies. Allein der geheimnisvolle Klang ihres Namens, und jetzt umgab sie auch ein Rätsel, das seine kriminalistischen Instinkte wachrief. Denn dieser Mann aus der Vergangenheit, dem sie angeblich auf dem Schiff begegnet war, hatte ihr vor Angst den Mund verschlossen wie einer Verfolgten, die um ihr Leben fürchtete.

Das Rinderragout war zäh. Vielleicht hätte er besser Fisch nehmen sollen. Warum war er nicht wie gestern in das Restaurant mit Selbstbedienung gegangen? Aber zu spät, er hatte den festlichen Rahmen des Admiral's-Splendid-Restaurants gewählt, nun musste er sich damit zufriedengeben. Er war sogar passend eingekleidet, trug das cremefarbene Dinner-Jackett, das er einmal für den Empfang beim Regierungspräsidenten angeschafft, aber danach nie mehr verwendet hatte. Es sollte wieder seinen Zweck erfüllen, auch wenn es anscheinend etwas knapp geworden war. Er hatte wohl zugenommen. Im Laufe der Jahre veränderte sich der Körperbau ohnehin, man ging unweigerlich in die Breite, hatte er vor einiger Zeit in einem Magazin gelesen. Eine dieser Tatsachen sorgte jedenfalls dafür, dass sich sein Jackett jedes Mal wie der Flügel einer Fledermaus spannte, wenn er die Gabel zum Mund führte.

Doch was spielte es für eine Rolle. Dass sein Körper nicht mehr so stromlinienförmig war, hielt ihn nicht davon ab, Ona Kakies beizustehen, wenn sie ihn brauchte. Seine Sinne waren immer noch so wach wie damals, hinzu kamen die unersetzliche Erfahrung und die Hartnäckigkeit. Nie hätte er geduldet, dass auch nur ein winziges Detail bei den Ermittlungen übersehen worden wäre, bis der Fall zu den Akten gelegt werden konnte. Nach wie vor war er stolz, auf Jahrzehnte ehrliche Polizeiarbeit zurückzublicken. Auch der Regierungspräsident hatte ihm zu seiner vorbildlichen Bilanz gratuliert.

Seine Armbanduhr zeigte zwei Minuten nach acht. Die ersten Gäste gingen, für andere begann der Abend. Sein Blick blieb an einem der Tische hängen, die sich an der Backbordseite entlang der Fenster reihten. Einem älteren Ehepaar, etwa in seinem Alter, und zwei kleinen Kindern servierte man soeben den Hauptgang. Offenbar verbrachten die Kinder ihre Ferien mit den Großeltern. Marius fiel auf, wie liebevoll sie miteinander umgingen, so viel Harmonie und Glück strahlten sie aus.

Luisa hatte einmal zu ihm gesagt, er solle sich besser damit abfinden, *nicht* Großvater zu werden, jedenfalls nicht durch sie. Als ob er jemals von ihr verlangt hätte, Kinder in die Welt zu setzen. Dieser Unterton hatte ihn dann auch bewogen, das Thema nie mehr anzuschneiden. In diesem Moment jedoch beneidete er den Großvater. Der blickte sich soeben im Saal um und sah ihn auf einmal an, als ob er ihn kennen würde. Marius wusste nicht, wo er dieses verwitterte Gesicht mit den kleinen starren Augen einordnen sollte. Der Großvater wandte sich an die Großmutter, und er schien nicht Deutsch zu sprechen, soweit

Marius hören und von seinen Lippen ablesen konnte. Vielleicht Russisch oder Bulgarisch. Die Frau warf einen Blick herüber, offenbar sprachen sie über ihn.

»Darf ich abräumen, Sir?« Ausgerechnet jetzt nahm ihm der Kellner die Sicht. Von dem Ragout hatte er nicht einmal die Hälfte gegessen. »Ja, bitte.«

»Dessert, Sir?«

Er nickte nur, damit der Kellner das Blickfeld schnell freigab. Großeltern und Enkel saßen noch auf ihren Plätzen. Wieder drang der tiefe Bass an sein Ohr. Ja, Russisch könnte es sein. Natürlich, in diesem Augenblick erkannte er die Stimme, er hatte mit ihr am Telefon verhandelt. Jahre war es her, und nur zweimal war er dem Mann persönlich begegnet, jedes Treffen bedeutete ein hohes Risiko. Ihm fiel auch sein Name ein: Als Dmitri S. wurde er in den internen Berichten geführt.

*

Auch diesmal sah sie bezaubernd aus, die kleine zerbrechliche Frau ihm gegenüber. Allein ihre neue Frisur, die wie ein Nest aus Zuckerwatte wirkte, faszinierte Lars. Die ganze Person erinnerte ihn an den Engel aus seiner Kindheit, der über dem Christbaum schwebte, und jedes Mal, wenn er ihm ins wächserne Antlitz sah, hatte er sich vorgestellt, der Engel würde ihm eines Tages zuzwinkern.

»Es freut mich, dass es Ihnen heute besser geht«, sagte sie gut gelaunt. »Man sieht es Ihnen an. Als wäre Ihnen jemand begegnet, der … Nun, ich will nicht neugierig sein, doch wir sollten darauf trinken.« Ihre sorgsam manikürten Finger mit fliederfarben lackierten Nägeln griffen nach dem Glas, halb gefüllt mit einem Rosé. »Auf die unverhofften Hochgefühle, die wir festhalten sollten, so lange wir können.«

Sie hatte es auf den Punkt gebracht. Er machte es ihr nach, hob sein Glas, und zwischen ihnen kam eine fast feierliche Stimmung auf, als sich ihre Gläser mit einem silbrigen Klingen berührten.

»Sie sollten Schriftstellerin werden, Margitta«, sagte er. »An Poesie fehlt es Ihnen jedenfalls nicht. Oder sind Sie es bereits?«

»Fragt wer?« Sie zwinkerte ihm zu. Sie wusste also, wer er war. Er hatte es ihr ja leicht gemacht, gleich am ersten Abend seinen wahren Namen preisgegeben. »Sie sind Lars Fabritius, der berühmte Journalist, nicht wahr? Ich lese jeden Ihrer Artikel und bewundere Ihren Stil.«

Er nahm das Kompliment nicht ohne Bedauern entgegen. Als Interviewpartnerin käme sie für ihn nicht mehr infrage. Für jede Antwort würde sie dreimal überlegen und das Spontane, das den Reiz eines solchen Interviews ausmachte, wäre dahin.

»Sind Sie etwa beruflich hier?« Ihre forsche Art zu fragen verwunderte. Es passte nicht zu dem ersten Eindruck ihrer Erscheinung.

»Sie werden verstehen, dass ich …«

»Natürlich verstehe ich, obwohl Sie mir soeben die Frage beantwortet haben. Sie sind also beruflich hier.«

»Beantwortet?«

»Es macht keinen Sinn, ein Geheimnis daraus zu machen, wenn man privat reist. Außerdem, wer geht schon allein auf Kreuzfahrt, wenn er nicht muss.«

»Vielleicht muss ich …«

»So jung, so gut aussehend und allein?«

»Ich bin über vierzig, die meisten sind da mindestens einmal geschieden.«

»Sind Sie denn geschieden?«

Er musste schmunzeln. Eigentlich hatte er vorgehabt, *sie* auszufragen, aber sie hatte den Spieß einfach umgedreht. Vielleicht war sie eine Kollegin, eine alleinstehende oder verwitwete Kollegin im Ruhestand, die ihn soeben genüsslich auf den Arm nahm.

»Vielleicht wollte ich mich zu einer neuen Serie inspirieren lassen.«

»Oh ja«, erwiderte sie, die Idee schien sie regelrecht zu begeistern, »das fände ich sehr amüsant: Menschen auf Kreuzfahrt und was ihnen daran so gut gefällt. Denn wer einmal auf Kreuzfahrt war, der tut es immer wieder.«

»Ins Schwarze getroffen, Sie erstaunen mich, Margitta. Aber sprechen wir nicht nur von mir. Ich könnte mir vorstellen, dass auch Sie in Ihrem bisherigen Leben nicht nur Strümpfe gestopft haben.«

»Das stimmt allerdings«, sagte sie, und über ihr Gesicht huschte ein verschmitztes Lächeln.

»Sind Sie etwa auch von der schreibenden Zunft?«

»Nein, das gerade nicht.«

»Aber ich gehe doch richtig in der Annahme, dass Ihr Beruf Scharfsinn und Entschiedenheit erforderte?«

»Oh ja.«

»Waren Sie Wissenschaftlerin?«

»Nein.« Sie hob ihren Kopf, straffte den Oberkörper. »Ich war Staatsanwältin«, antwortete sie.

*

Olivia hatte Karla gefragt, in welchem Restaurant sie heute zu Abend essen sollten. »Wohin würdest du denn gerne gehen?«, hatte Karla entgegnet und Olivia einigermaßen in Erstaunen versetzt. Seit wann überließ sie ihr eine Entscheidung? Sobald Karla morgens die Augen aufschlug, äußerte sie ihre ersten Wünsche. So war es zu Hause, so war es auf Reisen. Karla traf die Entscheidungen, und sie war Berichterstatterin und Vollstreckerin.

»Vielleicht sollten wir wieder das Bistro wählen, wo du für den Rolli ausreichend Platz hast«, antwortete sie diplomatisch. Zu spät fiel ihr ein, dass …

»Warum nicht?«, reagierte Karla prompt. »Wahrscheinlich ist wieder dieser nette Wissenschaftler dort. Ich glaube, ich habe etwas gutzumachen.«

Hatte sie richtig gehört? Oder führte Karla etwas im Schilde? Eine weitere Auseinandersetzung zwischen ihr und Herrn Körber würde sie jedenfalls nicht aushalten. »Ich möchte aber auf keinen Fall, dass du dich aufregst, Karla. Besser wir gehen ins Fischrestaurant. Dort gibt es heute Austern inklusive …«

»Nein, danke, davon habe ich genug. Zu viele Proteine können auch schädlich sein.« Karla unterbrach sich und schwieg eine Weile, dann klang ihre Stimme plötzlich weich und verletzlich: »Warum willst du auf einmal nicht mehr in das Bistro? Es wäre eine gute Entscheidung, die Auswahl ist dort nicht so groß, aber dafür ist es nicht überlaufen. Setz dich einmal zu mir.«

Nein, Olivia wollte sich nicht zu ihr setzen, sie traute ihr nicht.

»Bitte«, klang Karla beinahe unterwürfig. Was hatte sie wohl den halben Nachmittag lang auf dem Balkon ausgebrütet?, fragte sich Olivia. Doch sie kannte Karlas Hartnäckigkeit, sie würde ihr den Wunsch wohl kaum abschlagen können. Also setzte sie sich neben sie auf das Bett. Als Karla ihr das Gesicht zuwandte, war es tränennass; blass und abgezehrt sah es aus wie das von jemandem, der einen immerwährenden Kummer mit sich herumtrug.

»Du bist meine Schwester, und ich liebe dich sehr ...« Wie oft hatte Karla das schon gesagt, um ihr danach nichts als Vorhaltungen zu machen, wie leichtsinnig, verantwortungslos und egoistisch sie sei.

»Karla, ich ...«

»Nein, bitte hör mir zu. Ich will dir etwas sagen. Ich weiß, dass ich dich oft schlecht behandelt habe. Und heute Morgen der Vorfall in Danzig ... Es tut mir leid. Ich verspreche dir, dass es nie mehr vorkommen wird. Ich will mich ändern. Ich will dir eine gute Schwester sein.«

Ihre Tränen liefen, und sie zog ihr großes Taschentuch aus dem Ärmel, um sie zu trocknen. Karla entschuldigte sich bei ihr, das war wirklich eine Überraschung.

»Wir wollen in Zukunft alles gemeinsam entscheiden, was hältst du davon?«

»Es genügt mir, wenn ich meine Kleider selbst aussuchen darf und meine freien Nachmittage ganz allein mir gehören«, antwortete Olivia.

»Natürlich. Nicht an einem, an zwei Nachmittagen in der Woche sollst du ab jetzt frei haben.« Karla lächelte sie erleichtert an.

Auch Olivia war erleichtert. Auf einen solchen Moment hatte sie kaum noch zu hoffen gewagt. »Weißt du, Karla, es ist nicht so ...«

»Doch, es ist so. Ich war bislang eine Belastung für dich, und ich will dir ab jetzt eine Schwester sein, der du vertrauen und die du vielleicht ein bisschen lieben kannst.«

Jetzt trieb es auch Olivia die Tränen in die Augen, sie fielen sich in die Arme und schluchzten. »Wir werden für immer zusammenhalten«, sagte Karla, es klang wie ein feierlicher Schwur, »und nie soll uns ein Mann auseinanderbringen.«

*

Als ritten sie auf den Rücken von Nilpferden, saßen sie sich in dicken Ledersesseln gegenüber, und jeder von ihnen hielt ein kurzstieliges, bauchiges Glas mit bronzefarbenem Inhalt in der Hand. So und nicht anders müsse ein Glas geformt sein, behauptete der ausgewiesene Experte, der diese Whiskeyverkostung durchführte. Nur so könne sich das Aroma entfalten und zum vollen Geruchs- und Geschmackserlebnis werden. Richard hatte sich bisher weder für Whiskey interessiert – für ihn war er schlicht Alkohol in bräunlicher Färbung – noch hatte er sich je Gedanken über die Form eines Trinkglases gemacht. Vielleicht lag es daran, dass er als Wissenschaftler vor allem den Umgang mit Kolben und Reagenzgläsern pflegte, deren Aussehen für ihn nie Gegenstand der Diskussion gewesen war.

»Eines muss man diesem sogenannten Experten lassen. Er scheint wirklich zu wissen, wie man den Genuss steigern kann. Natürlich sagt er nicht mehr, als ein Kenner ohnehin weiß, nicht wahr, alter Freund?« Bergengruen hielt sein Glas hoch, betrachtete den Inhalt, schnupperte ausgiebig daran und ließ einen Schluck die Kehle hinunterrinnen. Ein Fachmann hätte es kaum professioneller machen können.

Richard ärgerte sich, dass er Bergengruens Einladung gefolgt war, um sich ohne Not dessen Selbstdarstellungsdrang auszusetzen. Aber er hatte es als unhöflich empfunden, ihm ein zweites Mal an diesem Tag einen Korb zu geben. Jetzt bereute er es.

Auch nach dem anstrengenden Mittagessen mit den Schwestern Sesselmann war er schließlich froh gewesen, wieder seinen Frieden zu haben. Diese Karla hatte es so weit gebracht, dass er fast bedauerte, nicht mit Bergengruen nach Sopot gefahren zu sein. Sie hatte ihm regelrecht den Krieg erklärt. Ein Jammer, warum musste ausgerechnet Olivia eine solche Schwester haben …

»In Gedanken, alter Freund?«

»Oh, entschuldige, Thomas, ich …«

»Ich hätte nicht gedacht, dass du auf deine alten Tage …«

Richard war sofort klar, worauf er anspielte. Das ironische Lächeln und der Spott in seinen Augen verrieten Bergengruen. Natürlich war ihm nicht verborgen geblieben, dass Richard Gefallen an Olivia gefunden hatte. Deshalb also die Einladung: Thomas wollte unbedingt seine Häme loswerden. War nicht auch der wahre Grund, warum ihre Zusammenarbeit seit Jahrzehnten hielt, dass er sein Lieblingsopfer war? »Was meinst du?«, spielte Richard den Ahnungslosen.

»Du brauchst dich nicht zu verstellen. Mir ist nicht verborgen geblieben, wie du sie angehimmelt hast.«

»Ich weiß nicht, wen …«

»Versteh mich bitte nicht falsch. Ich finde diesen Zug an dir sehr sympathisch. Schließlich kenne ich dich nur als Arbeitstier. Ein Mann, der sich kompromisslos seiner Arbeit verschrieben hat, fast unheimlich bist du mir all die Jahre vorgekommen. Oft habe ich mir Sorgen gemacht. Schließlich gibt es noch andere Dinge im Leben.« Er griff erneut nach seinem Glas, schnüffelte wieder, bevor er den Kopf nach hinten legte und das gebrannte Gerstendestillat durch seine Speiseröhre schickte.

Dieser Heuchler. Man musste es sich auf der Zunge zergehen lassen: Thomas Bergengruen sorgte sich um ihn, ausgerechnet um ihn.

»Ich finde, du hast deinen Ruhestand mehr als verdient, Richard, alter Freund, und du solltest ihn genießen. Aber ob eine Frau da hineinpasst, wage ich zu bezweifeln. Eine Frau kann anstrengend sein und hat Erwartungen, denen man gewachsen sein muss.«

Bergengruen war seit Jahren Witwer. Dass er sich anmaßte, ihm diesbezüglich Ratschläge zu geben. Vielleicht wollte er ihn nur von der Fährte abbringen, oder sollte es etwa eine Kampfansage sein?

9

Die Sonne trat von der Bühne ab und zog eine goldene Schleppe hinter sich her. Das Abendessen war nicht halb so berauschend gewesen wie dieser Sonnenuntergang. Gleich darauf hatte sich Marius in seine Kabine zurückgezogen, das Dinner-Jackett ein für alle Mal in den Schrank verbannt und es sich auf dem Balkon bequem gemacht. Sanft glitt das Schiff über die Wasseroberfläche, und während sein Blick in die Ferne schweifte, stieg eine Melodie in ihm auf. Bruchstückhaft fiel ihm der Text ein. Er hatte ihn einmal auswendig gelernt. »… du meine Seele, mein Fleisch und mein Blut …« Vier Strophen hatte das Lied, ein Liebesschwur, ein Lied über Sehnsucht: »Ännchen von Tharau«. Nach der Scheidung, als Sibylle ausgezogen war, konnte er mit seinem bisschen Freizeit nichts anfangen, und da der Polizeichor Nachwuchssorgen hatte, ließ er sich überreden einzusteigen. Das Repertoire war erstaunlich groß, nicht nur Volkslieder, auch Titel aus Musicals und Schlager waren darunter, sogar an die Beatles hatten sie sich gewagt. Aber nach seinem Unfall hatte er die Proben nie mehr besucht.

»… und vergessen Sie bitte nicht, am Theaterplatz von Klaipėda das ›Ännchen von Tharau‹ auf ihrem Sockel von mir zu grüßen«, hatte ihnen der Kapitän für morgen mit auf den Weg gegeben.

Und während in ihm die Melodie summte, verspürte Marius ein wohliges Gefühl, dem er sich nur allzu gern hingab. Er stellte sich den Braunschweiger Polizeichor vor, die Männer in knielangen Lederhosen, Edelweiß am Latz, die Frauen in weiten bestickten Kleidern, wie sie auf einer Schweizer Alm, begleitet von einem Alphorntrio, aus vollem Hals »Ännchen von Tharau« sangen.

Er bemerkte, wie sein Kopf zur Seite rutschte, und wachte auf, rieb sich die Augen. Wieder war er eingenickt. Am Horizont meinte er, Land zu erkennen. Wahrscheinlich die Kurische Nehrung, nicht weit von Kaliningrad, Königsberg, früher Ostpreußen, heute russische Exklave in der Größe von Schleswig-Holstein. Die Russen hatten die Stadt und Umgebung damals geschluckt, und nach der Unabhängigkeit des Baltikums war die Region zu ihrem kleinsten Oblast geworden. Wenigstens taten Marius' graue Zellen auf Verlangen noch ihren Dienst.

Die Szene beim Abendessen kam ihm wieder in den Sinn, die Urlaubsidylle mit Großvater, Großmutter und den beiden Enkeln. Wer hätte gedacht, dass dieser liebevolle Großvater vor Jahren in die übelsten Geschäfte, sogar Mord verwickelt war und seinen Kopf nur aus der Schlinge hatte ziehen können, weil er sich bereit erklärt hatte, als V-Mann mit der Polizei zusammenzuarbeiten. Dmitri S. arbeitete damals für die russische Mafia im Raum Hannover und Braunschweig, Drogen und Prostitution waren sein täglich Brot. Bei einer Razzia hatte ihn die Zollfahndung festgesetzt. Er konnte dank hieb- und stichfester Beweise mit dem Fall in Verbindung gebracht werden. Zehn Jahre hinter Gittern wären ihm sicher gewesen, aber das LKA entschied sich für einen Deal. Sie brauchten einen Zugang zum Russenmilieu. Bereits seit Jahren versuchten sie vergeblich, der Mafia einen entscheidenden

Schlag zuzufügen. Der war zwar auch später nie geglückt, aber mit der Hilfe von Dmitri S. konnten sie immerhin zwei spektakuläre Coups platzen lassen.

Und jetzt verbrachte der einstige Schwerkriminelle seine alten Tage friedlich mit der Familie auf Kreuzfahrt. Ein Happy End, das einem zu denken gab.

*

Die Tür zum Balkon stand weit offen, das Geräusch der Wellen hatte das unterschwellige Säuseln der Klimaanlage abgelöst. Auch wenn die vorher so angenehme Luft jetzt stark abkühlte und eine Gänsehaut seinen nackten Körper überzog, blieb Lars mit ausgebreiteten Armen auf dem Bett liegen. Er dachte an Dominik, dachte aber auch zurück, als er sich das erste Mal verliebt hatte und erkennen musste, dass Verliebtsein nicht nur schön war. Alle möglichen Zweifel hatten ihn damals befallen, nicht ein gutes Haar hatte er an sich selbst gelassen. Claas hieß sein erster Gott, ein nordischer Adonis, direkt der Edda entstiegen, der seine Gedanken nach Belieben beherrschte, ihn den nächtlichen Schlaf kostete, bis er wie ein Gespenst aussah, in unkontrollierbare Weinkrämpfe verfiel und zu einem jämmerlichen Nichts schrumpfte. Lars verzehrte sich nach ihm, sogar wie Claas in der Nase popelte, fand er sexy. Gleichzeitig aber beneidete und hasste er ihn. Natürlich war sein Traumprinz hetero und ein Frauenschwarm und bedachte ihn höchstens mit einem verächtlichen Blick. Damals hatte Lars davon geträumt, zwei unwiderstehliche Brüste zu haben, Claas zwischen seinen Schenkeln zu spüren und über sich stöhnen zu hören …

Lange hatte er gebraucht, diese zerstörerische Art der Verliebtheit zu überwinden. Irgendwann war er bereit für den Befreiungsschlag gewesen und hatte sich jedem hingegeben, der etwas von ihm wollte. Um sie verachten zu können, die ihn so beherrscht hatten all die Jahre, schwor er der Liebe ab. Aber es war, wie gegen den Magnetismus zu kämpfen. Er musste wohl oder übel lernen, mit der Liebe umzugehen.

Als Roger ihm über den Weg lief, glaubte er, ihn gefunden zu haben, den Mann fürs Leben. Roger hatte Witz und Herz, sie harmonierten, sie begehrten sich. Roger studierte Architektur und schrieb in seiner Freizeit Science-Fiction-Geschichten. Beim Schreiben hatte er seine eigene Philosophie. Für ihn war es ein Mysterium, das einem die Macht verlieh, die Welt nach eigenem Gusto ticken zu lassen, sie mit Figuren zu bevölkern, deren Gedanken und Gefühle, deren Schicksal man selbst bestimmte. Und wenn man sie überzeugend schilderte, verfiel der Leser dieser Welt mit Haut und Haaren. Wie ein Puppenspieler könne der Autor an den Fäden seiner Marionetten ziehen, hatte Roger einmal zu ihm gesagt. Ein reizvolles, aber auch gefährliches Spiel mit Worten, wobei es gelte, eine gewisse Grenze nicht zu überschreiten.

Lars hatte selbst angefangen zu schreiben, und die Liebe zum Schreiben ließ ihn nicht mehr los. Seine ersten Preise gewann er mit Kurzgeschichten. »Lars Fabritius ist ein junges Talent mit der Fähigkeit, uneitel und ohne jeden Kitsch emotional berührend zu erzählen. Eine Seltenheit heutzutage«, hatte die Jury geurteilt. Das Schreiben wurde sein Leben. Er wurde eitel, vor allem als Hasselbach ihn zu einem Star aufbaute, und das, was Roger über das Schreiben gesagt hatte, wurde ihm mehr und mehr zur zweiten Natur, doch das mit der Grenze …

Lars rutschte von der Bettdecke und schloss die Balkontür. Es war jetzt dunkel, nur die Umrisse der Möbel waren erkennbar. Er überlegte, den Lichtschalter zu betätigen, doch dann ließ er es bleiben. Die Dunkelheit war seine Freundin, die ihn beschützte. Er setzte sich in den Polsterstuhl. Bisher hatte er kaum über sein Leben nachgedacht, im Tagesgeschäft als Journalist war es sogar hinderlich. Skrupel konnte man sich in dem Job nicht leisten. Erst hier auf dem Schiff … die erstaunliche Fee beim Dinner, auch sie hatte ihn aufgerüttelt. Staatsanwältin war ihr Beruf gewesen. Ausgerechnet Staatsanwältin.

Es klopfte an der Tür. Er war nackt, splitternackt. »Ja, bitte?« Keine Antwort. Er lief die drei Schritte zum Badezimmer, machte das Licht an und griff nach dem weißen Frotteemantel. »Wer ist da bitte?« Wieder keine Antwort. Ein Gedanke schoss ihm durch den Kopf, der ihn erröten ließ.

*

Der Nachmittag in ihrem Stammcafé hatte sich unmerklich in den Abend verloren, und es war bereits dunkel, als Olivia nach Hause kam. Eine von ihren Freundinnen hatte Geburtstag, und bei Prosecco waren sie in Stimmung gekommen. Ausgesprochen lustig war es gewesen. Olivia öffnete das schmiedeeiserne Gartentürchen, durchschritt eilig den Kiesweg des Vorgartens, während der Hausschlüssel bereits in ihrer Hand klimperte. Am Treppenaufstieg der Villa fiel ihr ein, dass sie Karla versprochen hatte, ihre Fußnägel zu schneiden. Aber morgen war auch noch ein Tag.

Im Haus brannte kein Licht, nur vom Wohnzimmer aus drang der Schein der Stehlampe durch das braun getönte Glas in der alten Eingangstür. Sie schloss auf und betrat den Hausflur.

»Karla, ich bin da. Bitte entschuldige«, rief sie in Richtung Wohnzimmer. Sie fühlte sich noch beschwingt von dem Prosecco. Karla antwortete nicht. Entweder war sie eingeschlafen oder sie schmollte. Sollte sie schmollen, zwei oder drei Gläser zu einem besonderen Anlass mussten gestattet sein, schließlich war Olivia erwachsen und ein freier Mensch. Aber um Karla zu besänftigen, streifte sie, nachdem sie Mantel und Handschuhe an der Garderobe abgelegt hatte, ihre Schuhe ab und schlüpfte in die piksenden Filzpantoffeln, um den wertvollen Parkettboden im Salon nicht zu verschrammen. Dann öffnete sie die angelehnte Flügeltür zum Wohnzimmer. »Lydia hatte Geburtstag, weißt du, und ...«

Der Anblick riss sie fast von den Füßen. Karla hing von der Decke. Olivia wollte schreien, aber vor Entsetzen bekam sie keinen Ton heraus. Wie in Gottes Namen konnte es sein ... nur, weil sie zwei Stunden zu spät kam?

»Karla«, ächzte sie. »Ich habe vergessen anzurufen, aber deshalb ... bringt man sich doch nicht um.«

Plötzlich machte es klack, und der Raum war voll von gleißendem Licht. An der Tür erkannte sie eine Frau im Rollstuhl.

»Karla? Was in aller Welt soll das?« Sie meinte es nicht einmal vorwurfsvoll, sie war nur erleichtert, dass ihrer Schwester nichts passiert war. Doch wer hing da oben an der Decke?

Mit klopfendem Herzen erwachte Olivia. Die Frage aus dem Traum hallte noch in ihrem Kopf wider: Wer hing da oben an der Decke?

In der Kabine war es still. Nicht einmal Karlas ansonsten lautstarkes Atmen war zu hören. Olivia setzte sich in ihrem Bett auf und griff nach der Wasserflasche auf dem Nachtkästchen. Nach ein paar Schlucken beruhigte sie sich und rutschte wieder unter die Decke. Die Schiffsbewegungen waren leise zu spüren. So ein Metallriese musste sich strecken und zusammenziehen, um den Druck des Wassers auszugleichen. So wie sie seit Jahren versuchte, das angespannte Verhältnis zu Karla auszugleichen.

Diesmal hatte sie allen Grund, sich über sich selbst zu ärgern, das wurde ihr jetzt bewusst. Sie kannte Karla ganz genau, hätte wissen müssen, dass sie etwas im Schilde führte, und war trotzdem auf sie hereingefallen. Sie hatte ihr geschworen, dass nie ein Mann sie würde trennen können. So weit, so gut. Aber sie hatte nicht darüber nachgedacht, dass sie jetzt zusammenlebten. Was wäre, wenn sie nun den Mann fürs Leben kennenlernte, der mit ihr einen eigenen Hausstand gründen wollte? Auf Karlas Wunsch hin hatte sie sogar die Hand darauf gehoben, dass in ihrem Leben nie mehr ein Mann die erste Geige spielen sollte. Wie konnte man nur so dämlich sein? Jetzt stand sie bei Karla im Wort und hatte sich ihr eigenes Gefängnis gebaut. Sie ahnte bereits, wer schließlich da oben unter der Decke hängen würde.

*

Es war lange her, dass Richard Körber einen Sonnenaufgang beobachtet hatte. Seit halb fünf verfolgte er von seinem Stuhl auf dem Balkon aus, wie der Himmel seine farbliche Zusammensetzung änderte. Allmählich überwog die Helligkeit, und die dunkle Konsistenz kippte. Ein Schimmer von Blau hinter einem dunstigen Vorhang bildete sich heraus, untermalt von der defensiven Sonne, die ihre Kraft noch suchte.

Richard wurde bewusst, dass ihm bislang solche unvergleichlichen Momente entgangen waren. Was hatte er als Mann, der drei Viertel seiner Zeit im Labor verbrachte, schon für eine Ahnung vom Leben? Nicht einmal in Sachen Whiskey kannte er sich aus. Das Leben war so viel mehr als Wissenschaft.

Ein schwindelerregendes Gefühl überwältigte ihn. Könnte er sich geirrt, könnte der Ehrgeiz ihn geblendet und ihm den falschen Weg gewiesen haben? Was waren die Früchte seiner Arbeit, seines Lebens? Den Preis, auf den er hingearbeitet hatte, bekam ein anderer, weder hatte er den berühmten Baum gepflanzt noch einen Sohn gezeugt. Sein Ruhestand lief auf eine Wartezeit in stumpfsinniger Einsamkeit hinaus, bis zu dem Zeitpunkt, an dem ein Kollege das Versagen seiner organischen Funktionen feststellte. Von seiner Nase tropfte es. Es waren Tränen.

Er dachte zurück an seine Jugend. Als Einzelkind war er das Alleinsein gewöhnt. Bücher waren seine Freunde gewesen, Mathematik sein Lieblingsfach, worin er Jahrgangsbester war. Das wiederum stempelte ihn zum Außenseiter. Nur zum Abschreiben und bei Prüfungen war er gefragt, hatte sich so Akzeptanz erkauft.

Sein Vater war von Beruf Lehrer – Studienrat in den Fächern Deutsch und Biologie –, ein ruhiger, überlegener Mann, der ihm auf die Schulter klopfte, wenn er gute Leistungen nach Hause brachte. »Nur durch die Wissenschaften lernen wir die Welt zu verstehen«, war einer seiner Sätze, die Richard von ihm geblieben waren, und er hatte fest daran geglaubt.

Die Ehe seiner Eltern war unauffällig, ihr schien das Prinzip stoischer Genügsamkeit zugrunde zu liegen. Der Gedanke an Sexualität war Richard im Zusammenhang mit seinen Eltern nie gekommen. Auch hatte er niemals ein lautes Wort zwischen ihnen erlebt. Oftmals saßen sie sich in der Chippendale-Garnitur im Wohnzimmer gegenüber und lasen. Mutter in einem klassischen Roman und Vater in einem Auto-Magazin, er liebte Oldtimer. Wenn Richard seine Studien unterbrach und hinunterkam, um mit ihnen Kaffee zu trinken, hoben sie gleichzeitig die Köpfe und lächelten ihn an. Er konnte ihnen nie böse sein.

Jetzt, mit zweiundsechzig, musste Richard allerdings erkennen, dass in seinem Leben von Anfang an etwas gefehlt hatte. So etwas wie ein Gewürz, das einem Gericht erst den typischen Geschmack gab, ohne dass es unfertig, unbefriedigend, ungenießbar war. Dieses Gewürz hatte ein bestimmtes Aroma, und er war sich jetzt sicher, ihm hier auf diesem Schiff begegnet zu sein.

KLAIPĖDA

10

Marius Gautier hatte unruhig geschlafen. Im Traum war ihm sein mit Akten beladener Schreibtisch wiederbegegnet, den er seinem Nachfolger vererbt hatte, nicht ohne schlechtes Gewissen. »Mach dir keinen Kopf, Marius«, hatte damals der Kollege zu ihm gesagt. »Das Verbrechen steht nie still.«

Als er gegen halb neun das Oberdeck betrat, um in einer der Außenbars zu frühstücken, atmete er tief durch. Warum träumte er immer noch vom Dienst? Er war im verdienten Ruhestand, hatte gegeben, was er konnte. Er war frei, die anderen waren an der Reihe. Er hatte sich doch geschworen, diese Freiheit eines Tages zu genießen. Wenn nur die verdammte Hüfte nicht wäre. Er humpelte wieder. Auch heute würde er kaum auf die Schmerztabletten verzichten können. Fragte sich, ob er Klaipėda besichtigen oder besser einen Schontag einlegen sollte. Bei dem Heißgetränkeautomaten blieb er stehen, entschied sich für Tee, für einen roten Früchtetee mit Hagebutten- und Brombeeraroma. Er hatte das Bedürfnis, etwas für seine Gesundheit zu tun.

»Guten Morgen, meine Damen und Herren, liebe Kinder. Hier spricht Ihr Kapitän von der Brücke und wünscht Ihnen einen schönen guten Morgen. Heute besuchen Sie die alte Hansestadt Klaipėda mit dem größten Hafen Litauens, in dem wir jetzt liegen. Bis 1920 war sie auch die nördlichste Stadt Deutschlands, damals hieß sie noch Memel …«

Vielleicht würde er am Nachmittag der bronzenen Ännchen-Statue noch einen kurzen Besuch abstatten, dachte Marius. Wenn er nach der Kreuzfahrt wieder einmal bei den Proben des Polizeichors vorbeischauen würde, könnte er mit Recht behaupten, das Denkmal selbst gesehen und diesem Simon Dach, dem ursprünglichen Dichter des Liedes, die Ehre erwiesen zu haben.

Er setzte sich an einen Tisch nahe der Reling und betrachtete die Reihe der stählernen Lastenkräne am Kai, wovon augenscheinlich nur einer in Betrieb war und die Container eines schwedischen Frachters löschte. Über Lautsprecher schallte weiterhin die Stimme des Kapitäns mit unleugbar griechischem Akzent. So wie er musste dieser Mann eine geteilte Seele haben, dachte Marius, die eine Hälfte südländisch, heiter dem Leben zugewandt und großzügig, die andere ehrgeizig, gründlich, zur Kleinlichkeit neigend. Auch er war halb und halb, halb Schweizer und halb Deutscher. Eine Hälfte seiner Seele war mutig und freiheitsliebend, die andere suchte Halt und Heil in der Pflichterfüllung und in Tausenden Vorschriften.

Sein Blick schweifte über das Deck, als ihn wieder der Ärger über die Handtücher packte, die eine Reihe Liegestühle für irgendwann später reservierten. Als hätten die Besetzer ein Recht darauf. Es war Zeit, endlich dem Ärger auch Taten folgen zu lassen, dachte Marius und entschloss sich, in dieser Angelegenheit endlich tätig zu werden. Sollten sie ihn anschreien und beschimpfen, er würde nicht freiwillig weichen. Sie müssten schon das Ordnungspersonal kommen lassen und ihm Gewalt androhen. Aber dann würde er sich zu erkennen geben.

In der Nähe des Eingangs standen zwei Liegestühle nebeneinander, deren Sitzflächen mit einem einzigen langen Handtuch für belegt erklärt worden waren. Er riss das Handtuch herunter, legte es auf einen der beiden Stühle und setzte sich mit durchgedrücktem Rücken in den anderen. Niemand würde ihm verbieten, hier zu sitzen. Offenbar hatte es auch niemand vor.

Nach einer Weile fiel Marius auf, dass er seinen Tee vergessen hatte und eigentlich frühstücken wollte. Doch jetzt konnte er unmöglich seinen Platz verlassen, er entschied also, das Frühstück zu verschieben, lehnte sich zurück und schloss die Augen. Auf die starke Sonnenbestrahlung war er allerdings nicht vorbereitet. Alsbald stand ihm der Schweiß auf der Stirn. Doch selbst einen Sonnenbrand würde er in Kauf nehmen, schließlich ging es ums Prinzip. Auch wenn er bis mittags hier sitzen müsste.

»Sieh mal, Joe, unsere Liegestühle sind bereits besetzt«, rief eine Frauenstimme.

Marius öffnete die Augen und schob die Sonnenbrille von der Stirn auf die Nase. Als er die Frau erkannte, versagte ihm fast die Stimme. »Oh«, erwiderte er. »Entschuldigen Sie, wenn ich geahnt hätte …«

*

Als er aufwachte, versuchte die Sonne, ein Loch in seinen rechten Fuß zu brennen. Lars blieb gerade noch Zeit, ihn aus der Gefahrenzone zu nehmen. Im Hochsommer war es offenbar gefährlich, den Vorhang nicht ganz zuzuziehen. Es sollte ein Warnschild angebracht werden: »Vorsicht, sengende Sonne!« Trotz schönstem Wetter verspürte Lars allerdings nicht die geringste Lust aufzustehen.

Er dachte an den gestrigen Abend zurück, als jemand an die Kabinentür geklopft und er nachgesehen hatte. Doch der Gang war menschenleer gewesen und in der kleinen Postbox rechts neben der Tür fand sich auch kein Brief. Er hatte doch tatsächlich – wenn auch nur für einen Augenblick – angenommen, es könnte Dominik sein. Natürlich Unsinn. Dominik kannte nicht einmal seinen richtigen Namen, und er hatte ihm weder seine Kabinennummer noch das Deck verraten.

Lars rutschte vom Bett und begab sich ins Bad. Das Gesicht im Spiegel hob seine Laune nicht gerade. Nichts als Krähenfüße und ein Teint wie Haferschleim. Aber das war es nicht, was ihn am meisten störte. Die gewisse Müdigkeit war es, die auf diesen Zügen lag und die man mit Creme nicht abdecken konnte. Mit Ende vierzig war er als Schwuler eben ein alter Gaul. Warum sollte er sich noch mit einem jungen Mann abgeben, der ihm kaum mehr als einen Herzinfarkt aus Überanstrengung einbringen würde?

Hatte er nicht immer verächtlich auf die alten Gecken herabgeblickt, die mit dicker Brieftasche die jungen Kerle bestachen und sich vormachten, dass die sie wenigstens ein Stück weit um ihrer selbst willen liebten?

Er stellte sich unter die Dusche und drehte den Regler auf kalt. Der Tag begann bescheiden. Wo lag das Schiff jetzt? Im Hafen von … Klaipėda. Ja, so hieß die Stadt. Der Name war ihm nicht geläufig. Von Litauen hatte er kaum eine Ahnung. Dass die Hauptstadt Vilnius als das Jerusalem des Nordens galt, wusste er jedenfalls, und dass Berühmtheiten wie der Geiger Jascha Heifetz, Leonard

Cohen und »Wenn ich einmal reich wär«-Shmuel-Rodensky von dort kamen. Außerdem sollte die heimische Küche ihre ganz eigenen Attraktionen haben.

Ihm kam eine Idee, die er besser schon vorher gehabt hätte. Warum beschäftigte er sich nicht lieber mit dem Baltikum als mit diesem Kreuzfahrtprojekt, von dem er nicht einmal sicher sein konnte, ob der Neue in Berlin weiter dazu stehen würde? Hier im Baltikum gab es eine Menge zu entdecken. Warum sollte er nicht den Prinzen spielen und das Dornröschen wach küssen?

*

Sie hatten entschieden, draußen und mit dem Blick auf die offene See zu frühstücken. Die Temperaturen hatten bereits gegen halb zehn die zwanzig Grad überschritten, und der Himmel war strahlend blau. Karla schien bester Laune zu sein, unentwegt lächelte sie, nicht spöttisch oder boshaft, wie es Olivia von ihr kannte. Auch wenn sie es mittlerweile immer mehr für ein selbstzufriedenes Grinsen hielt und sich ihr Eindruck verstärkte, dass Karlas Selbstzufriedenheit mit ihrer gestrigen Übereinkunft zusammenhing.

»Ich habe diese Nacht ausgesprochen schlecht geträumt«, begann sie eine Unterhaltung, um den wahren Grund für die gute Laune ihrer Schwester herauszufinden.

»Und, was hast du geträumt?«, biss Karla sofort an.

»Etwas Rätselhaftes. Jemand hing mit den Füßen zuerst von unserer Wohnzimmerdecke.«

»Du meinst, die Decke vom großen Salon?« Karla klang direkt beunruhigt.

»Es war ja nur ein Traum«, besänftigte Olivia.

»Und wer soll es gewesen sein?«

»Ich weiß nicht.«

»Oder willst du es nur nicht verraten? Vielleicht hast du ja mich da oben gesehen?«

»Vielleicht …«

Mit der Antwort hatte Karla offenbar nicht gerechnet. »Worauf willst du hinaus, Oli?«

»Auf nichts Bestimmtes. Ich frage mich nur, warum wir es uns immer so schwergemacht haben all die Jahre.«

»Das ist nun vorbei. Du kannst ab jetzt getrost von schöneren Dingen träumen.« Wieder spielte das Lächeln um ihren Mund. »Wir wissen nun, was wir voneinander zu erwarten haben, und ich halte mein Versprechen. Niemand von uns beiden wird unter der Decke hängen, weder du noch ich.«

Vielleicht waren es auch ihre eigenen strangulierten Wünsche an das Leben, die da oben von der Decke hingen, dachte Olivia, und auf einmal hatte sie das Gefühl, dass die gestrigen Schwüre nicht das Ende ihrer Feindseligkeiten waren. Karla hatte jedenfalls mit ihrem Geld und ihrer rücksichtslosen Art, ihr ein schlechtes Gewissen zu machen, ihr Ziel erreicht.

»Guten Morgen, meine Damen. Ein herrlicher Tag, nicht wahr?«

Der Schatten eines groß gewachsenen Mannes verdunkelte ihren Tisch. Karla schien freudig überrascht. Auch Olivia wandte sich der Stimme zu, und sie erkannte den Mann sofort. Es war der Bekannte des netten Herrn Körber, der Typ idealer Schwiegersohn.

*

Eigentlich neigte er nicht zum Zuspätkommen, nur bei seinen Studenten kostete er gern das akademische Viertelstündchen aus, wie man von ihm wusste. Bislang aber war Bergengruen noch nicht zum verabredeten Frühstück erschienen. Er wird doch nicht …, dachte Richard. Immerhin hatten sie beide jetzt das Alter erreicht, wo die Einschläge dichter kamen, ein Herzinfarkt oder Schlaganfall kündigte sich vorher nicht unbedingt an. Richard stellte sich den guten Thomas vor, auf dem Rücken im Bett seiner Kabine liegend, die Arme schlapp mit geöffneten Händen neben sich, das bleiche Gesicht ohne den spöttischen Ausdruck, die Augen, deren scharfer Blick gefürchtet war, weit geöffnet und doch leer in den Raum starrend …

Ein Grausen erfasste ihn, aber nur kurz. Schließlich konnte er sich nichts Besseres wünschen. Ohne an Bergengruens Hinscheiden beteiligt zu sein, würde es endlich die Wende zum Guten für ihn bedeuten. Bergengruens Schatten wäre von seinem Leben genommen, jeden neuen Morgen könnte er unbelastet genießen. Der Nobelpreis würde zwar posthum an Bergengruen verliehen, aber das Leben gehörte den Lebenden. Er, Dr. Richard Körber, würde den Kollegen als ordentlicher Professor auf dem Göttinger Lehrstuhl beerben und natürlich ebenso im Institut als Leiter der Abteilung Forschung.

Richard machte dem Kellner ein Zeichen. »Bitte noch einen Milchkaffee.«

»Natürlich, mein Herr«, erwiderte dieser, ein junger Mann mit intelligentem Gesichtsausdruck. Vielleicht ein Student, dachte Richard, der seine Freizeit auf Kreuzfahrten verbrachte. Man lief interessante Reiseziele an, konnte seinen Horizont erweitern und sich etwas dazuverdienen.

Von Richards Platz aus eröffnete sich der Blick auf die ausgedehnte Hafenanlage. Ein Stahlwald lag vor ihm, nicht gerade die romantische Kulisse, die er erwartet hatte. Die Frühstücks- und Café-Lounge lag etwas tiefer und war außen durch eine stählerne Wendeltreppe mit dem Oberdeck verbunden. Vielleicht würde er von dort eine bessere Aussicht haben. Bergengruen und er wollten am Vormittag einen kleinen Stadtbummel durch Klaipėda machen. Natürlich hätte Richard den Ausflug viel lieber mit Olivia Sesselmann unternommen und sogar den Drachen von Schwester dafür in Kauf genommen, aber er stand zu seiner Verabredung.

»Der Milchkaffee, mein Herr.«

»Ich zahle sofort«, sagte er und bewilligte dem jungen Mann ein großzügiges Trinkgeld. Dann erhob er sich von seinem Stuhl, ergriff Tasse und Untertasse und begab sich in Richtung der Wendeltreppe. Ungefähr auf der Hälfte zum Oberdeck vernahm er einen Halbsatz aus dem Munde einer Frau, deren Stimme er kannte, die er am liebsten den ganzen Tag hören würde. »Vielleicht möchte Herr Körber auch mitkommen. Ich würde mich jedenfalls sehr freuen.« Darauf eine männliche Stimme, mit der er nicht gerechnet hatte: »Natürlich werde ich ihn gern fragen. Aber mein Freund Richard fühlt sich in letzter Zeit gar nicht wohl.«

11

Ausgerechnet *sie* hatte plötzlich in Begleitung dieses jungen Herkules namens Joe vor Marius gestanden. Eine unsagbar peinliche Situation. Aber Ona Kakies freute sich anscheinend, ihn wiederzusehen: »Oh, Herr Kriminalrat, bitte bleiben Sie, es gibt hier genug freie Plätze, nicht wahr, Joe?«

Doch Marius hatte gar nicht vor, länger auf dem Stuhl zu sitzen, im Gegenteil, er konnte es keine Minute länger mehr darauf aushalten. Ohne sich die Schmerzen anmerken zu lassen, versuchte er aufzustehen. »Ich wollte ohnehin einen kleinen Spaziergang machen, man sitzt so viel an Bord.« Die Schlacht an der Handtuchfront musste unweigerlich wegen außergewöhnlicher Umstände verschoben werden. Ihm blieb nur übrig, sich einen einigermaßen würdigen Abgang zu verschaffen. Doch Ona Kakies ließ ihn nicht so einfach gehen. »Mir geht es auch so. Wenn Sie nichts dagegen haben, begleite ich Sie ein Stück«, erwiderte sie und lächelte dieses unglaubliche Lächeln, für das allein Marius die Eiger-Nordwand bestiegen hätte, wenn nur diese verdammte Hüfte nicht wäre.

»Natürlich, gern«, gab er geschmeichelt zurück. Der athletische Joe hingegen warf ihm einen unverhohlen feindseligen Blick zu. Nach einem kurzen Wortwechsel in einer Sprache, die Marius noch nie gehört hatte – es mochte eine der baltischen sein –, wandte sich Joe allerdings ab und machte sich an der Badetasche zu schaffen, die er mitgebracht hatte.

Der Rundweg führte um das ganze Aussichtsdeck. Marius wollte Ona Kakies nicht auf ihre Begegnung an der Rezeption ansprechen und suchte noch nach Worten, als sie ihm aus der Verlegenheit half.

»Ich bin froh, Sie wiedergefunden zu haben.« Plötzlich blieb sie stehen, starrte sprachlos auf das Pooldeck unter ihnen. Ihr unverbindlich freundlicher Ton wechselte abrupt, sie flüsterte und ihre Stimme klang verängstigt: »Ich bedaure es sehr, Sie an der Rezeption einfach so stehen gelassen zu haben. Bitte verzeihen Sie mir. Ich hoffe, dass Ihr Angebot noch gilt.«

In dem Augenblick schnaufte der athletische Joe auf der inneren Joggingbahn an ihnen vorbei. Ona Kakies atmete auf.

»Natürlich stehe ich Ihnen gern zur Verfügung, ich habe allerdings den Eindruck, dass Sie meine Hilfe kaum benötigen«, ging Marius auf ihre Entschuldigung ein.

»Sie meinen Joe? Auch er ist Model und gehört zu meiner Truppe. Joe würde alles für mich tun, aber er kann mir nicht helfen, meine Lage ist wirklich sehr ernst.«

Ich bin in Lebensgefahr, sagte ihm dieser Blick. Doch wer bedrohte sie? Über ihnen der strahlende Himmel, um sie herum eine friedvolle Kreuzfahrtidylle, und dann blieb die Frage, warum sie ein so großes Geheimnis um ihre Situation machte. Sie musste sich schon näher erklären, ansonsten … Wieder starrte sie auf das untere Deck. Ob sie jemanden Gefährliches unter den Gästen ausgemacht hatte? Mit einer heftigen Reaktion riss sie sich von dem Anblick los.

»Warum vertrauen Sie sich nicht dem Sicherheitsdienst an?«

»Es ist eine lange Geschichte, Herr Gautier, und ziemlich kompliziert. Sie sind erfahren, Sie sind der Richtige zur richtigen Zeit. Nur Sie können mir helfen. Ich melde mich wieder bei Ihnen.«

Was ist daran so kompliziert?, wollte er fragen, doch er kam nicht dazu. Sie öffnete eine Seitentür, die in das Innere des Schiffes führte, und verschwand.

*

Lars Fabritius hatte sich für die Stadtrundfahrt durch Klaipėda entschieden und wollte anschließend vom alten Hafen aus zur Kurischen Nehrung übersetzen. Als er, mit Tablet-PC bewaffnet, seine Kabine verließ, ging gleichzeitig gegenüber die Tür auf. Ein glatzköpfiger Mann um die siebzig sprach ihn an: »Verzeihen Sie, hatten Sie gestern auch Totalausfall?«

Totalausfall? Die Frage ließ Lars erröten. Woher kannte der Mann seine Gemütslage? Doch dann riss er sich zusammen: »Nicht, dass ich wüsste.«

»Bei uns waren Telefon und Klimaanlage mindestens zwei Stunden blockiert. Ich habe an Ihre Tür geklopft, um nachzufragen, ob bei Ihnen alles in Ordnung ist. Wollte aber dann nicht weiter stören, es war ja schon spät ...«

»*Sie* waren das.«

Eine gebückte Frau mit einem Rollator war dem Nachbarn aus der Kabine gefolgt. »Ja, aber jetzt ist auch bei uns wieder alles in Ordnung, nicht wahr, Mutter?«

Die alte Frau hielt inne, betrachtete Lars von oben bis unten, als wollte sie sagen: Auf diese Bekanntschaft hätte ich gern verzichtet, und rollte stumm weiter.

Es war klar, dass es nicht Dominik gewesen sein konnte, der an seine Tür geklopft hatte. Doch jetzt, da Lars es definitiv wusste, war er trotzdem enttäuscht. Was war los mit ihm? War er kopflos verliebt oder befand er sich bereits mitten in dem Drama, das man Midlife-Crisis nannte?

Die Rundfahrten starteten am gegenüberliegenden Kai des Industriehafens. Lars hatte das Schiff wie die anderen Passagiere auf Deck zwei verlassen, als sein Handy brummte. Natürlich Nesrin, ziemlich aufgeregt. Es drehte sich um Hasselbachs Nachfolge.

»Also Kleiber … Bist du sicher oder ist er nur im Gespräch?«

Lars kannte Kleiber kaum, war ihm bei Preisverleihungen und auf Partys begegnet. Bei einer dieser Gelegenheiten war er ihm einmal vorgestellt worden, das musste drei oder vier Jahre her sein. Damals waren Kleiber und er noch direkte Konkurrenten gewesen. Aber dann war Lars ins Feuilleton abgewandert.

»Kleiber wird es definitiv. Deshalb rufe ich ja an. Ich wollte dir sagen, dass …«

»Ich habe auch eine Neuigkeit, mein Schatz. Ich habe mich entschlossen, mein Vorhaben kurzfristig zu ändern. Statt der Kreuzfahrt-Reportage schreibe ich eine kleine, aber feine Serie über Kultur und Küche des Baltikums. Ich bin gerade dabei, Material zu beschaffen. Was hältst du davon?«

»Lars, ich …«

»Ein Leckerbissen für den Leser im wahrsten Sinne …«

»Jetzt unterbrich mich doch nicht dauernd.«

»Wenn es das ist, mach dir keine Sorgen. Ich werde mit Kleiber schon klarkommen. Er ist nicht unbedingt mein Typ. Aber wie du weißt, schreibe ich fürs Feuilleton, mit Politik habe ich schon lange nichts mehr am Hut.«

»Das ist es ja. Kleiber will das Feuilleton selbst übernehmen.«

*

»Dieser Professor Bergengruen scheint ein interessanter Mann zu sein, findest du nicht auch, Oli?«, fragte Karla, als sie zurück in der Kabine waren. Darauf ließ sie einen unüberhörbaren Seufzer folgen mit der Botschaft: Wenn ich nur könnte, wie ich wollte. Auf Olivia bezogen bedeutete es: Wenn du schon unbedingt einen Mann haben willst, warum nicht diesen? Fehlte noch, dass sie aussprach, was in der Luft lag: Bestimmt hätte er auch Papa gefallen.

»Vielleicht«, erwiderte Olivia, »aber warum musstest du ihn unbedingt zu dem Stadtrundgang einladen? Du weißt doch, dass wir nicht die Schnellsten sind. Außerdem soll es in der Altstadt überall Kopfsteinpflaster geben. Wir werden kaum die Hälfte von dem besichtigen können, was die anderen Touristen in der Zeit schaffen.«

»Umso besser, einen kräftigen Mann an der Seite zu haben, dann könnt ihr euch beim Schieben abwechseln.«

Typisch Karla, alles sollte sich um sie drehen. Aber was half es? Olivia blieb nur die Hoffnung, dass sich der nette Herr Körber unterdessen wieder erholt hatte und sich ihrem kleinen Ausflug anschloss. Sie war ausgesprochen verwundert gewesen, als am Morgen dieser Bergengruen an ihren Tisch gekommen war, sich einfach so vorgestellt und sich ihrem Frühstück angeschlossen hatte, allerdings erst auf Karlas Einladung hin. Er schien ein unerschütterliches Selbstbewusstsein zu haben, erzählte gern von seinem Beruf, und das Glänzen in Karlas Augen, als er erwähnte, dass er Professor war, spornte ihn offenbar noch an. Olivia langweilte es eher, obwohl sie das Gefühl hatte, dass er dieses Imponiergehabe vor allem wegen ihr zur Schau trug.

Sie musste zugeben, dass er für sein Alter gar nicht schlecht aussah, schlank, beweglich, hatte noch Haare auf dem Kopf, intellektuelle Ausstrahlung. Sie stellte sich vor, mit einem solchen Mann verheiratet zu sein. Es würde ihr gut gehen, an nichts fehlen. Aber sobald sie versuchte, ihre Meinung zu einem Thema zu sagen – wenn es nicht gerade um den Haushalt ging –, würde er ihr bestimmt über den Mund fahren wie Professor Higgins der armen Eliza Doolittle. In »My Fair Lady« ging es ja noch gut aus.

Vor allem bewegte sie die Frage, warum ein so erfolgreicher Mann ausgerechnet die Bekanntschaft mit zwei in die Jahre gekommenen Schwestern suchte. Diese Art Mann, wenn sie denn noch zu haben war, schmückte sich doch eher mit einer zwanzig bis dreißig Jahre Jüngeren, um der Welt zu zeigen, dass er ein toller Hecht war.

Als er nicht an der Rezeption erschien, wo sie sich verabredet hatten, war Olivia erleichtert und wartete auf den Anruf, dass er leider verhindert sei. Doch die Hoffnung platzte wenige Minuten später, denn da stand er vor ihnen mit einem Monstrum von Fotokamera, das an einem dicken Lederband über seiner Schulter hing.

»Oh, da sind Sie ja, lieber Herr Professor«, flötete Karla, und Olivia verspürte das Bedürfnis, die Hände um ihren Hals zu legen und ganz fest zuzudrücken.

*

»Du bist mir doch nicht böse, alter Freund, wenn ich dich heute versetze?«, hatte Bergengruen am Telefon zu Richard gesagt. »Ich habe mit den Schwestern Sesselmann gefrühstückt, du weißt schon, eine von den beiden sitzt im Rollstuhl. Sie würden sich sehr freuen, einen Mann an ihrer Seite zu wissen, damit für sie der Ausflug in die Altstadt nicht so beschwerlich wird. Ich konnte ihnen meine Hilfe einfach nicht versagen.«

»Natürlich nicht«, brummte Richard. Weiter sagte er nichts, er drängte sich auch nicht auf, obwohl ihn interessierte, welche Ausrede sein Kollege dann bemühen würde, um ihn loszuwerden. Der gute Thomas hatte ja keine Ahnung, dass er Zeuge gewesen war, wie er ihn vor den Schwestern ausgebootet hatte.

»Wie wär's, wenn wir am Abend einen Whiskey zusammen nähmen?« Die Frage war an Dreistigkeit kaum zu überbieten. Richard konnte nicht einmal Nein zu dem Angebot sagen, wenn er nicht unbedingt den Gekränkten durchscheinen lassen wollte. Es blieb ihm nur, die Faust in der Tasche zu machen, wie so oft.

Als er überlegte, wie er den Tag verbringen sollte, kam er gleichwohl zu dem Schluss, dass er keinesfalls auf einen Stadtbummel durch Klaipėda verzichten musste. Wenn er ihnen begegnete, würde er sie freundlich begrüßen und dann seines Weges ziehen. Dennoch trieb ihm der

Gedanke, Olivia seinem alten Widersacher zu überlassen, die Zornesröte ins Gesicht. Einen Lichtblick gab es allerdings: An diesem Nachmittag würde ihm auch die Gesellschaft von Karla Sesselmann erspart bleiben.

Die alte Hafenstadt bot reizvolle Straßenzüge und Gassen, die Richard etwa zwei Stunden später ausgiebig in Augenschein nahm. Auch die restaurierten Gemäuer und die Ruinen aus der Zeit der Kreuzritter hatten es ihm angetan. Aber schöner wäre es gewesen, seine Eindrücke mit jemandem zu teilen. Mit jemandem, den er früher nicht vermisst hatte, weil er in seiner Welt noch nicht existierte.

Gegen Mittag wurde es ausgesprochen sommerlich. Der Klarinettist mit den flinken Fingern durfte glücklich sein, einen Hut mit breiter Krempe zu besitzen, die seinem Gesicht Schatten spendete. Die Altstadt war von Touristen überflutet. Richard hatte keinen angenehmen Außenplatz mehr finden können. Er saß in einem halbwegs klimatisierten Straßencafé, vor Augen die alte Mühle, ein dominierendes Fachwerkgebäude an der Hafenpromenade, das zum Hotel ausgebaut war. Diese Stadt hatte eine bemerkenswerte Architektur, erinnerte an die goldene Zeit der Hanse und wirkte doch modern.

Richard warf einen Blick auf seine Armbanduhr, ein Geschenk seines Vaters zum Staatsexamen. Etwa zwei Stunden blieben bis zur Abfahrt der Baltic Crown. Er hatte überlegt, mit der Fähre auf die Kurische Nehrung überzusetzen, aber das war ihm zeitlich zu knapp. Er wollte sich keinesfalls abhetzen müssen.

Unten am Fluss mit dem Namen Danė, der die Altstadt teilte, lagen die Privatjachten. Weiß glänzte ihr Lack vor dem Hintergrund des blauen Flusswassers. Es war immer schon sein Traum gewesen, ein kleines Schiff zu besitzen, mit dem er mittlere und vielleicht auch größere Touren über Seen und Flüsse machen würde. Aber natürlich nicht allein.

War die lange Gestalt mit der monströsen Kamera auf der Brücke nicht Bergengruen? Ja, er war es. Er nahm von dort aus gerade die alte Mühle ins Visier. Nicht weit entfernt von ihm entdeckte Richard Karla Sesselmann in ihrem Rollstuhl, die mit einem Fernglas den Horizont absuchte. Aber wo war Olivia?

Seine Blicke flogen suchend über die Menge. Da, an dem Eisstand war sie und zählte Kleingeld ab. Drei Eis in Waffeln hatte sie gekauft. Richard war froh, sie zu sehen, war sich auf einmal zutiefst bewusst, dass er sich nach ihr gesehnt hatte. In dem Augenblick erfassten ihn wilde Gedanken. Er fühlte sich in der Lage, etwas Verwegenes zu tun, Olivia zu entführen. Hier und jetzt würde er aufspringen, zu ihr laufen, ihre Hand ergreifen und mit ihr – wie sagte man dazu – *einfach abhauen?* Ja, einfach abhauen! Bergengruen und Karla Sesselmann konnten ihnen gestohlen bleiben.

12

Nach dem merkwürdigen Vormittag begab sich Marius Gautier in das Büfett-Restaurant, versorgte sich mit einem bayerischen Weizenbier sowie einer Portion Roastbeef an grünem Spargel und fand Platz an einem der sonst so begehrten Tische zur Seeseite hin. Die meisten Gäste waren um diese Zeit noch unterwegs und nutzten den Tag, um sich die Gegend anzuschauen. Er hatte sich entschieden, an Bord zu bleiben, denn es würde sich rächen, die Hüfte über Gebühr zu strapazieren. Morgen stand bereits Riga an. Ohnehin dachte er an nichts anderes als an Ona Kakies und ihre Angst. Auf dem Sonnendeck war es ihm erschienen, als hätte sie jemanden erkannt, der sich in der Nähe des Pools aufgehalten haben musste. Aber direkt nachdem sie sich verabschiedet hatte, war ihm nichts Ungewöhnliches aufgefallen. Außer dass sie sich verfolgt fühlte und angeblich in großer Gefahr schwebte, wusste er nach wie vor nichts über sie.

Jetzt ärgerte ihn, dass er kein Smartphone besaß, um im Internet die nötigen Informationen über das Model einzuholen. Jeder hatte heutzutage so ein Ding, er allerdings besaß nur ein Handy, das er obendrein zu Hause gelassen hatte, damit Luisa ihn nicht mit Fragen löchern konnte.

Doch vielleicht gab es eine andere Möglichkeit. Nach dem Essen verließ er das Restaurant und fuhr hinunter zur Rezeption. »Kein Problem«, erwiderte der junge Mann hinter dem Tresen auf sein Anliegen, »den Gästen stehen eigene Computer zur Verfügung.« Er brauche lediglich einen Code einzugeben.

Marius nickte stumm, fühlte sich in diesem Moment wie ein Fossil aus alten Tagen, als man sein Wissen noch aus vergilbten, unleserlichen Akten zog und mit Monstern aus Hartplastik telefonierte, an deren Wählscheibe man sich an einem hektischen Vormittag leicht eine Nagelbettentzündung einhandelte. Und das alles, um ein paar dürftige Informationen aufzutreiben. Heute erledigte man das im ergonomischen Drehsessel vor dem Bildschirm. Mit ein paar Klicks war die Schatzsuche erfolgreich beendet.

»Ona Kakies, geboren am 16.05.1982 in Tallinn, Estland. Bereits als Kind Ausbildung zur klassischen Tänzerin am dortigen Nationaltheater. Wurde auf einer Amerikatournee der Balletttruppe ihrer Heimat als Model entdeckt und ist seither eine gefragte Mode-Ikone, die auf den Fashion Weeks in New York, Paris, London und Mailand gefragt ist …«

Eine Karriere wie im Märchen, der Eintrag lag allerdings mehr als zehn Jahre zurück. Ona Kakies sah immer noch makellos aus, selbst wenn ihre große Zeit als Model offenbar vorbei war. Sie ging auf die vierzig zu, und das Pooldeck eines Kreuzfahrtschiffes war kaum mit den Laufstegen der schillernden Modemetropolen vergleichbar. Aktuelle Einträge gab es nur wenige, darunter einen Bericht über Stars aus dem Baltikum, in dem sie aufgeführt war. Doch dann überflog Marius einen Artikel aus einem der einschlägigen Frauenmagazine: »… hat Ona Kakies nie das Geheimnis ihrer Herkunft gelüftet. Auch ihren richtigen Namen hat sie nie preisgegeben. Sie erinnere sich daran, verriet sie einmal in einem Interview, dass ihr Vater sie ›mein Kätzchen‹ nannte, deshalb habe sie Kakies als Künstlernamen angenommen, was auf Litauisch Katze bedeutet. Unstrittig ist, dass sie in einem Waisenhaus aufwuchs, bevor man die bildschöne Tänzerin auf einer VIP-Party für die Modebranche entdeckte. Nachdem ihre Karriere durch mehrere Nervenzusammenbrüche ein tragisch frühes Ende genommen hat, ist sie aus den Schlagzeilen verschwunden. Sie tritt nur noch selten auf und gibt kaum Interviews ...«

Auch wenn Marius gelernt hatte, den Schlagzeilen nicht zu trauen, boten sie immerhin Erklärungen für Onas seltsames Verhalten an. Die ehemalige Göttin des Laufstegs war stark angeschlagen, vielleicht sogar nervenkrank. Das könnte mit ihrem Verfolgungswahn zusammenhängen, möglicherweise war die Lebensgefahr nur eingebildet. Vielleicht war der Muskelmann ihr Aufpasser, der bereitstand, wenn sie einen Anfall bekam? Aber die entscheidende Frage war: Handelte es sich lediglich um ein tragisches Schicksal oder hing weit mehr an der Geschichte?

*

Eiskalt erwischt. Der Zustand, in dem sich Lars seit Nesrins Anruf befand, ließ sich wohl kaum anders beschreiben. Den Atem hatte es ihm verschlagen. Der Neue, Kleiber, würde das Feuilleton selbst übernehmen.

»Bedeutet das etwa ...?« Ihm waren die Worte im Hals stecken geblieben.

»Das *könnte* es bedeuten«, hielt Nesrin, nachdem sie ihn aufgescheucht hatte, dann den Ball flach. »Genaueres ist nicht durchgesickert. Ich wollte dich nur warnen,

Lars. An deiner Stelle würde ich ab jetzt einen Bogen um alle Fettnäpfe machen. Hier weht ein scharfer Wind. Ich rechne jeden Augenblick damit, dass man mich feuert.«

»Blödsinn. Leute wie du werden immer gebraucht«, erwiderte er. Nesrin war absolut loyal, und ihre Dienstbeflissenheit machte sie unentbehrlich. Dafür zahlte sie den Preis des Schattendaseins, verschliss sich in der grauen Anonymität wie die meisten Menschen, ohne je erfahren zu haben, wie sich das Leben im Licht anfühlt.

Nachdem Nesrin das Gespräch beendet hatte, war Lars der Menschenherde willenlos gefolgt und hatte sich in einen der wartenden Touristenbusse schieben lassen. Am alten Hafen von Klaipėda nahm er die Fähre nach Smiltynė, einem Stadtteil, der bereits auf der Nehrung lag. In seinem Kopf herrschte Durcheinander, er rauchte eine nach der anderen. Vielleicht sollte er versuchen zu entspannen und sonnenbaden. Seinen Seesack hatte er jedenfalls dabei. Mit einem Blick fand er bestätigt, dass der sich vor ihm ausbreitende Strand einmalig war, eine endlose Dünenlandschaft aus feinstem weißem Sand reflektierte die Sonne, dass er die Augen zusammenkneifen musste.

In der Nähe einer kleinen Oase aus Seegras breitete er sein Badetuch aus und zog sich darauf um. Ein Gefühl von Mutlosigkeit überkam ihn. Doch gegen diesen Kleiber bäumte sich in ihm etwas auf. Keinesfalls würde er seinen Plan, eine Kulturreise durch das Baltikum zu beschreiben, aufgeben. Warum sollte Kleiber etwas gegen eine kleine, harmlose Serie einzuwenden haben? Schließlich hatte ein Lars Fabritius seine Leserschaft. Manche kauften dieses Scheißblatt *nur* wegen seiner Serien.

Nach ein paar Schwimmzügen in der Ostsee fühlte er sich schlapp, schwankte aus dem Wasser und warf sich erschöpft auf sein Badetuch. Wie gelähmt lag er da, alle viere von sich gestreckt, und wünschte, eine riesige Flutwelle würde anrollen, ihn packen und mit sich reißen. Verschollen wollte er sein, unerreichbar, unantastbar …

Aber das war er nicht, er war auch nicht unentbehrlich, er, der Preisträger, der Poet unter den Feuilletonisten. Von heute auf morgen stand er auf der Abschussliste. Seine Einmaligkeit würde ihm jetzt hinderlich sein. Leute wie ihn konnten sich nur wenige Blätter leisten. Wenn Kleiber ihn feuerte, würde sein Marktwert innerhalb kürzester Zeit ins Bodenlose fallen. Nur der Abschied stand ihm noch bevor. Hasselbach hatte es einfacher gehabt.

Plötzlich musste er husten, hatte mit offenem Mund ein paar Sandkörner eingeatmet. Er griff blind nach der Wasserflasche, bekam aber etwas anderes zu fassen. Das waren Füße … Beine …

»Hoffentlich stimmt der Lichtschutzfaktor Ihrer Creme, andernfalls könnte es ein schmerzhaftes Erwachen geben«, ließ sich eine bekannte Männerstimme vernehmen.

*

Karlas Aufmerksamkeit galt nur diesem eitlen Pfau von Professor. Sie himmelte ihn an. Noch nie hatte Olivia ihre Schwester so aufgekratzt gesehen, dabei ließ Bergengruen kaum mehr als höfliche Aufmerksamkeit für sie erkennen. Vielmehr hatte er, während er sich über sein Hobby, das Fotografieren, ausließ, immer nur zu ihr herübergeschaut. Er interessiere sich insbesondere für Fachwerkbauten und habe bereits deutschlandweit die schönsten Exemplare abgelichtet. Sogar einen Preis auf einer Ausstellung habe er für seine Fotos erhalten, worauf er sehr stolz sei.

»Das freut mich für Sie«, erwiderte Olivia und lächelte, um ihn nicht zu kränken.

»Fachwerkgebäude finde ich hochinteressant, jedes ist ein Unikat, so wie jeder Baum anders wächst«, ermunterte ihn hingegen Karla. »Wenn Sie Fachwerk so lieben, kann ich Ihnen Heilbronn nur empfehlen. Wir haben diesbezüglich sehr viel zu bieten. Aber sicher kennen Sie die Gegend bereits.«

In dem Augenblick schien Bergengruen wie gebannt. »Da vorn die alte Mühle, ein ideales Motiv. Wenn mich die Damen entschuldigen würden«, er legte einen Schritt zu. Wahrscheinlich hatte er auch genug von Karlas wichtigtuerischem Geschwätz, dachte Olivia. Ein wenig kam sie sich schuldig vor, ihn so abweisend behandelt zu haben.

Als sie am Jachthafen angekommen waren, brannte die Sonne unbarmherzig auf die Altstadt nieder. »Es ist kaum auszuhalten«, jammerte Karla. Aber in den Cafés rundum war kein einziger freier Platz zu finden. Olivia schob den Rollstuhl in den Schatten einer der alten Häuser. Doch Karla gab keine Ruhe. »Unerträglich, diese Hitze. Ich spendiere uns ein Eis, Oli. Natürlich auch für Professor Bergengruen. Für mich Pfirsich und Vanille, du weißt ja.«

»Ich werde sehen, was es gibt.«

»Natürlich, meine Liebe«, erwiderte Karla, als hätte sie ihren fast barschen Tonfall nicht bemerkt.

Es gab Pfirsich und Vanille, also ließ Olivia drei Waffeln damit befüllen, kramte entsprechend Kleingeld heraus, bezahlte und wandte sich mit den Erfrischungen der

Brücke zu. Dort konzentrierte sich Professor Bergengruen vollkommen auf sein Fotoobjekt, die alte Mühle. Immer wieder wechselte er die Position und prüfte und prüfte, verstellte dieses Objektiv, das so lang und dick war, viel größer als der Apparat selbst, fuhr es aus und zog es ein wie … wie ein Penis sah es aus, ja, als ob der Apparat einen überdimensionalen … Olivia wusste nicht, was mit ihr geschah, ihre Brust pumpte sich plötzlich auf wie ein Ballon. Der Druck stieg ihr zu Kopf, sie konnte ihn nicht bändigen, bis es aus ihr herausplatzte. Sie lachte so durchdringend, dass die Touristen wie geblitzt in ihrer Bewegung verharrten. Worauf sie sich umsahen, aus welcher Richtung der Schrei wohl gekommen war, ob er eine Bedrohung bedeutete, und dabei entdeckten sie Olivia. Ihr Gesicht musste ganz rot angelaufen sein, aber sie konnte das Lachen nicht abstellen. Es gellte über den Platz am Hafen, schüttelte sie, riss sie hin und her, das Eis klatschte auf das Pflaster.

Einige der Passanten wandten sich peinlich berührt ab, als hätte Olivia in einer der umliegenden Restaurants über den Durst getrunken. Aber dieses Lachen war wie ein Krampf über sie gekommen, zusammen mit dem Rauschen im Kopf, das immer mehr anschwoll. Von einem auf den anderen Moment machte sie die gleißende Sonne blind. Der Fleck, auf dem sie stand, drehte sich plötzlich, sie wusste nicht mehr, wo sie war, gleich würde sie fallen, tief fallen.

»Olivia, geht es Ihnen nicht gut?«

Der Zugriff zweier entschlossener Hände bewahrte sie vor dem Sturz. Sie riss die Augen auf, nahm aber nur Umrisse eines Gesichts wahr.

»Erkennen Sie mich? Ich bin es, Richard Körber.«

»Richard«, wiederholte sie und ergab sich der Ohnmacht.

*

Olivia lag in seinen Armen, ohne Bewusstsein, hilflos. Richard hatte das Gefühl, nie in seinem Leben so viel Verantwortung getragen zu haben. Und er war froh und irgendwie stolz, direkt in ihrer Nähe gewesen zu sein, als sie ihn brauchte. Wie die Umstehenden hatte ihn von seinem Platz im Café aus ein Schreck erfasst, als Olivia so völlig unerwartet dieser Schreikrampf befallen hatte. Oder war es ein Lachanfall? Als wäre der Teufel in sie gefahren. Es musste die Hitze gewesen sein. Der Ausflug hatte offenbar ihre Kräfte überstiegen, und das Verhalten ihrer Schwester, die man getrost als anstrengend bezeichnen durfte, hatte wahrscheinlich auch das Seine dazu beigetragen.

Aber nicht Bergengruen – der war viel zu sehr mit Fotografieren beschäftigt gewesen –, nein, *er* war es gewesen, der sofort aufgesprungen und zu ihr gelaufen war. Ein Mann aus der Menge hatte ihm geholfen, Olivia in den Schatten zu tragen. Eine alte Frau mit Kopftuch, die das Geschehen offenbar beobachtet hatte, riss bereitwillig das Tor zum Hinterhof ihres Hauses auf. »Bitte schön, kommen Sie«, rief sie und führte sie zu einer mit Blumen umrankten Holzbank. Darauf legten sie die ohnmächtige Olivia und stützten ihren Kopf mit zwei Kissen ab.

Die alte Frau brachte eine kalte Kompresse und legte sie auf Olivias Stirn. »Heute heiß, viel heiß«, sagte sie und zog sich wieder ins Haus zurück.

»Wo sind wir hier?«, stöhnte Olivia.

»Gott sei Dank«, sagte Richard. »Da sind Sie ja. Ich habe mir Sorgen gemacht.«

Olivia schaute sich verwirrt um. »Was ist passiert? Wo ist Karla? Mir war auf einmal …«

»Ihrer Schwester geht es gut. Wir sind in einem schattigen Hinterhof, hier können Sie sich ausruhen. Man erleidet schnell einen Hitzschlag, wenn man sich nicht ausreichend schützt.«

»Das müssen ausgerechnet Sie sagen«, erwiderte Olivia und lächelte. Er errötete. Dabei hatte er noch am Morgen den verflixten Hut gut sichtbar auf dem Sideboard seiner Kabine platziert, um ihn nicht wieder zu vergessen.

Richard bemerkte, dass er immer noch ihre Hand hielt. Natürlich wollte er keinesfalls Olivias Ohnmacht ausnutzen, um ihr näherzukommen. Es hatte sich so ergeben. Sie bemerkte es offenbar im gleichen Augenblick. Er ließ ihre Hand los, doch sie griff danach und hielt sie fest. »Danke, Richard«, sagte sie leise.

Da öffnete sich laut knarrend das Holztor, und Bergengruen schob Karla in den Hof.

»Da sind sie ja«, rief Karla in theatralischer Art und wies mit der Rechten auf Olivia und ihn, als hätten sie sich vor ihr versteckt. Es gab Menschen, deren einzige Aufgabe darin zu bestehen schien, das ohnehin Schwere einer Situation für andere noch schwerer zu machen, dachte Richard.

13

Erste Ausflugsbusse kehrten bereits am frühen Nachmittag zurück. Die Baltic Crown würde noch vor dem Dinner in Richtung Riga ablegen, wie im Tagesprogramm zu lesen war. Vom Kai her herrschte ein steter Zulauf, auch das Pooldeck füllte sich allmählich wieder mit Gästen. Marius Gautier saß im Schatten der Open-Air-Bar vor einem Tagescocktail, den auszutrinken er nicht vorhatte, und wunderte sich über sich selbst, dass er auf die knallrote Lockfarbe hereingefallen war. Aber wenn man nichts zu tun hatte, außer die Gegend mit Blicken zu löchern, konnte es leicht passieren, dass man Lust auf etwas Verrücktes bekam. Wie ein Kind, das sich von seiner Fantasie anstacheln ließ. Seit seinem Unfall in den Bergen dachte er öfters an seine Kindheit zurück.

Unvergesslich der Heiligabend, an dem ihm die Eltern dieses besondere Geschenk gemacht hatten. Er war zwölf und hatte sich wie jeder Junge in seinem Alter eine Carrera-Bahn gewünscht. Als er das Papier entfernte und in den Karton hineinschaute, verschlug es ihm jedoch die Sprache. Vater legte ihm feierlich seine schwere Hand auf die Schulter. »Diese Hose ist ein Stück Kulturgut«, sagte er mit seiner tiefen Stimme, der lebenslang der kehlige Schweizer Dialekt anhaftete. »Dein Großvater hat sie als Kind getragen und ich habe sie getragen. Jetzt bist du an der Reihe, mein Sohn. Vergiss nie, dass Schweizer Blut in deinen Adern fließt.« Vorsichtig, als sei es zerbrechlich, hob er das abgewetzte Stück Leder aus der Schachtel und überreichte es ihm wie eine Kostbarkeit, während Mutter die Szene auf Agfacolor bannte. Marius hatte sich das Foto später nur einmal angeschaut, wie er dastand, gequält lächelnd, das speckige, säuerlich riechende Stück Familientradition in Händen und daneben der stolze Vater mit einer Träne im Auge.

Die Carrera-Bahn hatte er dann doch bekommen. Mutter hatte sie ihm eine Woche später gekauft, aber er musste ihr versprechen, Vater gegenüber noch einmal extra zu erwähnen, wie stolz er auf die Lederhose sei. Marius hatte sie ihm zu Ehren sogar getragen, im Sommer, wenn es nach Appenzell ging, wo sie seine Tante Irmi besuchten. Doch nie würde er die Genugtuung vergessen, die er empfunden hatte, als endlich der Tag gekommen war, an dem Mutter offiziell verkündete, dass er aus dem guten Stück herausgewachsen war.

In diesem Augenblick hätte sich Marius das Foto gern wieder angesehen. Warum er ausgerechnet hier und jetzt – auf einem Schiff, das mit Schweizer Traditionen nichts zu tun hatte, außer, dass es Toblerone im Duty-Free-Shop zu kaufen gab – das Verlangen verspürte, ein Weihnachtsfoto zu betrachten, wusste er nicht zu sagen. Doch möglicherweise hing auch das mit Ona Kakies zusammen. Die Tatsache, dass sie der Presse gegenüber beharrlich über ihre Herkunft und Kindheit geschwiegen hatte, ließ seine Gedanken nicht stillstehen.

»Das darf doch nicht wahr sein! Nichts sehnlicher würdest du dir wünschen, als dich endlich auszuruhen, hast du behauptet, und jetzt, wo du es könntest, fällt dir nichts Besseres ein, als dir die Probleme anderer Leute aufzuhalsen. Du bist nicht mehr Kriminalrat, merk dir das. Damit ist es vorbei.« Luisas imaginäre Stimme brach rücksichtslos in sein Bewusstsein ein. Er hasste es, wenn ihn seine Tochter so anging. Anders könne man bei ihm ja nichts erreichen, so stur wie er sei, hatte sie einmal erwidert, als er sich diesen Ton verbeten hatte. Vielleicht hatte sie recht – aber in dem Fall?

Er konnte den verängstigten Blick des Models nicht vergessen, hatte auch nicht den Eindruck, dass sie verwirrt oder krank war. Nie würde er sich verzeihen, wenn Ona Kakies' Angst um ihr Leben berechtigt wäre und er ihr aus Bequemlichkeit oder Borniertheit seine Hilfe verweigerte.

*

Vor ihm im Sand steckten zwei braun gebrannte Männerfüße, die in wohlgeformte, muskulöse Beine übergingen, gefolgt von Bermudas mit Palmenmuster … Lars setzte sich auf und blinzelte in die Sonne. Er hatte tatsächlich vergessen, sich einzucremen, die Haut auf seinem Rücken spannte bereits.

»Was halten Sie davon, wenn wir in der Altstadt etwas essen, bevor Sie anfangen zu glühen?«, fragte Dominik.

Lars legte die Hand an die Stirn und betrachtete eine Weile schweigend diesen über ihm aufragenden Adonis. Ganz sicher würde Dominik ihn von seinen trübseligen Gedanken ablenken, andererseits hatte Lars nicht die geringste Lust, die Launen einer verwöhnten Göre über sich ergehen zu lassen. »Und was hält Ihre Schwester davon?«

»Chris hat eine Clique gefunden, die zu ihr passt. Sie machen ein bisschen Party, spielen Beachvolleyball und so. Auf die Weise habe ich meine Ruhe vor ihr und kann ...«

»Ältere Männer zum Essen einladen?«

»So ungefähr. Es sei denn, die älteren Männer kommen einfach nicht in die Gänge.«

»Da haben wir's, schon treten die ersten Anzeichen von Generationenkonflikt zutage.«

»Klingt da etwa Verbitterung durch? Zumindest gehe ich nicht nach Klischee vor, das sollte für mich sprechen.«

»Sie meinen, weil *Sie* mich einladen wollen und nicht ich Sie?«

»So ungefähr.«

»Hoffentlich übernehmen Sie sich da nicht. Ich gebe mich nur mit dem Besten zufrieden ...«, frotzelte Lars.

»Machen Sie sich keine Sorgen, ich bin schwierige Menschen gewöhnt.«

So schnell ließ sich dieser Mann nicht einschüchtern, und er schien auch keine Geldprobleme zu haben. Allerdings passte dieses billige Outfit nicht unbedingt zu einem erfolgreichen Start-up oder Ähnlichem, dachte Lars. Wenn wenigstens seine Flipflops von Lacoste wären.

Es stimmte natürlich, meistens war es umgekehrt, die Älteren zahlten für die Jüngeren. Darüber hatte sich Lars bisher allerdings keine Gedanken gemacht, er war nie der Ältere gewesen. Er erhob sich von seinem Badehandtuch und stand nun Auge in Auge neben Dominik.

»Ich freue mich, dass Sie es sich überlegt haben, Steffen«, sagte Dominik und fixierte ihn mit diesem Lächeln, das Lars unter die Haut ging. Etwas verlegen wischte er sich den Sand vom Oberkörper. Er verspürte Respekt vor dem jungen Mann. Dominik strahlte Autorität aus, auch das machte ihn attraktiv. Und das mit dem falschen Vornamen ließ sich sicher bei einem Glas Met ausräumen.

Nach der kurzen Überfahrt mit der Fähre waren sie schnell wieder in der Altstadt von Klaipėda angelangt. Dominik warf einen Blick auf das Display seines Smartphones. »Ich habe mir eine App heruntergeladen mit empfehlenswerten Restaurants, die litauische Gerichte führen. Hoffentlich mögen Sie Rustikales …«

Als hätte er geahnt, was Lars vorhatte. »Ausgezeichnet, genau darauf hab ich Lust.« Es würden die ersten Geschmackserlebnisse für seine Serie über Kultur und Küche im Baltikum werden.

»Die litauische Küche ist von denen der umliegenden Länder Polen, Lettland und Russland beeinflusst, hat aber ihren eigenen Charakter behalten.« Es klang wie abgelesen, aber Dominik hatte sein Smartphone bereits in der Brusttasche versenkt.

»Haben Sie Ahnung von der litauischen Küche?«, fragte Lars.

»Leider nicht genug. Aber ich bin wissbegierig, auch aus beruflichen Gründen. Und wenn ich schon hier in Litauen bin, kann ich gar nicht anders.« Er lachte. Was gab es Schöneres, Anmutigeres als einen unbeschwert lachenden jungen Mann, dachte Lars. Wieder begegneten sich ihre Blicke.

»Und was machst du beruflich?«, fragte Lars. Ob es der richtige Moment war? Das Du war ihm so herausgerutscht.

»Du bist ganz schön neugierig«, erwiderte Dominik, und seine Augen glänzten.

»Ich will nur herausfinden, ob du dir unser Essen auch leisten kannst, damit ich nicht auf der Rechnung sitzen bleibe.«

»Keine Sorge, wenn nötig, leiste ich meine Schulden mit Küchendienst ab.«

»Bist wohl Koch?«

»Ich habe es zumindest gelernt. Wusstest du übrigens, dass man Zeppeline essen kann?«

Lars wusste es nicht, aber mit Dominik würde er es gern stundenlang versuchen.

*

Olivia hatte sich bereits davor gefürchtet, wieder allein mit ihrer Schwester in der Kabine zu sein. Karla würde ihr weder die Hand halten noch gut zureden. Eher war eine Flut an Vorwürfen zu erwarten, schließlich hatte Olivia allen den Ausflug verdorben. Sie verstand ihren Ausraster selbst nicht. Wie war sie nur auf diese frivolen Gedanken gekommen? Wenn sie gewusst hätte, dass ein Hitzeschlag den Verstand von einem auf den anderen Augenblick ausknipsen konnte, wäre sie an Bord geblieben und hätte Karla ganz ihrem Professor überlassen.

Jetzt saß sie in dem geflochtenen Stuhl auf dem kleinen Balkon – das Schiff hatte bereits gegen halb sechs abgelegt – und genoss den angenehm kühlen Fahrtwind. Die Augen hielt sie geschlossen und tat so, als ob sie schlief, als sich Karla im Rollstuhl von hinten näherte. »Dir ist schon klar, dass du uns in eine unmögliche Situation gebracht hast?«

»Es ging mir nicht gut, Karla. Das war doch offensichtlich und kann schließlich jedem passieren.« Natürlich wimmelte sie Karla damit nicht ab, die darin lediglich eine Ausrede sehen würde.

»Man könnte meinen, dass du dieses Theater nur inszeniert hast, um Körber einen Auftritt zu verschaffen.«

»Ich bitte dich, Karla. Du glaubst doch nicht im Ernst …? Außerdem fühlte er sich angeblich am Morgen nicht wohl. Woher sollte ich wissen, dass er sich überhaupt in der Stadt aufhielt?«

»Meine Güte, hat der sich aufgespielt. Als schwebtest du in Lebensgefahr, einfach albern. Überspannt bist du, nichts weiter, und glaub ja nicht, dass du mich …«

»Was soll ich nicht glauben?« In diesem Moment erfasste Olivia wieder dieser Schwindel, den sie auch auf dem Platz verspürt hatte.

»Einen Krankenwagen wollte er rufen, und deine Hand getätschelt hat er, als wärst du …«

Olivia standen die Bilder vom Nachmittag vor Augen. Richard hatte sie aufgefangen, ansonsten wäre sie gestürzt. Er hatte sie wirklich gerettet und in den Schatten gebracht, auf eine Bank gelegt und ihre Hand genommen. »Ich bin immerhin ohnmächtig geworden«, wandte sie sich an Karla, die mit dem Rolli an der offenen Balkontür angekommen war. »Das ist nicht so ungefährlich, wie du denkst.«

»Ach, Oli. Von einer Ohnmacht ist noch niemand gestorben. Körbers Sorge war einfach überzogen. Als er sich über dich beugte, dachte ich schon …«

»Was dachtest du?« Es interessierte sie wirklich, denn zu diesem Zeitpunkt musste sie bereits ohnmächtig gewesen sein.

»Ich dachte schon, er würde dich … küssen.«

»Wie kommst du nur darauf? Ich kenne ihn ja kaum. Jetzt übertreibst du aber maßlos, Karla.« Hoffentlich konnte Karla jetzt nicht sehen, wie sich ihre Brust plötzlich heftig hob und senkte. Sie hätte sich keine schöneren Nachrichten wünschen können.

»Ist dir bewusst, dass du Professor Bergengruen den ganzen Nachmittag verdorben hast? Ich habe das Gefühl, dass er sich für dich interessiert, und hoffe, dass dieser Vorfall keinen ungünstigen Eindruck …«

»Offenbar interessiert er sich nicht für meine Gesundheit.«

»Aber Olivia. Er hatte sich ganz in das Fotografieren dieser alten Mühle vertieft und deshalb zu spät bemerkt, dass du es warst, die da … Auf dem Platz herrschte doch so ein Gewühl. Später war er zutiefst bestürzt über den Vorfall und hat die alte Frau großzügig für ihre Hilfe entlohnt, die Taxifahrt zum Schiff hat er auch übernommen.«

»Und Körber?«

»Er hat dich wie ein Dornröschen ins Taxi getragen und ist nicht mehr von deiner Seite gewichen. Aber da warst du längst wieder bei Bewusstsein.«

»Ja, das war ich.« Sie wollte sich nur noch einmal aus dem Mund ihrer Schwester bestätigen lassen, dass es auch wirklich so gewesen war und sie nicht geträumt hatte.

*

Wieder zurück auf dem Schiff hatte Richard Olivia dringend geraten, sich auf die Krankenstation zu begeben, aber Karla Sesselmann hatte es verhindert. Sie halte es nicht für nötig, Olivia gehe es ja bereits sichtbar besser, behauptete sie. Ein, zwei Stunden Ruhe und kalte Wadenwickel genügten und würden den Arztbesuch ersetzen. Außerdem habe sie ja keine weiteren Schmerzen. Bergengruen pflichtete ihr noch bei, als wüsste er nicht, dass es sich bei einem solchen Schwächeanfall durchaus um einen stummen Herzinfarkt handeln könnte. Richard musste sich wohl oder übel geschlagen geben. Darauf hatte er von Bergengruen einen teuflischen Blick kassiert, der ihm offenbar sagen sollte: Wenn ich sie nicht haben kann, sollst du sie auch nicht haben.

Ungeachtet dessen hatte der Kollege auf den gemeinsamen abendlichen Whiskey bestanden, den sie in der Open-Air-Bar des Aussichtsdecks einnahmen.

»... befinden wir uns auf dem Weg nach Riga, meine Damen und Herren, wie man sagt, die Königin des Baltikums. Eine Stadt des Jugendstils und anderer Herrlichkeiten, die Sie unbedingt besichtigen müssen. Aber auch heute Abend bieten wir Ihnen Außergewöhnliches. Im kleinen Musiksaal erwartet Sie ein Abend mit nostalgischen Chansons ...«, hallte die Stimme des Kreuzfahrtdirektors über das Deck.

»Ich danke dir, dass du so schnell eingegriffen hast«, kam Bergengruen nach der Durchsage wieder auf den Nachmittag zu sprechen. »Ich war so in dieses einmalige Motiv versunken, dass ich ...«

»Wieso dankst *du* mir? Es ist gar nicht deine Sache. Für mich war es selbstverständlich einzugreifen, schließlich befand ich mich nicht weit ab vom Geschehen. Wenn, dann hätte es eher Karla Sesselmann zugestanden, sich für die Hilfe zu bedanken.«

Bergengruen zuckte mit der rechten Augenbraue, setzte aber dann sein spöttisches Lächeln auf. »Hat sie denn nicht?«

»Sie hat nicht einmal zugelassen, dass ihre Schwester eine vernünftige ärztliche Versorgung bekam.«

Bergengruen lachte laut auf, dass sich ein Herr am Nachbartisch, der in Gedanken vertieft schien, erschrocken nach ihnen umsah. Richard war ihm schon einmal an Deck begegnet, er humpelte leicht in der Art, wie es nach Hüft- oder Beckenoperationen vorkam.

»Aber Richard«, erwiderte Bergengruen, »sie ist lediglich ohnmächtig geworden. Und du hast dich angestellt, als hätte ihr letztes Stündlein geschlagen. Wenn ich es nicht besser wüsste, hätte ich dich für übergeschnappt gehalten. Jedenfalls weiß jetzt die ganze Welt, dass du in sie verliebt bist.«

Das Wort *verliebt* klang wie ein Fremdwort aus seinem Mund.

»Das hat nichts mit Verliebtheit zu tun. Für mich ist es selbstverständlich, dass man in einem solchen Fall alle Vorsicht walten lässt.«

»Dahin gehend brauchst du dir also keine Vorwürfe zu machen, ganz im Gegenteil.« Wieder lachte er, diesmal klang es unverhohlen herablassend. Natürlich hatte ihn der gute Thomas durchschaut, wenn er sich auch selbst verraten hatte. Zweifellos war es Neid, der sich da zu erkennen gab. Von einem auf den anderen Augenblick empfand Richard dem großen Bergengruen gegenüber wie nie zuvor: Er fühlte sich ihm gewachsen. Aber das bedeutete nicht, dass er auch in einem Zweikampf als Sieger hervorgehen würde.

RIGA

14

Das Stadtpanorama von Riga war einfach an ihm vorbei-
gerauscht. Früher, als Marius noch im Dienst war, hatte
er sich manchmal gefragt, wie er wohl reagierte, wenn
ein Krimineller eine ihm nahestehende Person bedrohen
würde. Die Botschaft auf dem Zettel, die vor dem Frühstück im Postfach neben seiner Kabinentür lag, hatte ihn
jedenfalls so aufgewühlt, dass er jeden Schlag seines Herzens spürte und an nichts anderes mehr denken konnte.

Die Handschrift wirkte flüchtig, verzerrt, wie von
jemandem, der in heller Aufregung gewesen war:

*Ich habe ihn wiedergesehen. Dieser Mann ist hier auf dem
Schiff, um mich zu töten. Ich weiß nicht, was ich machen
soll. Wir müssen uns treffen. Ich werde Ihnen alles erzählen, aber nicht auf dem Schiff. Kommen Sie um elf ins Cat
House am Platz der Liven in der Altstadt. In dem Haus
ist ein Restaurant. Warten Sie dort auf mich.*

Ona

Marius las den Zettel, der in einem Briefumschlag
gesteckt hatte, zum dritten Mal und wieder errötete er.
Sie brachte ihm, den sie ebenso wenig kannte wie er
sie, uneingeschränktes Vertrauen entgegen. Die einzige
Erklärung dafür war: Sie griff nach jedem Strohhalm.
Diese Angst, die sie offenbar seit Jahren quälte, musste
sie ausgehöhlt haben. Aber wo zum Teufel steckte Ona

Kakies? Es war bereits eine Viertelstunde über die verabredete Zeit.

»Darf es noch etwas sein?«, fragte der Kellner und räumte das benutzte Kaffeegeschirr ab.

»Nein, danke, vielleicht später.« Weshalb sie ihn wohl in dieses Cat House bestellt hatte? Mit diesen merkwürdigen Katzenfiguren auf dem Dach, die irgendwie wütend und angriffslustig wirkten?

Da stand sie plötzlich vor ihm, ihre Sonnenbrille verdeckte die Hälfte des Gesichts. Sie trug ein cremefarbenes Oberteil auf blauer, mit Perlen bestickter Jeans, die wie eine zweite Haut saß und ihre Maße betonte. Allerdings wagte er es nicht, ihre Brust auch nur mit einem Blick zu streifen.

»Bitte entschuldigen Sie, dass ich spät bin, aber ich konnte …« Sie setzte sich ihm gegenüber, legte ihre kleine Handtasche auf den Stuhl zwischen ihnen und nahm ihre Brille ab. Ihr Augenaufschlag genügte, ihn vergessen zu lassen, was er sie fragen wollte.

»Das macht nichts«, erwiderte er nur. »Möchten Sie etwas trinken?« Er winkte dem Kellner, und sie entschied sich für eine Latte Macchiato.

Marius war überrascht, er hatte sie sich am Limit vorgestellt, nervlich am Ende, so wie es dem Inhalt des Briefes entsprach. Aber sie wirkte aufgeräumt, ihre Hände waren ruhig und sie strahlte Selbstsicherheit aus.

»Lassen Sie sich nicht täuschen«, sagte sie halblaut, als könnte sie seine Gedanken lesen. »Ich habe mich oft verstellen müssen. Aber es ist anstrengend, sich immer zu verstellen.«

»Und wer zwingt Sie dazu, und vor allem, warum?«

»Ich will es Ihnen gern erklären, Herr Kommissar ...«

»Kriminalrat, aber ich bin längst im Ruhestand, hatte ich das nicht erwähnt?«

»Ich habe es vergessen, Sie müssen entschuldigen.«

»Sie können Marius zu mir sagen.« Den Brief hatte sie schließlich auch mit ihrem Vornamen unterschrieben. Wieder dieses Lächeln, das ihm unter die Haut ging. »Was kann ich also für Sie tun?«

»Ich habe ihn wieder gesehen, Marius, und mit Blicken hat er mich bereits getötet. Sie verfolgen mich seit Jahren ... Sie haben mir gedroht ... Doch ich weiß nicht, wonach sie suchen.« Mit der Überlegenheit war es vorbei, ihre Angst brach sich Bahn.

»Der Reihe nach, ich kann Sie nur verstehen, wenn ...«

Der Kellner hatte die Latte gebracht und stellte das Glas vor Ona Kakies auf den Tisch.

»Natürlich. Bitte entschuldigen Sie, Marius ...« Mit dem langen Löffel schöpfte sie etwas von der mit Kakao gepuderten Crema ab und nahm sie zwischen die Lippen. »Ich habe niemanden«, fuhr sie nun ruhiger fort, »niemand glaubt mir, alle halten mich für krank. Vielleicht bin ich es auch. Sie haben mich krank gemacht ... Ich werde verfolgt, seit Jahren, auf Schritt und Tritt.«

»Ich glaube Ihnen«, erwiderte Marius, »Sie können mir vertrauen.« Aber nicht auszudenken, wenn er nicht der wäre, der er war. Leichtsinn, wenn nicht gefährliche Naivität musste man ihr vorwerfen. Doch war dieses blinde Vertrauen nicht der beste Beweis für ihre Verzweiflung?

»Hören Sie, Ona, Sie müssen mir nun alles erzählen. Auch das, was Sie in Ihrer Kindheit erlebt haben. Was immer passiert ist, einmal muss es heraus.«

Sie sah ihn an mit einem Blick, aus dem herzzerreißender Jammer sprach. »Ich habe etwas erlebt, das ...« In ihren Augen schimmerten Tränen, und sie setzte sich die Brille wieder auf, um sie zu verstecken.

*

Riga funkelte in der Morgensonne. Alles wäre perfekt gewesen, wenn ihm Dominik für den Rundgang nicht einen Korb gegeben hätte. Aus Rücksicht auf seine Schwester, lautete die Entschuldigung, die liebe Chris habe sich so auf den Stadtbummel mit ihm gefreut und so weiter und so weiter. Lars hatte sogar Verständnis für ihn. Sie kannten sich ja gerade einmal drei Tage. Was machte es vor der Familie für einen Eindruck, wenn er gleich einen Lover anschleppte? Oder vielleicht hatte Chris keine Ahnung, dass er ... oder ... Ach was, Lars wollte es gar nicht wissen.

Den Kopf in den Nacken gelegt, stand er jetzt in der Alberta iela und konnte sich am Jugendstil nicht sattsehen. Eine Fassade stach die nächste aus, und diese Rundungen aus Stuck hatten eine nahezu erotische Ausstrahlung. Doch was Erotik betraf, hatte Lars einen eindeutigen Favoriten, und das Grummeln in der Magengegend sagte ihm, dass es jetzt Zeit für das Mittagessen war. Sollte er Dominik anrufen und ihn bitten, seine App nach einem Tipp für ein Restaurant mit authentisch lettischer Küche zu befragen? Schließlich musste sein Erfahrungsbericht gefüllt werden, die Reise ging weiter, auch wenn er bereits gestern in Litauen am liebsten die Zeit angehalten hätte.

In der Friedrichpassage, einer kleinen Gasse unweit der Markthallen von Klaipėda, hatten sie ein nettes Restaurant mit heimischer Speisekarte gefunden und natürlich auch die Zeppelinas probiert, schmackhafte Hackfleischklöße mit gebratenem Speck. Er habe auf eigenen Wunsch Koch gelernt und damit seinen Vater ordentlich schockiert, erzählte Dominik gut gelaunt, als sie beim Kaffee angelangt waren und dazu den berühmten Met verkosteten.

»Es passte einfach nicht in seinen Plan, dass sich sein Sohn nach der teuren Internatsausbildung, die er mir gegönnt hatte – ja, *gegönnt* hat er immer gesagt –, sich für andere an den Herd stellte.«

»Du brauchtest dich nicht zu schämen. Paul Bocuse hat auch so angefangen.«

»Das habe ich ihm auch gesagt, aber Paps konnte es lange nicht verschmerzen.«

»Aber dann hat er doch Ja gesagt?«

»Das nicht gerade, aber er musste es wohl oder übel zulassen. Das Jurastudium habe ich nach kurzer Zeit geschmissen und bin, ohne ihn zu fragen, bei einem Sternekoch in die Lehre gegangen. Die Ausbildung war allerdings gnadenlos, härter, als ich mir hätte träumen lassen.« Er lachte ohne jede Bitterkeit.

»Und jetzt?«

»Jetzt gehört mir eine Restaurantkette, und ich komme kaum mehr dazu, selbst zu kochen.«

Also doch ein erfolgreicher Geschäftsmann, dachte Lars, und das mit höchstens dreißig. Ein Mann, von dem mehr zu erwarten war, als sein Gegenüber möglichst schnell ins Bett zu kriegen. Er fühlte sich verdammt gut mit Dominik. Er fühlte sich immer mehr zu ihm hingezogen.

»Und was machst du beruflich?«, fragte Dominik.

»Ich schreibe …«

»Romane?«

»Nein, ich bin Journalist.« Endlich eine Möglichkeit, seinen richtigen Vornamen herauszurücken, schließlich war er als Journalist gezwungen, sich gelegentlich zu tarnen.

»Muss ich jetzt aufpassen, was ich sage?«, fragte Dominik.

Diesmal war es an Lars, zu lachen. Aber plötzlich spürte er Dominiks kritischen Blick auf sich ruhen. Ob es Bewunderung oder mehr Argwohn war, konnte er nicht durchschauen, nur die bisherige Leichtigkeit in ihrem Gespräch war auf einmal verflogen, und er verschob das Geständnis auf später.

Lars war wieder auf den Rathausplatz mitten in der Altstadt von Riga gestoßen, vor ihm erhob sich die kolossale Fassade des Schwarzhäupterhauses. Er würde allein zu Mittag essen müssen, aber der Hunger war nichts gegen seine Sehnsucht. Er war sich sicher, den Mann gefunden zu haben, den er immer gesucht hatte, auch wenn er der Bruder einer überaus anhänglichen Schwester war.

*

Am Morgen hatte Professor Bergengruen in ihrem Appartement angerufen und nach ihrer Gesundheit gefragt. Kaum dass sie das Gespräch mit ihm beendet hatte, war Richard Körber am Apparat gewesen. Aber diesmal ließ Olivia es nicht zu, dass ihre Schwester mit ihrer Eifersucht so weit ging wie am Abend zuvor.

»Ich fühle mich heute gar nicht gut. Die Hitze macht mich ganz verrückt.« Das war übertrieben, auch wenn sie sich von gestern noch etwas schwach fühlte. Aber dass Karla ihr unterstellte, ihre Ohnmacht im Hafen von Klaipėda vorgetäuscht zu haben, um von Richard auf Händen getragen zu werden, ging eindeutig zu weit.

Allerdings würde Karla wohl kaum die gemeinsame Tour durch Riga gefährden, und sie reagierte, wie Olivia vermutet hatte. »Nun stell dich nicht so an, Oli! Was soll denn *ich* sagen? Bei der Hitze reißen sich alle die Kleider vom Leib und springen in den Pool oder gehen an den Strand, und ich muss hier in diesem Gestell sitzen und bin mehr oder weniger darauf angewiesen, dass man mich in der Gegend herumfährt.«

»Dazu brauchst du mich nicht. Offenbar erledigt der Herr Professor das liebend gern für mich. Gestern hat er es bewiesen, und anscheinend unterhält er sich gern mit dir. Du weißt ja so schrecklich viel.« Karlas Kopf zuckte. Olivia hatte den Bogen überspannt. Natürlich war ihr klar, dass Bergengruen darauf hoffte, *sie* wiederzusehen. Er ahnte ja nicht, dass es nicht im geringsten Eindruck auf sie machte, wenn er sich Karla gefällig erwies. Karla hingegen wusste, dass sie nur durch sie in den Genuss seiner Gesellschaft kam.

»Soll das etwa heißen, dass du nicht mitkommst?«

Karlas leicht ängstlicher Unterton bedeutete bereits einen Sieg.

»Ich fürchte, ja. Bei diesen Temperaturen könnte das Dornröschen ganz leicht wieder in Ohnmacht fallen.«

»Nun spiel nicht die Beleidigte. Du wirst zugeben, dass die Situation gestern an Peinlichkeit kaum zu überbieten war.«

Du sprichst von peinlich?, hätte Olivia beinahe erwidert und damit unweigerlich einen offenen Streit vom

Zaun gebrochen. Sie verspürte tatsächlich den starken Drang, ohne Rücksicht loszuschlagen, doch dann wirkte die Beißhemmung, die Papa ihr einst auferlegt hatte: »Du trägst jetzt eine ganz besondere Verantwortung für deine Schwester, Oli. Versprich mir ...«

»Ja, Papa, ich verspreche es dir«, hallte Olivia noch nach über vierzig Jahren in den Ohren, und sie hörte wieder das Rauschen des Neckars.

Bereits als Kind faszinierte sie der grüne Schimmer des Flusses. »Das sind die Unterwassergärten der Nixen«, hatte ihr der alte Kiesling erzählt, der jedes Jahr die englischen Rosen im Park ihrer Villa beschnitt. »Und wenn du genau hinsiehst, kannst du die Nixen in den Fluten tanzen sehen.«

Olivia wollte sie so gern tanzen sehen. Doch Papa hatte ihr und Karla strengstens verboten, zu nahe ans Ufer zu gehen. Immer wieder hatte sie Papa angebettelt, aber er hatte sich nicht erweichen lassen. So ein Blödsinn, hatte er gesagt, selbst wenn es Nixen gäbe, könnten sie niemals im Neckar überleben, so schmutzig wie der sei. Aber Olivia hatte nicht Papa, sondern dem alten Kiesling geglaubt.

Als Papa dann eine Woche auf Geschäftsreise war und Mutti ihre Kaffeerunde veranstaltete, war es endlich so weit. Allein konnte Olivia es allerdings nicht wagen. Karla würde es herauskriegen, wie sie immer alles herauskriegte, und es dann petzen. Olivia musste es mit einer List versuchen. »Ich spendiere eine Tüte Brausebonbons.« Sie wusste, dass Karla ganz versessen darauf war, und sie machten sich auf den Weg zum Bäcker. Ein Umweg führte entlang der Neckarwiesen, worauf Karla den Braten roch und protestierte. Doch Olivia wollte unbedingt zu den Nixen. »Nur einen Blick, höchstens fünf Minuten«, bettelte sie. »Heute müssen sie zu sehen sein. Kiesling hat gesagt, an besonders schönen Tagen kommen sie sogar an die Oberfläche und lassen sich von den Wellen schaukeln.«

»So ein Quatsch.« Aber die Aussicht auf die Tüte Brausebonbons ließ sie wanken. »Ich warte hier, und wenn du länger bleibst als zwei Minuten, gehe ich nach Hause.«

»Komm doch mit. Es bleibt unser Geheimnis.«

Schließlich gab Karla nach, wartete aber am Wiesenrand. Olivia ging nahe ans Wasser vor, starrte in die trüben Fluten, konnte aber keine einzige Nixe entdecken, nicht einmal die Gärten waren zu erkennen. Hatte Kiesling etwa gelogen?

»Na und?«, rief ihr Karla von der Wiese aus zu.

»Ich kann sie sehen. Sie sind wunderhübsch, viel schöner als alle deine Barbies zusammen.«

Karla hielt es vor Neugier nicht mehr aus und lief ausgerechnet zu der Uferstelle, die steil in den Fluss abfiel. »Ich sehe nichts.«

»Du musst schon genauer hinschauen, sie sind sehr klein.«

Der Teufel musste sie damals geritten haben. Aber sie war noch ein Kind, und alle waren am Ende froh gewesen, dass sie Karla am Kleid erwischt und aus dem Wasser gezogen hatte. Doch dann bekam Karla hohes Fieber, und das alles, weil … Sie allein war schuld an Karlas Kinderlähmung. Sie hatte sie dazu verführt, unvorsichtig zu sein.

*

Richard hatte nach dem Frühstück zum Telefonhörer gegriffen, um sich nach Olivias Gesundheitszustand zu erkundigen. Es gehe ihr den Umständen entsprechend gut, hatte sie erwidert. Sein Angebot, die Stadtrundfahrt durch Riga gemeinsam zu machen, hatte sie aber nicht angenommen.

»Ich weiß nicht, ob ich mir das heute schon zumuten darf«, war ihre Antwort in leidendem Tonfall, der nicht recht zu ihr passte und ihm übertrieben vorkam. »Natürlich wüsste ich gleich zwei hilfsbereite Kavaliere an meiner Seite.«

Zwei? Bergengruen hatte also die gleiche Idee gehabt und war ihm zuvorgekommen. Wenn er Olivia gewinnen wollte, musste er eben kämpfen, wenn nötig Mann gegen Mann. Richard spürte das Adrenalin in seinen Adern. Sie könne darauf zählen, dass er auf sie achtgeben würde, versicherte er.

»Ich will es schon wegen meiner Schwester versuchen. Sie freut sich sehr auf den Ausflug. Auch Professor Bergengruen hat sich für die Rundfahrt angemeldet. Karla versteht sich so gut mit ihm. Aber ich glaube, die Gesellschaft von zwei Herren könnte mich heute noch überfordern. Ich nehme Ihr Angebot gern ein anderes Mal an.«

Enttäuschend. Doch vermutlich war Karla Sesselmann Zeugin des Gesprächs und zwang Olivia zu einem Manöver.

»Sie sind vermutlich nicht allein, Olivia. Ich hoffe, dass ich Sie richtig verstanden habe.«

»Ja, ich komme ganz sicher auf Ihr Angebot zurück.« Der distanzierte Tonfall sollte Karla offenbar täuschen.

»Ich würde mich sehr freuen. Wir können uns auch später noch für eine Spritztour entscheiden. Die Altstadt von

Riga dürfen wir einfach nicht verpassen, und das Schiff liegt noch bis zum Abend im Hafen.«

»Natürlich, ich wünsche Ihnen einen schönen Tag.« Sie hatte das Gespräch beendet und aufgelegt.

Diese beinahe kühle Verabschiedung ließ Richard zweifeln. Aber warum sollte Olivia ihn so plötzlich fallen lassen? Er hatte ihr doch geholfen, und die Situation war für sie beileibe nicht ungefährlich gewesen.

Als die Gäste zu den Bussen strömten, begab er sich zum Ausgangsdeck und versteckte sich in der Nähe der Bar hinter einer aufgeschlagenen Zeitung. An dem Nadelöhr der Rezeption mussten alle vorbei. Es dauerte nicht lang, da erkannte er Bergengruens hochgewachsene Gestalt. Er schob den Rollstuhl mit der unaufhörlich grinsenden Karla Sesselmann, die mit künstlich geröteten Wangen und ihrer glitzernden Bluse irgendwie aufgetakelt wirkte. Daneben Olivia in einem lindgrünen Kleid, wieder ganz ihr luftiger Stil. Bergengruen sprach sie an, sie antwortete mit einem freundlichen Lächeln. Fast eine Spur zu freundlich, fand Richard. Dann verlor er sie aus den Augen. Ihm kamen erneut Zweifel. Wollte er nicht einsehen, dass er gegenüber dem großen Bergengruen wieder einmal den Kürzeren gezogen hatte?

Die Menschenmenge lichtete sich, der Bereich um die Rezeption wurde leerer, allmählich setzte sich die weiche Hintergrundmusik wieder durch, die das Stimmengewirr verdrängt hatte. Richard ging durch den Kopf, was er einmal in einem Magazin gelesen hatte. Frauen verfügten angeblich über einen sechsten Sinn für Gewinner und Verlierer. Vielleicht täuschte er sich in Olivia, und sie hatte ihn kurzerhand ausgemustert. Er faltete die Zeitung zusammen, erhob sich von seinem Platz und stellte sich ans Fenster mit Blick auf den Kai. Ein Bus nach dem anderen fuhr ab.

Er war traurig. Das letzte bisschen Hoffnung seines Lebens löste sich soeben auf. Er entschloss sich zu gehen, als hinter ihm eine Frauenstimme leise »Richard« sagte. Als er sich umwandte, sah er in zwei verschmitzte Augen.

15

So plötzlich, wie Ona Kakies erschienen war, hatte sie sich auch wieder verabschiedet, ohne Marius ihre Geschichte ganz erzählt zu haben. Ihr Körper fing plötzlich an, vor innerer Anspannung zu zittern, und die Leute ringsum warfen ihnen neugierige Blicke zu. Marius legte seine Hand auf ihren Arm, doch auch das konnte sie kaum beruhigen.

»Wir müssen weiterreden, aber nicht jetzt. Ich melde mich schon bald«, flüsterte sie ihm zu, ergriff ihre Handtasche und verließ schnellen Schrittes das Café.

Das, was Ona ihm erzählt hatte, wurde erst allmählich zu Bildern in seinem Kopf. Aber auch Marius hielt nichts mehr auf seinem Platz. Er zahlte und ging. Draußen strahlte eine Sonne, die nicht in die Welt passte, von der er gerade gehört hatte, und seine Hüfte schmerzte wieder mehr. Nicht weit vom Katzenhaus entfernt machte er Halt vor einem kleinen Bistro und warf einen Blick auf die runde Uhr über dem Tresen. Es blieben noch Stunden, bis er zurück an Bord sein musste. Er suchte sich einen Tisch nahe der Schatten spendenden Fassade des Hauses. Der jungen rotwangigen Kellnerin gab er ein großes Bier in Auftrag, bevor seine Gedanken abdrifteten und er wieder Onas Stimme hörte.

»Als ich sieben Jahre alt war, bekam meine Welt plötzlich einen tiefen Riss«, begann sie mit halblauter Stimme ihre Geschichte. »Ich hatte den Preis der Ballettschule meiner Heimatstadt Tallinn gewonnen, sollte einen der kleinen Schwäne im Schwanensee von Tschaikowsky tanzen und freute mich wie verrückt, es meinen Eltern zu verkünden … Von da an wusste ich lange Zeit nichts mehr, als hätte jemand ein Stück aus meinem Gedächtnis geschnitten. Ich muss plötzlich sehr krank geworden sein. Wie die Kinderschwester später erzählte, wäre ich fast gestorben. Nach Monaten erwachte ich endlich aus dem Koma und befand mich in einem Heim für Kinder und Waisen – ohne jede Ahnung, wie es dazu gekommen war.«

»Aber andere mussten es doch wissen, sie hatten Sie doch gefunden und dort hingebracht.«

»Ja, aber sie schwiegen. Als ich nicht lockerließ und immer wieder fragte, rief mich die Heimleiterin zu sich und sagte, ich müsse Geduld haben. Eines Tages würde ich alles erfahren, auch, was mit meinen Eltern geschehen sei. Heute weiß ich, sie mussten schweigen, wenn sie leben und mich schützen wollten.«

»Wo war dieses Kinderheim?«

»In Tallinn. Dort bin ich geboren, und dort steht das Haus meiner Eltern. Ich war nicht mehr dort, seit ich als Model arbeite. Wenn wir im Hafen von Tallinn anlegen, will ich es wiedersehen … Würden Sie mich begleiten?«

»Natürlich, aber Sie müssen mir mehr erzählen. Wann kam die Erinnerung zurück?«

Er spürte ihre Befangenheit, es musste etwas Schreckliches geschehen sein, aber er konnte ihr diese Qual nicht ersparen, wenn er ihr helfen sollte.

»Eines Tages machten wir einen Ausflug mit dem offenen Pferdewagen, es war sehr spaßig und wir fuhren an der Straße vorbei, die zu meinem Elternhaus führte. Eine alte Frau mit einem Fahrrad stand dort und schaute kopfschüttelnd zu uns herüber, ich erkannte sie, es war Mutter Tönisson, eine alte Bekannte aus der Nachbarschaft ... Der Tag ging zu Ende wie alle anderen. Wir aßen, mussten uns waschen und gingen ins Bett. Aber in der Nacht kamen die Träume. Grauenhafte Träume. Voll Freude über den gewonnenen Preis der Ballettschule hatte ich den Garten unseres Hauses betreten ... und fand meine Eltern. Sie lagen sich in den Armen, blutüberströmt, im Kopf meines Vaters steckte eine Kugel, meiner Mutter in der Brust. Und ich hörte plötzlich eine Stimme – meine Stimme –, die ganz laut unsere Hymne sang: Mein Vaterland, mein Glück und Freude, wie schön bist du! Ich finde nichts auf dieser großen weiten Welt, was mir so lieb auch wäre, wie Du, mein Vaterland!«

Ona weinte und ihr Körper bebte.

*

Das Mittagessen ohne Dominik war für Lars nur halb so reizvoll, auch wenn ihm der Kellner charmant und geduldig durch die Speisekarte half. Vielleicht lag es an dem intensiven Kümmelaroma, das fast allen Gerichten anhaftete. Doch in Lettland gehörte der Kümmel nun einmal dazu wie der Dill in Litauen. Die Maize schmeckte allerdings auch mit Kümmel göttlich. Die Letten verstanden etwas von Brot, besonders das dunkle Roggenbrot fand Lars unerreicht. Er machte sich Notizen in sein Smartphone, während er an Dominik dachte. Wer könnte ihm bessere Tipps für seine kulinarische Reise geben als ein gelernter Koch und Restaurantbesitzer? Prompt kam ihm eine Idee.

Offenbar hielt Dominik nicht viel vom Berufsstand des Journalisten, so kritisch, wie er ihn gemustert hatte, als er ihm von seiner Arbeit berichtete. Aber auch Besitzer von Restaurantketten brauchten schließlich Werbung, und wenn Lars ihm anbieten würde … Was Dominik von seiner Idee hielt, ließ sich schnell klären. Seine Handynummer hatte er ja gespeichert.

»Brinkfeld.«

Brinkfeld? Lars kannte den Namen von irgendwoher. Kunststück, in Berlin gab es unzählige Restaurants. Wahrscheinlich hatte er bereits in einem von Dominiks Restaurants gegessen. Aber jetzt wollte er nur seine Stimme hören.

»Hier ist …«

»Lass mich raten … der liebe Steffen.«

Klang seine Stimme etwa gelangweilt? Augenblicklich bereute Lars, ihn angerufen zu haben. Wie konnte er sich nur diese Blöße geben, telefonierte einer Urlaubsbekanntschaft hinterher wie ein verknallter Pennäler. Wahrscheinlich machte sich Dominik über ihn lustig.

»Oh, entschuldige. Störe ich gerade? Ich habe mich soeben von der lettischen Küche inspirieren lassen und da ist mir eine lohnende Geschäftsidee eingefallen, die ich dir unbedingt …«

»So, du hattest also eine lohnende Geschäftsidee?«

Wenn Dominik nicht gleich mit dieser affigen Tour aufhörte, dann würde er auflegen, schwor sich Lars.

»Und ich dachte schon, du würdest aus Sehnsucht anrufen …«

Schuft. »Ich würde doch nicht wagen, aus einem so nichtigen Grund eine herzige Bruder-Schwester-Idylle zu stören.«

»Ich hoffe, du hast gut gespeist?«

»Ich speise noch. Ein ausgesprochen freundlicher Kellner versorgt mich, obwohl das ein gewisser Herr, der bei einem Sternekoch in die Lehre gegangen ist, natürlich viel besser könnte.«

»Dann will ich dir zum Schluss noch einen Tipp geben: Lass dir von diesem ausgesprochen freundlichen Kellner unbedingt einen Kräutertee servieren, der zählt auch zu den nationalen Spezialitäten. Aber nur einen, sonst vergeht dir vielleicht der Appetit, nach dem Dinner mit mir einen Cognac zu trinken.«

Offenbar hatte Chris ihm frei gegeben. Eine Nachricht, die sich hören ließ, und den Abend würden sie bestimmt nicht nur damit verbringen, über lettische Spezialitäten zu sprechen.

*

Olivia hatte abgewartet, bis der Rollstuhl im Bauch des Busses verstaut war und Karla einen Fensterplatz in der Nähe der Reiseleitung eingenommen hatte. Ihre Schwester sollte eine gute Aussicht haben und in keiner Weise auf Bequemlichkeit verzichten. Bergengruen, der von ihrer Absicht keine Ahnung hatte, saß neben Karla, getrennt nur vom Gang, und erwartete, dass Olivia den Fensterplatz neben ihm einnehmen würde. Aber sie hatte die Reiseleiterin zuvor beiseite genommen, ihr erklärt, dass es ihr nicht gut ging und sie deshalb auf die Fahrt verzichten müsse.

Eine List in der Not, auch wenn Olivia nicht wohl dabei war. Doch ihr schlechtes Gewissen war bald verflogen und nur allzu gern hätte sie Bergengruens Gesichtsausdruck gesehen, als er begriff, dass ihm ein Vormittag mit Karlas altklugen Kommentaren blühte, wo er doch fest mit ihr gerechnet hatte.

»Die beiden werden sicher einen unvergleichlichen Ausflug haben. Das Wetter ist so traumhaft wie diese Stadt«, sagte Richard und zwinkerte ihr zu.

Arm in Arm schlenderten sie über das fast leere Aussichtsdeck. Unten am Schwimmbad wurden Renovierungsarbeiten vorgenommen und ein Geruch von Lackfarbe drang bis zu ihnen hinauf. Olivia wollte Richard so viel erzählen, wenn sie endlich einmal allein wären und Zeit für sich hätten. Aber in diesem Moment fiel ihr nichts ein. Sie konnte schlecht von ihrem verstorbenen Ehemann sprechen und ihre Schwester sollte erst recht kein Thema sein.

»Nein, ich bin nicht verheiratet«, warf Richard plötzlich ein und schien sich gleich zu besinnen. »Oh, Entschuldigung, vielleicht wollten Sie das gar nicht wissen.«

Sie sah ihn verblüfft an, was er mit einem spitzbübischen Schmunzeln quittierte. Nein, dieser Richard Körber war durchaus kein langweiliger Mann. Ein helles Lachen brach aus ihr heraus, sie riss sich aber sofort zusammen. Wahrscheinlich hatte er genug davon, seit dem Zwischenfall im alten Hafen von Klaipėda. »Sie haben recht, ich wollte es wissen, ich hab mich nur nicht getraut zu fragen …«

»Eines sollte von Anfang an zwischen uns klar sein: Sie dürfen sich alles trauen und mich alles fragen. Und warum haben Sie jetzt aufgehört zu lachen? Meinetwegen könnten Sie den ganzen Tag lachen.« Er verstummte, und als sie in seine Augen blickte, lief sein Gesicht rot an.

»Hatten wir nicht *Du* gesagt?«

»Nein, hatten wir nicht, aber ich sage sehr gern Du zu dir und darauf sollten wir trinken.«

»Ich bin für Champagner«, erwiderte Olivia keck und erntete von Richard einen respektvollen Blick.

»Eine ausgezeichnete Entscheidung. Auch aus medizinischer Sicht kann ich das nur befürworten. Ein Schluck Champagner regt den Kreislauf an«, worauf er ihr seinen Arm anbot und die Open-Air-Bar anstrebte.

*

Aus dem Lautsprecher drangen beschwingte südamerikanische Rhythmen, nicht zu laut, dass sie sich dabei gut unterhalten konnten. Olivia erzählte aus ihrer Jugend, und Richard musste sich eingestehen, dass es ihn im Grunde beruhigte, dass sie aus einem gutbürgerlichen Haus stammte, auch wenn sie betonte, dass sie sich bei dieser Art zu leben immer wie ein Vogel vorgekommen sei, dem man die Flugfedern gestutzt habe, und das angeblich nur zum eigenen Schutz. Natürlich kamen sie auch auf ihre Schwester zu sprechen. »Ich habe meinem Vater geschworen, Karla nie im Stich zu lassen«, sagte sie.

Richard meinte, einen leidgeprüften Unterton herauszuhören, er wusste ja aus eigener Erfahrung, wie Karla sein konnte. »So wie ich dich einschätze, würdest du das auch nie tun. Ich habe eher den Eindruck, als strapaziere deine Schwester die Grenzen eures Zusammenlebens bis zum Äußersten.«

Plötzlich standen Tränen in Olivias Augen. Wie konnte er nur so taktlos sein? Was ging ihn das überhaupt an?

»Bitte verzeih, ich wollte dich nicht …«, stammelte er.

»Nein, du hast mich nicht verletzt. Ich habe immer versucht, mich von ihr zu trennen, und es nie geschafft. Schon als Kinder ...«

Sie erzählte von Karlas Sturz in den Neckar und der tragischen Lähmung, angeblich durch verunreinigtes Wasser. Dass sie schuld daran sei, weil sie ihre Schwester so nah an das Flussufer gelockt habe.

»Aber ihr wart Kinder, Olivia. Kinder sind leichtsinnig, weil sie die Gefahren noch nicht richtig einschätzen können. Es muss auch nicht das Neckarwasser gewesen sein. Polio ist hochansteckend und verbreitet sich durch Tröpfcheninfektion. Vielleicht hat jemand deine Schwester einfach nur angehustet. War Karla die Einzige im Umkreis, die damals die Krankheit bekam?«

»Ich weiß nicht«, antwortete Olivia und starrte ihn eine Weile verwirrt an. »Für Papa gab es jedenfalls nur eine Ursache.«

Doch so plötzlich, wie sie die Traurigkeit befallen hatte, verschwand sie wieder. Im Hintergrund erklang gerade ein argentinischer Tango. Olivia griff zum halb vollen Glas, trank es in einem Zug aus. »Ich tanze gern, und du?« Sie streckte ihm die Hand entgegen.

Ein neues Abenteuer, dachte Richard, denn seit mindestens zwanzig Jahren hatte er nicht mehr Tango getanzt. »Ich auch, aber es wird nicht einfach werden ...« Er erhob sich und führte sie auf die markierte Tanzfläche.

»Nur Mut, wir haben das ganze Deck für uns allein«, sagte sie und schenkte der Welt ihr glockenhelles Lachen.

16

Ona Kakies hatte die estnische Hymne so inbrünstig gesungen, dass Marius noch jetzt ein Schauer über den Rücken lief, und den Gästen des Restaurants um sie herum ging es vermutlich nicht anders. Erst nachdem er das Katzenhaus verlassen und in einem kleinen Bistro ein kühles Bier getrunken hatte, beruhigten sich seine Nerven allmählich, obwohl sich ihm immer mehr Fragen stellten. Vor allem die eine: *Warum* waren Onas Eltern umgebracht worden? Ein Raubmord konnte es kaum gewesen sein, hätte ihre Umgebung sonst ein so großes Geheimnis daraus gemacht? Oder wollte man das Mädchen nur vor einem weiteren Zusammenbruch schützen? Sein Instinkt sagte ihm, dass mehr dahintersteckte.

»Dom gesähen? Sähr schön, und Härdär hat gesammelt unsere lättische Dainas, unsäre Lieder, Schönste von Latvija ...« Die Kellnerin stand vor ihm, und das Lächeln auf ihrem gesunden runden Gesicht holte Marius aus den dunklen Gedanken zurück. »Entschuldigen Sie, ich ...« Erst jetzt verstand er, sie meinte wohl Herder, dessen Denkmal am Domplatz zu sehen war. Aber wer sprach schon noch von Herder? Marius hatte jedenfalls keine Ahnung, was er mit dem Namen verbinden sollte, außer dass er neben Goethe und Schiller einen Platz im Bücherschrank seiner Eltern hatte. »Herder hat Lieder gesammelt?«

»Ja, Volkslieder und Musik von Latvija. War Lährer hier in Domschule ...« Sie wies auf sein leeres Bierglas. Er überlegte, verzichtete aber dann und zahlte. Die Kellnerin hatte ihn auf eine Idee gebracht. Sie würden nicht schlecht staunen, die Kollegen vom Polizeichor, wenn er … Lieder verbinden, dachte er, vielleicht beschützten sie sogar. Vermutlich wäre Ona nie aus dem Koma erwacht, wenn sie damals nicht die Hymne gesungen hätte.

Es blieb noch ausreichend Zeit, bis der Bus zurück zum Schiff fuhr. Marius besichtigte das Herder-Denkmal, das nur ein paar Schritte vom nahen Dom entfernt lag. Eigentlich wollte er sich auch die Milda ansehen, die Lady Liberty der Letten, die auf dem Freiheitsboulevard auf einem neunzehn Meter hohen Obelisken thronte. Aber seine Hüfte sagte Nein. Da stand er, als hätte er danach gesucht, vor der Eingangstür eines kleinen Antiquariats …

Die Zeit verging wie im Flug. Der Ausflugsbus drehte noch eine Runde durch die Stadt, und gegen vier waren sie zurück am Kai. Marius war vollauf zufrieden. Er hatte einen Sammelband lettische Lieder für Singstimme und Klavierbegleitung erstanden. Ein versierter Chorleiter richtete sie leicht vierstimmig ein. Vermutlich wäre diesmal auch Luisa mit ihm zufrieden: »Endlich fällt dir etwas Vernünftiges ein. Ich habe nie verstanden, warum du ausgerechnet den Chor aufgegeben hast. Da kommt man wenigstens unter Leute …«

Die Balten sangen. Er fühlte sich plötzlich ausgesprochen wohl in Gesellschaft von Sängern. Und alles hing mit Ona Kakies zusammen. Als er seine Kabine erreichte, schaute er zuerst in das Postfach neben der Tür, aber es war leer. Sie wolle sich wieder mit ihm treffen, hatte sie gesagt, bevor sie das Restaurant verlassen hatte. Als er ihr hinterherschaute, war ihm wieder die Tätowierung auf ihrer linken Fessel ins Auge gefallen, die wie eine zierliche Kette aussah. Steckte dahinter etwa auch ein Geheimnis? In dem Moment klopfte es an die Kabinentür. »Wer da?«

»Joe«, kam es trocken zurück.

Wer war Joe? Ein Blick durch den Spion klärte ihn auf. Natürlich, Onas Kollege, der Muskelheld.

»Kann ich Sie kurz sprechen?«

Marius öffnete die Tür. Der Mann war einen halben Kopf kleiner als er, aber ein geballtes Kraftpaket. Nur das friedfertige Lächeln auf seinem Gesicht bewegte Marius, ihn hereinzubitten. »Was kann ich für Sie tun?« Sein Tonfall dem gut aussehenden jungen Mann gegenüber war ziemlich kühl. Was hatte er auch mit diesem Joe zu tun?

»Es geht um Ona. Ich möchte, dass Sie sie in Ruhe lassen. Sie ist krank und manchmal ...« Sein friedfertiges Lächeln wich einem angespannten Gesichtsausdruck.

Marius bedauerte, sich auf den Mann eingelassen zu haben. Hinter Joes Forderung steckte die Behauptung, dass er Ona belästigte. »Sie verwechseln hier etwas, junger Mann. Ich habe ihr lediglich meine Hilfe in einer für sie offenbar schwierigen Lage ...«

»Das will ich nicht in Abrede stellen. Es war auch meine Schuld. Ich dachte, sie hätte es endgültig überwunden. Aber dann ...«

»Wer sind Sie überhaupt, dass Sie sich so in Onas Leben einmischen?«

Joe sah ihm mit festem Blick in die Augen. »Ich bin ihr Betreuer«, antwortete er.

*

Am Nachmittag standen auf Lars' Liste immer noch mehr Sehenswürdigkeiten, als er in zwei Tagen hätte besichtigen können. Die neue Nationalbibliothek hatte es ihm besonders angetan, ebenso konnte er schlecht auf die Markthallen verzichten, wenn man seine Reportage über Kultur und Küche ernst nehmen sollte.

Mit dem Linienbus fuhr er über die Vanšu-Brücke ans linke Ufer der Daugava, des Flusses, der Riga teilte. Von Weitem erinnerte ihn der imposante Bau an eine riesige Mehlspeise, nur dass sein Inneres nicht mit süßem Eischnee, sondern mit Millionen von Büchern angefüllt war. »Schloss des Lichts« nannten die Letten ihre Bibliothek. Lars zückte sein Smartphone und tippte ein, was ihm gerade im Kopf herumschwirrte: Heimat, Freiheit, Kunst und die Angst, alles zu verlieren. Man musste solche Orte aufsuchen, um sie zu verstehen, die Angst der Balten.

Allmählich bekam dieser Teil der Welt, den er bisher kaum zur Kenntnis genommen hatte, ein Gesicht. In den Namen des Flusses hatte er sich bereits verliebt: Daugava. Ein Zauberwort: Daugava, Daugava. Indem man ihn aussprach, formte man mit dem Mund das Schaukeln der Wellen. Mehr noch, sang man ihn vor sich hin, klang er wie ... Lars zog noch einmal sein Smartphone aus der Tasche und schrieb: Ich liebe dich.

»Ich habe mich in dem riesigen Bau total verloren, und dann blieb mir für die Markthallen kaum mehr Zeit, um Fotos von den ganzen Köstlichkeiten zu schießen«, sagte Lars zu Margitta, als er ihr später beim Dinner im Admiral's-Splendid gegenübersaß. Sie war wieder ausgesucht gekleidet, und die Korallenohrringe kontrastierten effektvoll zu ihrem weißen Haar.

Sie musterte ihn eindringlich und stellte dann fest: »Sie wirken heute so anders, Lars. Ich meine das als Kompliment. Irgendetwas oder irgendjemand scheint Sie umgekrempelt zu haben.« Sie lächelte schelmisch.

Offenbar war er für sie durchsichtig wie eine Glaskugel. Margitta wurde ihm allmählich unheimlich, und sein schlechtes Gewissen meldete sich prompt. Wäre es nicht vielmehr angebracht, um Hasselbach zu trauern? Stattdessen drehten sich seine Gedanken in ziemlich eindeutiger Weise um Dominik.

»Oh, entschuldigen Sie, Lars, ich wollte die Stimmung nicht verderben. Es hat mir so gefallen, Sie als unbeschwerten Menschen zu sehen, so frei von allem Gram.« Plötzlich überzog ein ungeahnter, tiefer Ernst ihr Gesicht. »Ich weiß, was Gram ist, schließlich habe ich fast dreißig Jahre als Staatsanwältin im Gericht verbracht. Ein Vorgeschmack auf die Hölle, kann ich Ihnen sagen ...«

Ihre Blicke trafen sich wie so oft, diesmal jedoch nahm er ihre Augen wie zwei tiefe, dunkle Höhlen wahr, ohne erkennen zu können, ob jemand darin wohnte.

»Auch in Ihrem Beruf als Journalist hatten Sie sicherlich mehrfach Grund, sich zu grämen.«

War es eine Feststellung oder eine Frage?

»Warum habe ich das starke Gefühl, dass Sie auf etwas Bestimmtes hinauswollen, liebe Margitta?«

»Das will ich tatsächlich, allerdings ist es Ihr Part herauszufinden, worauf.«

*

Karlas Schweigen wirkte nicht weniger vorwurfsvoll als ihre scharfe Zunge, immerhin brauchte sich Olivia nicht mehr zu verteidigen und hegte die stille Hoffnung, dass Karla heute keine Kraft mehr für erneute Angriffe hätte. Solange sie eine schuldbewusste Miene aufsetzte, würde sie ihren Frieden haben, und das kleine Flämmchen in ihr glühte gut geschützt weiter.

Für das Dinner hatten sie sich eine Ecke des Fischrestaurants ausgesucht, wo auch Karlas Rollstuhl bequem Platz fand. Olivia hatte kaum Appetit, nicht nur, weil ihr die Auseinandersetzung mit Karla auf den Magen geschlagen war, sondern vor allem, weil sie mit Richard so fabelhaft gegessen hatte, und da war es bereits Nachmittag gewesen. Auch zuvor hatten sie wundervolle Sachen gemacht. Sie musste sich zusammenreißen, um nicht zu schmunzeln, wenn sie daran dachte, wie sie sich auf Deck amüsiert hatten.

Ein toller Tänzer war Richard Körber, der sich selbst als »ungekrönten König im Land der Reagenzgläser« bezeichnete, wahrlich nicht, aber ein fantasievoller. Denn bei seiner Weise, den Tango zu gestalten, hatten sie ungeahnten Spaß. Es wurde immer lustiger, auch wenn …

»Oh, entschuldige bitte, schon wieder. Ich bin ganz untröstlich …«

»Ich warne dich, Richard, wenn du mir noch einmal auf die Zehen steigst, dann falle ich auf der Stelle in Ohnmacht und du musst mich auf die Krankenstation tragen.«

»Natürlich würde ich dich liebend gern wieder auf Händen tragen, aber nicht auf die Krankenstation … tam, tam, tam, tamtatam.«

Olivia lachte hell, und er strahlte über das ganze Gesicht. Sie hatte Richard für entwicklungsfähig gehalten, aber dass er sich bereits nach so kurzer Zeit öffnete, hätte sie nicht erwartet. Ihm ging es offenbar wie ihr, sie spürten ein Gefühl von Befreiung, ja Erlösung, das sie zusammen noch steigern konnten.

»Wir sollten uns aufmachen«, sagte Richard, als der Tango endete. »Wir dürfen Riga nicht verpassen. Die Busse der ersten Schicht sind bestimmt schon auf dem Rückweg. Ich schlage vor, ein Taxi in die Stadt zu nehmen, so laufen wir nicht Gefahr, gewissen Herrschaften zu begegnen.«

Die Vorstellung, wie Bergengruen Karlas unstillbarem Verlangen nach Konversation ausgeliefert war, gefiel Olivia immer besser. Und sie war sich sicher, dass sie die Schadenfreude mit Richard teilte. »Eine gute Idee, so machen wir es«, erwiderte sie und fühlte sich wie seine Komplizin.

Der Fahrer setzte sie unweit des Rathausplatzes ab, nur ein paar Schritte vom berühmten Schwarzhäupterhaus entfernt. Olivia hatte irgendwo die Empfehlung gelesen, man solle sich in eines der Cafés in der Altstadt von Riga begeben und von dort aus das bunte Treiben einfach nur genießen. Richard hatte nichts dagegen. »Was *du* willst, will auch ich«, erwiderte er und meinte anscheinend, was er sagte. Jemand wollte das, was sie wollte, ohne dass es sie etwas kostete, ohne dass sie sich erst verstellen musste …

»Das ist aber nicht alles«, fügte sie an, um ihn zu prüfen. »Ich möchte dir einen Sonnenhut kaufen, den du nie vergisst.« Durch die schütteren Stellen auf seinem Kopf schimmerte es bereits rot. In einem der kleinen Straßenläden rund um den Livenplatz fand Richard dann den passenden. Er setzte ihn auf, und … Olivia ließ ihr helles Lachen erklingen. Wie ein umgestülpter Blumentopf wirkte er, doch Richard gab ihn nicht mehr her, dieser oder keiner.

»Jetzt bin ich dran. Was wünschst du dir?«, fragte er und trieb ihr mit der Frage, ohne es zu wollen, Tränen in die Augen.

»Nichts, wirklich nichts, ich habe alles.«

»Ich möchte dir ein Geständnis machen«, flüsterte er in ihr linkes Ohr und ergriff ihre Hand. »Ich …«

»Bitte nicht!« Sie hielt ihn zurück, auch wenn es ihr schwerfiel. »Ich möchte, dass es dir nie leidtut, das gesagt zu haben. Also sag es besser nicht.«

Er sah sie etwas überrascht an, anscheinend unsicher, ob er ihr seine Hand entziehen sollte. Doch Olivia hielt sie fest. Männer verstanden die Frauen meistens nicht, immer fühlten sie sich gleich in ihrem Stolz angegriffen.

*

Solange er denken konnte, hatte sich Richard nicht mehr so beschwingt und ausgelassen gefühlt. Offenbar war er auch nicht der Langweiler, für den er sich selbst immer gehalten hatte. Schließlich konnte er die Frau zum Lachen bringen, deren Lachen ihm am Herzen lag. Doch nachdem Olivia und er das Laima-Schokoladenhaus besucht und die berühmte Kümmel-Schokolade probiert hatten, war ihnen beiden bewusst geworden, dass sich dieser wundervolle Nachmittag unweigerlich dem Ende näherte. Olivia wurde ganz still. Vermutlich dachte sie an ihre Schwester, die sie später an Bord treffen würde. Olivia hatte sie ja um das Vergnügen gebracht, Bergengruen in Hochform zu erleben. Auch wenn er sich Karla gegenüber mit Sicherheit wie ein Gentleman verhalten hatte, war es ohne Olivia für sie bestimmt längst nicht so amüsant gewesen wie erhofft.

»Guten Abend, alter Freund. Darf ich mich zu dir setzen?«

»Natürlich. Ich habe fest mit dir gerechnet. Heute lade ich dich ein. Ich hoffe, du hattest einen schönen Tag?«

Bergengruen stutzte. Den ironischen Tonfall war er von ihm nicht gewöhnt. Richard überraschte es selbst, dass er sich so weit hinauswagte. Eigentlich sollte der Kollege nichts ahnen, es sei denn, er hatte Olivia und ihn gesehen, als sie am Kai dem Taxi entstiegen und an Bord zurückgekehrt waren. Bergengruens schmallippiges Lächeln verriet ihm jedoch, dass er im Bilde war.

»Dein Nachmittag ist sicher zufriedenstellender verlaufen als der meine«, konterte er umgehend. »Zugegeben ein raffinierter Schachzug, mich auf diese Weise auszubooten. Es war anstrengend mit Frau Karla Sesselmann, das muss ich zugeben, und ich habe gelitten. Da kommt ein edler schottischer Whisky gerade recht.«

Bis der Kellner den Whisky servierte, tauschten sie Eindrücke von Riga aus. Darüber hinaus machte Bergengruen Bemerkungen, dass er es für mühsam hielt, mit einem Rollstuhl durchs Leben gehen zu müssen, auch wenn man sich daran gewöhnte. Er könne Karla Sesselmanns herrische Art durchaus verstehen. »Ich wollte mit dir noch über etwas reden, Richard«, wechselte er schließlich das Thema, »und da wir gerade so gemütlich zusammensitzen …« Er ergriff sein Glas und stieß mit ihm an. »Ich werde mich beruflich zurückziehen, ob man sich in Stockholm für mich entscheidet oder nicht. Meine Arbeit ist getan. Ich habe mir die paar Jahre Ruhestand verdient, vielleicht sind es auch nur Monate ... Wer weiß das schon?«

»Aber, Thomas ...«

Bergengruen machte den Weg frei? Vor der Zeit? Das Letzte, was Richard erwartet hätte.

»Bist du krank?«

»Nein, das nicht gerade, aber ich bin über sechzig, wie du weißt, und da stellt sich schnell etwas ein. Ich möchte die Zeit, die mir bleibt, noch genießen. Oder findest du das abwegig?«

»Nein, nein, natürlich nicht.«

»Nur eins macht mir Sorgen ...« Er unterbrach sich und warf ihm einen kummervollen Blick zu. Richard meinte zu wissen, worauf er hinauswollte. »Das braucht es nicht. Ich werde mein Bestes tun, um dir ein würdiger Nachfolger zu sein.«

»Das ist es ja gerade. Die Kommission spielt mit dem Gedanken, mir einen jüngeren, vielversprechenden Bewerber nachfolgen zu lassen, der dem Institut neue Perspektiven eröffnet. Einer, der der Forschung neue Impulse gibt. Wir haben ausgedient, mein lieber Richard.«

Der Whisky brannte wie Feuer in seiner Speiseröhre. Bisher hatte die Kommission doch nie einen Zweifel daran gelassen, dass *er* Bergengruen als Institutsdirektor folgen sollte.

»Und das ist definitiv?«

»Bislang noch nicht ...«

Richard atmete auf. »Also ist nichts entschieden.«

»Die Kommission macht die Entscheidung von einem Urteil abhängig«, Bergengruen nahm erneut in aller Ruhe einen Schluck aus seinem Glas. »Das heißt, sie macht sie davon abhängig, was *ich* davon halte.«

17

Marius hatte Joe den Sessel am Fenster angeboten, er selbst saß lieber auf dem harten Stuhl, um seine Hüfte abstützen zu können. Wie sich herausstellte, war das Muskelpaket Joe nicht gekommen, um auf einen vermeintlichen Rivalen Eindruck zu machen, er stellte sich als Onas Betreuer vor, was man früher einen Vormund nannte, und versuchte offenbar zu verhindern, dass durch ihr eigenartiges Verhalten Komplikationen entstanden.

»Ona ist krank, schon seit vielen Jahren. Es ist kein Geheimnis, dass sie sich aus dem Beruf zurückziehen musste, weil sie unter Verfolgungswahn litt. Eine paranoide Psychose, die mit der Ermordung ihrer Eltern angefangen hat und sie seitdem nicht loslässt«, erklärte er und nahm einen Schluck von dem Mineralwasser, das Marius ihm angeboten hatte.

»Aber hier an Bord tritt sie auf?«

»Ja, und es war ein Fehler. Ona ist immer noch jung, sie will leben, auf dem Laufsteg glänzen, ein Star sein, verstehen Sie? Es sah so aus, als hätte sie dieses Trauma endlich überwunden. Ihr erster Auftritt lief reibungslos, sie war ganz die alte, und ich war stolz auf sie. Dann plötzlich ...« Er schien zu überlegen, ob er alles preisgeben sollte.

»Was meinen Sie?«, ermunterte ihn Marius.

»Angeblich hatte sie jemanden entdeckt, als wir über die Aussichtsplattform schlenderten. Ona war auf einmal wie hypnotisiert. Ich fragte sie, was los sei. Sie habe ihn erkannt, flüsterte sie ängstlich, den Mann, der ihre Eltern erschoss, er sitze gleich da vorn. Ich folgte ihrem Blick, und was ich sah, waren Großeltern, die sich um ihre Enkel kümmerten. Da wusste ich, dass ich mich geirrt hatte. Ona war noch nicht über den Berg, vielleicht würde sie es nie schaffen. Aber wir stehen unter Vertrag, den wir erfüllen müssen. Ich habe der Reisegesellschaft garantiert, dass Ona in der Lage ist, ihre Auftritte ohne den kleinsten Zwischenfall zu absolvieren. Jetzt versuche ich, sie von allem fernzuhalten, das sie aufregen könnte. Bitte haben Sie Verständnis, wenn …«

Der Mann war verzweifelt. »Ich habe nie beabsichtigt, Ona oder Sie in Verlegenheit zu bringen«, entgegnete Marius freundlich. »Das dürfen Sie mir glauben.«

»Natürlich, aber Ona ist heute Morgen plötzlich verschwunden, und ich dachte …«

»Sie haben richtig vermutet. Wir haben uns getroffen, und sie hat mir aus ihrer Kindheit erzählt.«

»Wahrscheinlich den Teil, als sie ihre Eltern ermordet im Garten fand.«

»Eine entsetzliche Geschichte.«

»Mehr hat Sie Ihnen nicht erzählt?«

»Nein, wieso?«

»Ich dachte, dass vielleicht ihre Erinnerung zurückgekommen wäre. Denn ab diesem Zeitpunkt ist ihr Gedächtnis wie ausgelöscht. Allein aus den späteren Jahren, als sie wieder tanzte, hat ihr Kopf noch Bilder gespeichert. Ich kann Ona nicht festbinden, aber ich möchte Sie bitten, ein Chaos zu verhindern. Sie kennen jetzt die Hintergründe, Herr Kommissar.«

»Kriminalrat, aber das ist schon ein paar Jahre her.«

Joe erhob sich und reichte ihm die Hand. »Vermutlich ein nicht ganz einfacher Beruf.«

»Nein, gewiss nicht«, erwiderte Marius.

Es war Zeit für das Dinner und vorher für eine Dusche. Als das Wasser wie ein sanfter Tropenregen über seinen Kopf und das Gesicht rieselte, kamen die Fragen zurück. War Ona Kakies krank und spielte ihm ohne böse Absicht etwas vor, oder sagte sie die Wahrheit und wurde tatsächlich bedroht? Wenn Fall zwei, weshalb?

Marius wusste nicht viel von psychischen Krankheiten. Es mochte sein, dass sich Psychopathen unter dem Druck der Umstände eine eigene Realität schufen. Aber was überhaupt konnte man als Realität bezeichnen? Das, was man sah, was man meinte zu erkennen, wenn man nicht gerade unter Drogen stand? Unterlag man nicht, ohne es verhindern zu können, von morgens bis abends irgendwelchen Täuschungen? Auf ihn hatte Ona vollkommen überzeugend gewirkt.

Er konnte aber auch diesen Joe verstehen, zumindest waren seine Motive schlüssig. Er schützte seine Klientin vor sich selbst. Vielleicht war er auch in sie verliebt, verschaffte ihr aus Liebe die Möglichkeit, in ihrem alten Job zu arbeiten, um ihren Traum nicht sterben zu lassen ... Ein angenehmer Limettenduft, den das Duschgel verströmte, stieg ihm in die Nase. Er verteilte es sorgfältig auf seinem Oberkörper, dabei fiel ihm auf, wie degeneriert seine Muskeln inzwischen waren, kein Vergleich mit denen von Joe. Sein über sechzigjähriger Körper hatte an Attraktivität deutlich eingebüßt, und doch stieg plötzlich der quälende Wunsch in ihm auf, einem Frauenkörper nahe zu sein, mit der Hand über die geschmeidige Haut und die weiblichen Rundungen zu streichen. Er stellte noch etwas fest: Sein Körper war zwar nicht mehr schön, aber unverkennbar männlich, das äußere Geschlechtsmerkmal offensichtlich intakt. Nach der Operation war er davon ausgegangen, impotent zu sein, als sich keinerlei Verlangen mehr eingestellt hatte.

Er drehte das Wasser ab, öffnete die Duschtür und griff zum Badetuch, die Gedanken wieder bei Ona. Was sollte er bloß von dieser Geschichte halten? Konnte der unerträgliche Schmerz über einen Schicksalsschlag jemanden dazu treiben, sich eine andere Realität zu schaffen? Zweifellos ja! Oder steckte, wie er nach wie vor vermutete, eine kompliziertere Geschichte dahinter? Joe wollte wissen, ob Ona ihm mehr als von der Schreckensszene im Garten erzählt habe. Wonach suchte dieser Joe? Hatte Ona nicht gesagt, Joe könne ihr nicht helfen? Vielleicht hatte sie nicht einmal genug Vertrauen zu ihrem Vormund. Gewiss würde Joe sie ab jetzt nicht mehr aus den Augen lassen, und Marius könnte sie höchstens noch auf dem Laufsteg bewundern. Das Ende dieser Geschichte.

Als er die Kabine verließ und sein flüchtiger Blick das offene Postfach neben der Tür streifte, lag ein verschlossener Umschlag darin.

*

»Daugava … Daugava …«, flüsterte Lars, während seine Hand zärtlich über den breiten, muskulösen Rücken strich, der die andere Hälfte seines Bettes ausfüllte. Er hatte sich diesem Mann voll und ganz hingegeben, ohne sich ihm zu unterwerfen. Sie passten eben zueinander.

»Was murmelst du da?« Dominik rollte sich zur Seite und sah ihn fragend an.

»Es ist der Name des Flusses ...«

»Der in Riga?«

»Ja, ich finde sein Name klingt so ...«

»Sexy?«

»Genau das Wort wollte ich vermeiden ...«

»Oh, entschuldige. Ich hatte ganz vergessen, dass du ein Schöngeist bist, der das Banale hasst und den vollkommenen Ausdruck sucht.« Lars stieß ihn in die Seite.

Dominik lachte. »Hey, ich dachte immer, Journalisten könnten mit Ironie umgehen ...« Sein nackter Körper schnellte aus dem Bett, mit zwei Sätzen war er an der Balkontür, öffnete sie, und das Meeresrauschen schwappte in die Kabine. Die Baltic Crown war unterwegs nach Estland. Es musste nahe Mitternacht sein. Der Raum lag in dunklen Schatten, nur die Leselampe, die sich mit ihrem biegsamen Hals wie eine Natter über Lars' Kopf schlängelte, warf ihr Licht auf den Nachtkasten. Dort lag sein Chronograf.

»Bestimmt wartet Chris schon auf dich.«

»Keine Sorge.« Dominik legte sich in seiner ganzen Pracht wieder neben ihn aufs Bett, küsste ihn auf den Mund. »Angeblich wollten sie und ihre Truppe heute die Disco rocken. Vor drei, vier Uhr wird sie kaum aufschlagen.«

Wenn Chris dann halb tot zurückkäme, registrierte sie wahrscheinlich nicht einmal, ob ihr Bruder in seinem Bett lag oder nicht. Sie hatten also Zeit.

»Sicher bin ich nicht dein erster Mann«, begann Lars. Nach dem Geturtel in der Piano-Bar und dem, was unweigerlich folgte, sollte Dominik ihn nicht mit einem Mann für eine Nacht verwechseln.

»Nein, aber mein letzter, der könntest du sein.« Es folgte ein verschmitztes Lächeln. »Schon mal was von den Comedian Harmonists gehört?« Er summte eine Melodie.

»Das sollte kein Scherz sein«, schmollte Lars.

Dominik legte den Kopf in seinen Schoß. »Warum so ernst? Es ist doch etwas Schönes, wenn man sich zu einem Mann so stark hingezogen fühlt, dass man sich sogar vorstellen kann, für immer mit ihm zusammen zu sein.«

»Du hattest noch nie eine längere Beziehung?«

»Nein. Du bist der Erste, der dafür infrage kommt.« Er sah ihm direkt in die Augen, und der ironische Tonfall war verflogen. Seine Hand ergriff die seine.

»Ich muss dir etwas gestehen«, rückte Lars nun endlich mit der Wahrheit heraus. »Ich habe dir meinen richtigen Namen verschwiegen, aus Sicherheitsgründen sozusagen. Ich heiße nicht Steffen. Ich heiße Lars ...«

»Also Lars ...« Für einen Augenblick hielt Dominik inne, dann entspannte er wieder. »Mir hat Steffen besser gefallen. Aber Namen sind ...«

»Schall und Rauch«, ergänzte Lars. »Es kommt allein darauf an, wer dahintersteht.«

*

Olivia schlug die Augen auf. Doch ein Bild aus dem letzten Traum ließ sich nicht so schnell verscheuchen: Von der Decke im großen Salon ihrer Villa hing jemand, und sie konnte nicht erkennen wer. In der Herzgegend spürte sie Druck, und sie atmete schwer. Ihre Hand tastete zum Nachtkasten vor, dann fiel ihr ein, dass die Lampe nicht auf dem Tisch stand wie zu Hause, sondern über ihrem Kopf befestigt war. Aber der grelle Lichtstrahl könnte Karla wecken, und das wollte sie keinesfalls riskieren. Nicht einmal die Stimme ihrer Zwillingsschwester würde sie jetzt ertragen, sie fände sich auch ohne künstliches Licht zurecht. Fast lautlos rutschte sie vom Bett und griff nach der Überdecke. Auch im Hochsommer konnten die Nächte überraschend frisch sein, selbst wenn der Balkon windgeschützt war. Sie zog den Vorhang beiseite, öffnete die Balkontür ein Stück, schlüpfte durch den Spalt und setzte sich in ihren Stuhl.

Olivia breitete die Decke über ihre nackten Knie. Hier fühlte sie sich wohl, das friedliche Rauschen der Wellen gaukelte ihr vor, dass alles gut war. Auch wenn das nicht stimmte. Sie hatte sich amüsiert, ganz harmlos und mit einem Mann von Charakter zwar, aber auf Karlas Kosten. Sie hatte ihr den Liebesdienst verwehrt und mitleidlos dem frustrierten Bergengruen überlassen. Denn der war sicherlich zutiefst enttäuscht gewesen, den Ausflug über mit ihr Vorlieb nehmen zu müssen. Welcher gesunde ältere Mann, der sich in den verbleibenden Jahren noch etwas Leichtigkeit vom Leben erhoffte, umwarb eine Frau, die derartige Umstände machen würde?

Karla hatte ihr Leben lang dieses Gefühl ertragen müssen, nicht zu genügen, für andere ab einem bestimmten Punkt lästig zu sein. Deshalb war sie freudlos geworden, bitter. Und was machte *sie*, ihre Schwester? Anstatt ihr ein unschuldiges Vergnügen zu gönnen, dachte sie nur an sich und verwehrte ihr die seltene Möglichkeit, hofiert zu werden, selbst wenn es nur Schein war. Manchmal nahm man die Verlogenheit hin, um sich von der Wirklichkeit nicht verletzen zu lassen. Das hielt doch jeder so. In diesem Augenblick schlug ihr das Gewissen: Olivia Sesselmann war eine schlechte Schwester. Sie hatte Karla damals ans Wasser gelockt und mit diesen Nixen so verrückt gemacht, dass sie unvorsichtig wurde. Papa hatte recht, *sie* war schuld, und jetzt verdarb sie Karla auch noch das bisschen Freude.

Olivia wollte heulen. Was sie auch machte, es war falsch. Und wenn sie Richard liebte? Es war nicht verboten, zu lieben. Liebe war kein Verbrechen, vielleicht eine Dummheit, aber kein Verbrechen. Wer bestimmte, dass sie der Fürsorge für ihre Schwester den Platz vor der Liebe zu einem Mann einräumen sollte? Außerdem konnte niemand von ihr verlangen, dass sie den Lockvogel für Männer spielte, die sich nicht für Karla, sondern eigentlich für sie interessierten.

Karla und sie hatten sich geschworen, dass nie mehr ein Mann zwischen sie treten sollte, der ihr Leben zerstören könnte. Das hatte Olivia nicht vergessen, aber jetzt wusste sie nicht weiter. Ausgerechnet jetzt, wo er ihr begegnet war. Ein empfindsamer Mann, dieser Richard, er hatte alles, was sie sich von einem Mann wünschte. Sie musste sich entscheiden.

*

Immer wenn Richard meinte, aufatmen zu können, ein Stück von der freundlichen Seite des Lebens erwischt zu haben, dann tauchte Bergengruen auf und verwehrte es ihm. Ja, das Schicksal hatte diesen Mann dazu bestimmt, seine berufliche Erfüllung und sein privates Glück zu verhindern. Thomas Bergengruen war sein persönlicher Dämon.

Richard setzte sich in seinem Bett auf. Die Balkontür stand offen, der Vorhang bauschte vom Fahrtwind. Olivia und er mussten sich allerdings vorwerfen lassen, dass sie Bergengruen wie einen dummen Jungen hereingelegt hatten. Richard kannte ihn seit über zwanzig Jahren. Dieser Mann war in seinem Kern humorlos, und eine Niederlage, egal welcher Art, war für ihn nicht hinnehmbar.

Wenn er auch von Bergengruen wieder besiegt worden war, musste Richard ihm Anerkennung zollen, denn als er ihm beim Whisky von dem Entscheid der Kommission erzählt hatte, verriet er sich nicht im Geringsten. Seine Erpressung war nicht nachweisbar, so wie sein Schulterklopfen niemandem, der ihn nicht kannte, als versteckte Demütigung aufgefallen wäre. Ein Perfektionist auch in der Intrige. Und er, Richard Körber, hatte allen Ernstes geglaubt, den großen Bergengruen geschlagen zu haben.

»Ich verstehe dich sehr gut, Richard«, hatte er in gönnerhaftem Tonfall zu ihm gesagt. »Du warst jahrelang mein Versuchsleiter, du bist von unserer gemeinsamen Arbeit geprägt, ein talentierter, exzellenter Wissenschaftler, ein verlässlicher, angenehmer Partner, der es zweifellos verdient hätte, meine Nachfolge anzutreten, andererseits …« Er nahm noch einen Schluck Whisky in dieser aufreizenden Ruhe, die alle Bewegungen in Zeitlupe erscheinen ließen.

»Andererseits?« Umgehend ärgerte es Richard, sich verraten zu haben. Aber es machte keinen Unterschied, Bergengruen war sich ohnehin bewusst, ihn bis ins Mark getroffen zu haben. Bedächtig stellte er sein Glas zurück auf den Tisch, lehnte sich zurück in die tabakgraue Wolke des Ledersessels im Chesterfield-Stil, um dann genüsslich fortzufahren: »Andererseits, mein lieber Richard, kann ich die Kommission gut verstehen, wenn sie nach meinem Abschied tief greifende Veränderungen durchziehen will. Die Amerikaner sind uns weit voraus, wir müssen die Zusammenarbeit stärken, wenn wir überhaupt noch mitmischen wollen. Und da passt es gut ins Konzept, einen hochdekorierten Wissenschaftler aus den USA ins Boot zu holen ...«

»Und doch haben sie *dir* das letzte Wort überlassen?«

»Sie beschäftigen mich weiter als externen Berater. Natürlich nur so lange, bis ich mein Know-how weitergegeben habe. Niemand kann zurzeit die Möglichkeiten dieses Institutes besser einschätzen als ich. Für dich bedeutete es natürlich ein großes berufliches Opfer, wenn ich der amerikanischen Lösung zustimmen würde.«

Er hatte ihn da, wo er ihn haben wollte. Es war fast ein Ding der Unmöglichkeit, darauf zu bestehen, seine privaten Interessen vor die des Institutes zu stellen, wo es Richard doch zu seiner Lebensaufgabe erklärt hatte, alles für den Erfolg ihres Projektes zu tun.

»Glaube mir, Richard, ich verstehe vollkommen, wenn es eine schwere Entscheidung für dich wird. Es sei denn, du hast feste private Pläne so wie ich, dann dürfte dir der Verzicht auf meine Nachfolge nicht schwerfallen.«

18

Der Umschlag, der sich in seinem Postfach befand, war unbeschriftet. Für Marius stand außer Zweifel, von wem er stammte, aber gerade deshalb konnte er sich nicht entscheiden, seinen Inhalt zu lesen, und ließ ihn unberührt in die Seitentasche seines Jacketts gleiten. Als ehemaliger Kriminalbeamter war er es sich schuldig, nicht selbst zum Opfer dieses Mysteriums zu werden. Wenn Joe, Onas Betreuer, glaubwürdig war – und es gab keinen Grund, das anzuzweifeln –, dann sollte er sich zurückhalten, bis Fakten klärten, was wirklich hinter Onas Verhalten steckte.

Im Admiral's-Splendid-Restaurant setzte er sich an einen kleinen Tisch am Rand mit dem Rücken zum Geschehen, um möglichst unauffällig zu bleiben, und bestellte zum gefüllten Putenrollbraten einen halben Liter Roten. Einerseits durfte er sich nicht von dieser Frau aus der Ruhe bringen lassen. Andererseits musste er alle Hinweise prüfen, um den Überblick zu behalten. Also konnte er nicht anders, als in die Seitentasche seines Jacketts zu greifen und den Umschlag herauszuziehen.

Er hatte von Ona Kakies verlangt, ihm alles zu erzählen, wenn er ihr helfen solle, so waren sie nach ihrem Treffen im Katzenhaus von Riga auseinandergegangen. Aber wenn sie solche Angst hatte, würde sie dann ihr Geheimnis in einem Postfach deponieren, das so leicht zugänglich war? Er riss den Umschlag auf – kein Brief, ein Ticket lag darin. Enttäuschung und gleichzeitig Erleichterung erfüllten ihn, er atmete auf. Morgen stand Tallinn auf dem Programm. Es war das Busticket für die Stadtrundfahrt. Er schob es zurück in den Umschlag, den er wieder in der Seitentasche seines Jacketts versenkte. Der Putenbraten wurde serviert. »Guten Appetit, der Herr.«

Marius nickte. Der deftige Bratengeruch holte ihn in die gediegene Welt des Restaurants zurück. Das Klappern der Bestecke und das Gemurmel von den Nachbartischen drangen in sein Bewusstsein. Sein Abenteuer mit dem geheimnisvollen Model war wohl endgültig vorbei. Während er durch das Panoramafenster auf die spiegelglatte, flimmernde Wasserfläche blickte, entfuhr ihm ein Seufzer.

Der Sonnenuntergang über der Ostsee wirkte versöhnlich, der Abend war kein Räuber, er brachte Frieden. Plötzlich fiel ihm etwas ein. War es nicht so, dass er sich noch gar nicht entschieden hatte, die Rundfahrt zu buchen? Er griff in die Tasche. Das Ticket war auf seinen Namen ausgestellt, ein Irrtum der Rezeption also ausgeschlossen. Er zog die Lesebrille aus seiner Brusttasche. Oben in der rechten Ecke standen drei blasse, aber gut leserliche Buchstaben mit Bleistift geschrieben. *Sie* hatte ihm das Ticket geschickt. Kein Zweifel.

*

Leidenschaft, die über das Körperliche hinausging, war es, die ihn mit Dominik verband. Lars empfand es wie eine Sucht nach seiner Nähe, das andauernde Bedürfnis nach der Zuwendung des anderen. Gleichzeitig hatte er Angst, dass er Dominik und sich damit überforderte. Er erinnerte sich an seine erste Beziehung, an die vielen Streitereien, weil man dem anderen aus purer Liebe die Luft zum Atmen nahm. Ihm wurde bewusst, wie lange er nicht mehr verliebt gewesen war, durchglüht von Gefühlen für einen Mann.

Vor einer halben Stunde war Dominik gegangen. Seine Stimme, sein Geruch, sein Lächeln fehlten ihm schon jetzt, und bei dem Gedanken, was in den letzten drei Tagen alles passiert war, wurde Lars ganz schwindelig. Sein väterlicher Mentor Hasselbach war von der Bühne abgetreten, und zeitgleich hatte er einen jungen Mann kennengelernt, der sich als seine große Liebe entpuppte. Es war alles so frisch, so unglaublich. Für Dominik bedeutete es das erste Mal, aber warum sollten sie keine Zukunft haben? Allein die Zuversicht machte aus einer Liebe die Liebe fürs Leben.

Blieb die Frage, wie sie ihre gemeinsame Zukunft gestalteten. Er könnte versuchen, zu den Hochglanzmagazinen zu wechseln, so wie er vor Jahren von der Berichterstattung ins Feuilleton gerutscht war.

»Wenn du nach oben willst, brauchst du Glück und das gewisse Etwas«, hatte Hasselbach einmal zu ihm gesagt. »Das Gespür für eine Story und die Skrupellosigkeit, die Umstände ohne Wenn und Aber für deine Zwecke auszuschlachten. Um es genau zu sagen: die Wahrheit auszupressen, bis sie quietscht, verstehst du, Lars?« Er hörte wieder Hasselbachs brüchige Stimme und das Rasseln seiner Lungen, kurz bevor er sich eine neue Kippe ansteckte. »Aber das Herunterkommen ist nicht leichter. Wenn du eines Tages spürst, dass du es nicht mehr kannst, dass es dich kaputt macht, dann solltest du dir schleunigst etwas Ruhiges suchen, Gourmettempel abklappern oder über

Hundeschauen schreiben. – Lach nicht! Das ist ein gut gemeinter Rat. Nur so hat deine Seele eine Überlebenschance.«

Damals hatte er Hasselbachs Ratschlag für einen launigen Spruch gehalten. Aber war er diesem Spruch nicht all die Jahre gefolgt?

Lars rutschte aus dem Bett und setzte sich raus auf den dunklen Balkon. Das silberne Zigarettenetui lag auf dem Tisch. Er hatte es ganz vergessen. Dominik war Nichtraucher. Lars fiel erst jetzt auf, dass er den ganzen Tag kein Bedürfnis nach Nikotin verspürt hatte. Der Gedanke an Hasselbach hatte ihn wieder darauf gebracht. Er griff nach dem Etui, öffnete es und roch an dem Inhalt. Doch das Verlangen danach stellte sich nicht ein, lediglich eine schale Erinnerung erwachte in ihm.

War das die Wende in seinem Leben? An der Jagd nach den begehrten Autorenpreisen würde er jedenfalls nicht mehr teilnehmen. Er wusste es plötzlich und empfand es nicht im Geringsten als Verzicht. Das würde allerdings nichts daran ändern, dass er auch weiterhin höchsten Anspruch an das stellte, was er schrieb. Sein Name stand für journalistische Qualität: messerscharfe, packende Formulierungen, Geschichten, die ihre Spuren im Leser hinterließen.

Lars erhob sich aus dem Stuhl. Er ging in die Kabine zurück, öffnete die Minibar rechts neben der Kofferablage und fischte eine der kleinen Flaschen heraus. Neuer Mut für neue Zeiten, dachte er, schraubte den Verschluss ab und trank den Inhalt auf ex.

*

Wie ein Gespenst schwebte ein Laut durch Olivias Gehörgang. Ein Laut, den sie nicht einordnen konnte, erst als er näher kam, erkannte sie darin ein Wimmern wie das ohnmächtige Stöhnen einer gequälten Seele. Schaurig. Sie fuhr in die Höhe. Finsternis. Ängstlich schlug ihr Herz.

Sie war in ihrem Stuhl auf dem Balkon eingeschlafen. Jetzt spürte sie wieder den Fahrtwind von der Reling her, und ganz weit draußen am Horizont dämmerte allmählich der Morgen. Das Stöhnen. Karla. Ging es Karla nicht gut?

Olivia stieß sich von der Lehne des Stuhls ab und schlüpfte durch den Spalt der Tür in den Innenraum der Kabine. Ein Getöse schlug ihr entgegen. Karla schnarchte in einer neuen Variante, die beim Ausatmen eine Art Heulen erzeugte. Von draußen hatte es sich beklemmend angehört.

Der Lichtstreifen unter der Badezimmertür beschien die Stirn ihrer Schwester, die von kleinen Schweißperlen übersät war. Das ganze Gesicht wirkte auf einmal zerbrechlich, ausgezehrt, vom Leben geschlagen. Ihre Züge hatten die Schärfe verloren, waren gezeichnet von Aufgabe. Ein Flehen nach Frieden lag darauf, auch wenn ihre Lungen pumpten und pumpten und ihr Mund diese grässlichen Laute ausstieß.

Olivia setzte sich an den Rand von Karlas Bett, während sie eine Vorstellung beschlich. Die Vorstellung, wie leicht diesem Getöse ein Ende bereitet werden könnte. Nur ein winziges Äderchen in Karlas Kopf müsste platzen, ein letztes Zucken, ein Stöhnen noch, und es wäre vorbei. Sie hätte keine Zwillingsschwester mehr, Friede kehrte ein. In dem Moment blähte sich die Bettdecke, und der Blasebalg in Karlas Brust begann von Neuem, schnaufend die Luft einzusaugen.

Wie früher in ihrer Jugend verspürte Olivia mit einem Mal das Bedürfnis, Karlas Nase mit Daumen und Zeigefinger zuzudrücken. Wie sie es als Kinder manchmal zum Scherz getrieben hatten, wenn am Morgen die eine vor der anderen aufgewacht war. Dann würde der Blasebalg stillstehen und das Getöse ersterben.

Sie beugte sich über den Körper der Schlafenden und fasste nach ihrer Nase wie nach einem Schalter, mit dem sie die rasselnde Maschine abstellen konnte. Die stand auch still, von der einen auf die andere Sekunde. Nur der Mund öffnete sich nicht, während sich im Körper weiter Druck aufbaute, Olivia spürte es ganz deutlich. Dieser Druck suchte ein Ventil. Warum öffnete Karla nicht ihren Mund? Olivia wollte ihre Finger von der Nase nehmen, aber sie konnte nicht. Ihre Hand zitterte, aber sie ließ nicht los. Karlas Kopf verfärbte sich, ihre Halsmuskeln strafften sich.

Auf einmal schlug sie die Augen auf, die bereits rund wie Murmeln waren. Karla starrte sie an wie … wie eine …

»Hilfe!«, schrie sie und stieß Olivia von sich weg, dass sie beinahe gestürzt wäre.

»Um Gottes willen, beruhige dich, Karla. Es ist ein Missverständnis, ich …«

»Missverständnis? Was gibt es da misszuverstehen? Du wolltest mich umbringen.«

*

Richard steckte in der Zwickmühle. Egal wie sein nächster Zug in diesem Spiel aussah, er würde verlieren. Entschied er sich für die Liebe, bedeutete es den Verzicht auf die Früchte von dreißig Jahren Arbeit, entschied er sich, Bergengruens Nachfolge am Institut anzutreten, würde er den Kampf um Olivias Herz aufgeben müssen. Doch welchen Weg er auch einschlug, es gab nicht einmal eine Garantie für den Erfolg. Der Posten des Direktors wäre möglicherweise ein Schleudersitz, und was Olivia betraf: Wer sagte ihm, dass sie wirklich nur einträchtige Abende am Kamin verbringen würden? Vielleicht stellte sich sein Engel bereits nach kurzer Zeit als Hausdrache heraus und machte ihm den Lebensabend zur Hölle? Bergengruen hatte ihn nicht nur in der Hand, er zerstörte ihm alle Illusionen. Wie er diesen Mann hasste!

Es war erst kurz nach fünf, aber der neue Tag zeichnete sich bereits ab. Die Sonne setzte den Himmel unter Licht. Richard fühlte ein Stechen im Bauch, er konnte spüren, wie der Ärger an seinen Magenwänden fraß. Ein Gedanke ging ihm durch den Kopf. Wenn er die Diagnose Krebs bekäme und nur noch drei Monate zu leben hätte – was würde er vorziehen? Unbeschwerte und gefühlvolle Stunden mit Olivia, vielleicht noch einmal in den Genuss körperlicher Liebe zu kommen – oder jeden Tag im Institut den Triumph auszukosten, endlich auf dem Thron zu sitzen, unliebsame Arbeit delegieren und alle wichtigen Sitzungen leiten zu dürfen?

Er stellte sich an die Reling. Noch bewegte sich das Schiff, aber es schien zu treiben. Land und ein neuer Hafen waren offenbar nicht mehr weit. Es musste die Küste Estlands sein. In seiner Vorstellung hörte er Olivias unverwechselbares Lachen. Wie schön könnte auch dieser Tag werden, wenn sie zusammen durch die Straßen von Tallinn schlenderten und die Schönheiten dieser alten Stadt von der Terrasse eines der Cafés aus bewunderten. Es war allein seine Entscheidung.

Bergengruen hielt ihm seine angeblich größte Schwäche vor, die ihn vor mehr als zehn Jahren an den schwärzesten Punkt seiner Karriere geführt hatte. Damals hatte ihm Bergengruen die Leitung des Instituts mit einem höchst fadenscheinigen Argument vor der Nase weggeschnappt. Nur durch Zufall hatte es Richard erfahren. Er hatte einen Kollegen, der bald nach der Wahl in den Ruhestand ging, um ein ehrliches Wort gebeten. »Es gab keinen unbestreitbaren Favoriten«, war die Antwort des Kollegen gewesen. »Wie du weißt, schätzt die Kommission euch beide. Aber irgendjemand hat behauptet, dass ein Mann auf die Position gehört, der Persönlichkeit hat und nicht entscheidungsschwach sein darf. Und da stellten sich die meisten auf Bergengruens Seite.«

Als Richard fragte, wer das behauptet hatte, zuckte der Kollege nur mit den Achseln.

TALLINN

19

»… und wenn man den Wetterfröschen glauben darf, wird es heute wieder ein sonnenverwöhnter Tag, meine Damen und Herren, liebe Kinder, den Sie heute in Tallinn, der Hauptstadt Estlands, verbringen werden. Das frühere Reval hat eine wechselvolle Geschichte, hier herrschten Dänen, Deutsche, Schweden und Russen. Erst im August 1991 mit dem Zerfall der Sowjetunion konnten sich die Esten von der Fremdherrschaft endlich befreien.«

Marius schaltete die morgendliche Durchsage des Kapitäns aus. Das alles konnte er auch im Prospekt lesen. Allerdings hatte er nicht die geringste Ahnung gehabt, wie eng die deutsche Geschichte mit der Region verbunden war. Der Name Reval hatte ihn lediglich an eine filterlose Zigarettensorte erinnert, die einen früher von jedem Straßenautomaten aus anlachte. Die Sorte hatte auch die Runde gemacht, als sie heimlich in der Garage vom alten Brennecke rauchten. Wahnsinnig cool waren sie sich vorgekommen, auch wenn das Wort »cool« damals noch nicht existierte. Den ekelhaften Geschmack dieser Glimmstängel hatte er dann eine halbe Woche mit sich herumgetragen. Selbst Zähneputzen hatte nichts geholfen. Doch vielleicht war er deshalb Nichtraucher geworden.

Das Frühstück konnte Marius nicht reizen, allein der Geruch von Eiern und Speck verursachte ihm Widerwillen. Um irgendetwas zu essen, hatte er Bircher-Müsli in einen tiefen Teller gefüllt, vor dem er jetzt saß, doch ohne die geringste Motivation, zum Löffel zu greifen.

Ob Ona wusste, dass Joe mit ihm gesprochen hatte? Jedenfalls hatte sie das nicht davon abgehalten, ein weiteres Treffen zu arrangieren. Auch wenn es schwerer für sie wurde, denn Joe setzte sicher alles daran, genau das zu unterbinden. Marius hatte ein ungutes Gefühl. Was wäre, wenn wirklich mehr hinter der Geschichte steckte und Joe sie zusammen erwischte? Immerhin hatte Joe einen Ruf zu verlieren, er trug die Verantwortung für Ona, war ihr Betreuer und Manager, und ihre Glaubwürdigkeit stand jetzt gegen seine.

Nach dem zweiten Milchkaffee ließ Marius den Brei unberührt stehen, ergriff seinen Fotoapparat und verließ das Restaurant in Richtung der Lifte. Nein, es war ihm nicht wohl dabei, sein Wort zu brechen und seine Nase weiter in diese undurchsichtige Geschichte zu stecken. Gleichzeitig ärgerte es ihn, nicht zu wissen, was daran Geschichte Fiktion und was Realität war. Und während er den Gang entlangschritt, begleitete ihn das Gefühl, dass er drauf und dran war, sich lächerlich zu machen.

Später im Bus setzte er sich ans Fenster, belegte den Platz neben sich mit seiner Kappe und dem Fotoapparat. Doch eigentlich rechnete er nicht mit ihr. Nie würde sie, für alle sichtbar, in einen der Busse steigen und sich neben ihn setzen. Wenn Joe die Abfahrt der Busse beobachtete, dann hätte er auch ihn gesehen, würde Ona einfach aufgreifen und zurück an Bord bringen oder mit ihr die Stadtrundfahrt machen und sie währenddessen keine Sekunde aus den Augen lassen.

Die estnische Hauptstadt zog an den getönten Panoramascheiben des Busses wie eine aufgeputzte Ritterburg vorbei. Bunte Wimpel flatterten an den Türmen der Stadtmauer, ein Mittelalter wie im Bilderbuch. Während der Besichtigungen versuchte Marius, sich aus der Menge herauszuhalten, aber die Touristenschwemme flutete jeden Winkel der Altstadt. Ona ließ sich nicht blicken. Vielleicht war sie längst aufgeflogen und bräunte sich in einem Liegestuhl auf dem Sonnendeck der Baltic Crown, angekettet an Joe.

Sie fuhren zur Sängerwiese am nördlichen Stadtrand. Dorthin, wo die Liederfeste stattfanden, rückten ganze Busflotten vor. Die Reiseleiter hielten ihre Touristengruppen zusammen und versuchten, ihnen eine möglichst gute Sicht auf die riesige weiße Konzertmuschel zu verschaffen. Marius hielt sich zurück, wollte seine Hüfte schonen. Doch dann stieg er aus dem Bus und folgte dem Pulk, der sich hinter dem hochgehaltenen Schild mit der Nummer seines Busses versammelte. Als die Reiseleiterin mit ihren Erklärungen begann, spürte er plötzlich eine Hand in der seinen. Er wandte sich um und schaute in ein Gesicht, das eine Sonnenbrille mit überdimensionalen Spiegelgläsern beinahe unkenntlich machte.

*

Dominik wollte ihn anrufen. Er könne sich noch nicht festlegen, hatte er zu Lars gesagt, bevor sie sich in der Nacht getrennt hatten, er müsse schließlich immer ein Auge auf Chris halten. Natürlich hatte Lars dafür Verständnis. Chris sei nicht so stark, wie sie wirke, hatte ihm

Dominik erklärt, manchmal sogar ziemlich labil. Als ihr Vater so tragisch ums Leben gekommen sei, habe sie der Schock fast um den Verstand gebracht.

»Ich dachte, dein Vater lebt noch.«

Dominik antwortete nicht gleich. »Ich muss dir auch etwas gestehen«, kam er schließlich mit der Sprache heraus. »Chris ist nicht meine richtige Schwester, weißt du? Genau genommen ist sie meine Cousine, Tochter von Gregor, meinem Onkel, dem Bruder meines Vaters. Ich habe zu Onkel Gregor immer eine besondere Beziehung gehabt, eine bessere als zu meinem alten Herrn. Und deshalb war Chris wie eine Schwester für mich. Als Onkel Gregor sich – für alle unfassbar – das Leben nahm, war sie allein, und da sie ihre Mutter hasste und die sich nicht um sie kümmerte, nahm mein Vater sie bei uns auf. Seitdem sind wir noch mehr Bruder und Schwester.«

Lars warf einen Blick auf sein Handgelenk. Bereits elf. Hoffentlich hatte Chris es gestern in der Disco nicht übertrieben und hing jetzt über der Kloschüssel. Oder sie hatte Dominik für den ganzen Tag verplant. Das würde alles verderben. Lars hatte sich vorgestellt, mit Dominik durch das malerische Tallinn zu schlendern, richtig romantisch sollte es werden. Aber wenn er sich Sorgen machte wegen Chris, wäre er abgelenkt und die Stimmung ruiniert. Lars musste also abwarten. Da meldete sich das Handy in seiner Brusttasche. Er nahm ab, ohne aufs Display zu achten. »Na endlich.«

»Hallo, Lars, mein Schatz.«

»Nesrin!«

»Du hast wohl jemand anderes erwartet?«, seine Lieblingskollegin in Berlin lachte schallend.

»Ich erwarte immer nur dich«, scherzte er. Sie musste ja nicht alles wissen. Außerdem könnte sie auf die Idee kommen, dass er nichts weiter im Kopf hatte, als den verliebten Gockel zu spielen, während es in Berlin um Kopf und Kragen ging. Das würde ihn selbst bei Nesrin Sympathiepunkte kosten. »Wisst ihr denn schon mehr?«, fragte er ins Blaue.

»Deswegen rufe ich an. Kleiber hatte auch dich auf dem Kieker, Lars. Aber deine treue Nesrin konnte das Schlimmste abwenden. Du darfst sogar dein Projekt behalten. Vorausgesetzt, du stiehlst ihm nicht die Schau und lässt dir nichts zuschulden kommen. Na, wie findest du das?«

Wie er das fand? Dafür gab es jede Menge Worte, die er besser für sich behielt. Auch er hatte schließlich seinen Stolz. »Wenn er mich loswerden will, dann soll er es gleich tun und mich nicht auf die miese Tour langsam verdursten lassen.«

»Na, jetzt mach mal einen Punkt ...«, klang Nesrin verärgert. »Meinst du, es ist meine stille Leidenschaft, für dich in den Arsch des Chefs zu kriechen?«

»Wer sagt, dass ich das nötig habe? Noch bin ich nicht am Ende. Vielleicht will ich das alles gar nicht mehr. Ich könnte mir vorstellen ...« Jetzt fiel ihm selbst auf, dass er sich zu weit aus dem Fenster lehnte.

»Vielleicht kommt der Herr runter vom hohen Ross und betritt wieder den Boden der Tatsachen«, erwiderte Nesrin prompt.

»Ach, Nesrin«, wurde Lars versöhnlich, »natürlich küsse ich dir die Hände für das, was du für mich tust. Aber es ist alles so erbärmlich. Ich wünschte ...«

Nesrin hatte bereits die Leitung gekappt, noch bevor ihm ein passendes Schlusswort eingefallen war. Sekunden später trudelte eine SMS bei ihm ein: »Wir müssen reden. D.«

*

»Geh weg!«, zischte Karla und fuchtelte mit den Händen in der Luft, als wollte sie einen Angriff abwehren, dabei war Olivia genauso erschrocken wie sie, wenn nicht noch mehr, und machte nicht die geringsten Anstalten, ihr näher zu kommen, geschweige denn, sie noch einmal anzufassen. »Ich wollte doch nur ...«

»Bleib mir vom Leib, hörst du, Oli? Bleib mir bloß vom Leib!«

Es dauerte eine Zeit, bis sich Karla beruhigte, währenddessen nutzte sie ihren aufgewühlten Zustand als Alibi, um Olivia mit Unverschämtheiten einzudecken. »Das ist ja wie im Krieg. Kein Auge kann man schließen, ohne um sein Leben fürchten zu müssen. Ich sollte mir eine Leibwache zulegen, die mich vor deinen heimtückischen Übergriffen schützt. Damals am Neckar hast du mich auch in eine Falle gelockt, und wenn nicht in letzter Sekunde ein guter Geist in dich ...«

»Ach, Karla, hör doch auf mit dem Blödsinn!«

»Kein Blödsinn, die reine, finstere Wahrheit ist das.«

»Du hast so laute Geräusche gemacht, dass ich sogar draußen auf dem Balkon davon wach geworden bin. Ich habe nur versucht, dich so schonend wie möglich von diesem Schnarchen abzubringen ...«

»Und da fällt dir nichts Besseres ein, als mir den Atem abzuschnüren? Ersticken ist ein grausamer Tod.«

»Für dich bestand zu keiner Zeit die Gefahr, diesen grausamen Tod zu sterben. Du hättest nur den Mund öffnen müssen.« Das fällt dir doch sonst nicht so schwer, dachte Olivia, aber da ihre Karten schlecht waren, schwieg sie. Sie erhob sich von der Bettkante und ging wieder auf den Balkon. Dort hielt sie ihr Gesicht in den Fahrtwind und zwang sich zur Ruhe. Lange noch tobte die Empörung über Karlas Vorhaltungen in ihr. Als sie später in ihrem Stuhl aufwachte, hatte das Schiff bereits im Hafen festgemacht. Sie wollte gerade nach Karla sehen, als das Telefon durchdringend läutete.

Es war bereits später Vormittag, als sie in einer der Bars auf Deck frühstückten. Karlas Appetit war erstaunlich für eine zarte Seele, die am frühen Morgen vor Schreck fast gestorben wäre und angeblich den Glauben an das Gute im Menschen verloren hatte. Oder hing es mit dem Telefongespräch zusammen, dass sich ihr Befinden schlagartig gebessert hatte?

Olivia hatte es hingegen den Appetit verschlagen. Waren Karlas Vorwürfe etwa gar nicht so absurd? Jedenfalls wirkte dieses Gift in ihren Worten, das Olivias Verstand benebelte. War es ein weiterer Mordversuch gewesen, der zweite durch ihre Hand, an ihrer so unschuldigen Zwillingsschwester, oder stimmte das, was sie selbst behauptet hatte, dass sie sich lediglich von diesen unheimlichen Geräuschen befreien wollte, die wie das Heulen der Seelen im Fegefeuer geklungen hatten? In diesem Augenblick konnte Olivia es nicht sagen. Nein, sie wusste es wirklich nicht.

»Ich gehe davon aus, dass du dich uns diesmal anschließt, Oli. Professor Bergengruen ist ein so aufmerksamer, charmanter Mann.«

Vor allem anhänglich wie eine Klette, dachte Olivia und spürte, wie sie innerlich wieder zu kochen begann.

»Dein Bekannter – wie heißt er noch gleich? – hat sich gar nicht gemeldet. Eigenartig, findest du nicht?«

Ja, Olivia musste ihr zustimmen, und es ängstigte sie ein wenig.

*

Er war ein Schwächling. Zu dieser Erkenntnis gelangte Richard nach einer halben Nacht Grübeln. Er war der Droge Karriere erlegen. Nur die ständige Aussicht auf diesen Kick hatte sein Leben aufrechterhalten, ihn bis nach Mitternacht ans Labor gefesselt und morgens um halb sechs aus dem Bett getrieben. Die Selbsttäuschung, für die Wissenschaft unentbehrlich zu sein, gepaart mit dem irrigen Bewusstsein, sich für ihre Ziele aufopfern zu müssen, hatte ihn durchs Leben gepeitscht, ohne dass er eine Ahnung von Menschen und Werten hatte, die ebenso wichtig waren.

Ihm kam wieder zu Bewusstsein, dass er als leitender Angestellter des Instituts nicht nur für die hehren Ziele der Wissenschaft und für das Menschenwohl arbeitete, er forschte überwiegend für die Entwicklung von Medikamenten, die den Pharmakonzernen den größtmöglichen Profit versprachen. So war es, und er hatte es gewusst, immer schon hatte er es gewusst. Aber er verdrängte dieses bessere Wissen, weil es für ihn unerträglich war, tagtäglich zu realisieren, dass er seine Talente am Ende an Geschäftemacher verschwendete. War nicht längst die Zeit gekommen, sich zurückzuziehen und ein neues Kapitel in seinem Leben aufzuschlagen?

Ihm schwirrte der Kopf. Der Zustand, in dem er sich befand, fühlte sich an wie Katzenjammer. Aber das Elend würde nicht von selbst aufhören, wenn man lange genug wartete. Warum zögerte er, diese reizende Frau einem letzten unbedeutenden Ehrenerfolg vorzuziehen? Eine Liebe und Lebensgemeinschaft war natürlich keine sichere Investition, darauf stand: Achtung, zerbrechlich! – War es das? Hatte er davor Angst?

Am frühen Morgen war Richard entnervt zwischen Balkon und Kabine hin und her geschritten, um die wirren Gedanken loszuwerden. Als die Sonne bereits am Himmel stand, hatte er sich noch einmal ins Bett gelegt und war erschöpft in einen traumlosen Schlaf gefallen. Erst gegen zehn Uhr dreißig, völlig gegen seine Gewohnheit, hatte er die Morgentoilette erledigt, sich rasiert und frische Sachen angezogen. Vor der Abreise hatte er in einem Göttinger Herrenausstatter eine original amerikanische Bluejeans erstanden. Die Verkäuferin fand, dass er darin jünger wirke, männlicher. Also hatte er die Hose gekauft. Aber die Frau, für die er jetzt gern jünger aussehen würde, ließ er gehen.

Wenn er doch nur klar denken könnte. Olivia ... Olivia ... Musste es denn unbedingt Olivia sein? Es gab genug attraktive Frauen, die auf ihn warteten, er musste nicht auf Bergengruens Nachfolge verzichten. Ein Direktor konnte delegieren, sich vertreten lassen. Er würde genug Zeit haben, eine passende Frau zu finden. Bestimmt gab es Frauen, die ihn besser verstanden als diese gewiss liebenswerte, aber doch reichlich naive Olivia ...

»Darf es etwas sein?«

»Kann man hier nicht eine Minute ...?«, fuhr Richard auf. »Oh, bitte verzeihen Sie.«

Der Kellner war erschrocken, und das Cocktailglas auf dem Tablett in seiner Hand geriet gefährlich ins Trudeln. Gerade noch rechtzeitig konnte er es festhalten.

»Bitte einen Kaffee«, erwiderte Richard. Doch kaum hatte ihm die Bedienung den Rücken zugekehrt, kamen ihm die Tränen.

20

Ona führte ihn heraus aus dem Touristengewimmel der Sängerwiese. Am Straßenrand wartete bereits ein Taxi mit laufendem Motor. »Ich habe dem Busfahrer Bescheid gegeben«, erwiderte sie auf seinen fragenden Blick. »Ich weiß, bei den Deutschen muss alles seine Ordnung haben.«

Bei den Schweizern auch, dachte Marius und lächelte verlegen. Bevor sie in den Mercedes einstiegen, machte sie ihm ein Zeichen zu schweigen. Zu dem Fahrer, einem Mittdreißiger mit tätowierten Oberarmen und rasiertem Schädel, sagte sie lediglich ein Wort: »Kalamaja.« Daraufhin fädelte der Wagen in den Straßenverkehr ein. Es klang melodisch, dieses Wort »Kalamaja«, was immer es auch bedeuten sollte. Ona starrte gedankenverloren aus dem Fenster, während Marius sich fragte, was in ihrem Kopf vorging. Jetzt sprach sie den Fahrer an, auf Russisch, was kaum verwunderte, stellten die Russen doch einen Großteil der nicht einmal eineinhalb Millionen Einwohner Estlands.

Sie waren noch nicht lange unterwegs, als der Wagen hielt, Ona zahlte. Sie stiegen aus. »Das ist Kalamaja«, sagte sie und breitete die Arme aus, Stolz erfüllte ihre Stimme. Unbestreitbar ein sympathisches Stadtviertel, überall Blumen, die Holzfassaden der Häuser in knallig bunten Farben gestrichen. »Hier wohnten früher die Arbeiter, grau und schmutzig war es damals, dann kamen die Künstler. Heute ist Kalamaja sehr beliebt.«

Natürlich führte ihn Ona nicht wegen des Ambientes in diese Gegend. Seine rechte Hand berührte unwillkürlich die Gesäßtasche, in der normalerweise die kleine neun Millimeter steckte, die er sich vor Jahren nach einem Angriff auf offener Straße einmal angeschafft hatte. Es war ihm immer lästig gewesen, die klobige Dienstwaffe auch privat zu tragen. Aber die neun Millimeter lag jetzt zu Hause im untersten Fach des Wäscheschranks.

Ona verlangsamte ihren Schritt, sie wechselten die Straßenseite und bogen in einen unbefestigten, holprigen Seitenweg ein. Marius blickte sich um. War ihnen jemand gefolgt? Es würde ihn nicht wundern, wenn Joe plötzlich auftauchte.

»Wo ist dein Betreuer, Ona? Hast du ihn abgeschüttelt?«

Sie blieb stehen und sah ihn mit funkelnden Augen an. »Hat er gesagt, dass er mein Betreuer ist?«

»Stimmt es etwa nicht?«

»Egal, was er sagt, Herr Kommissar, ich bin nicht verrückt«, schrie sie ihn fast an. Die plötzliche Wut durchfuhr ihren zarten, aber durchtrainierten Körper, als wollte sie ihm an die Gurgel gehen.

»Wenn Sie mich nicht überzeugt hätten, wäre ich Ihnen dann gefolgt?«, erwiderte Marius. Die Schärfe in seiner Stimme und das *Sie* beruhigten sie wieder. Sie nahm sich zusammen, atmete zwei-, dreimal tief durch, als hätte sie es in einer Aggressionstherapie gelernt. Dann war sie bemüht, den Ausbruch wegzulächeln. »Mein Künstlername bedeutet auf Deutsch Katze, weißt du, Herr Kommissar ...«

Kriminalrat, wollte er sie korrigieren, ließ es dann aber.

»Kakis heißt auf Lettisch Katze. Mein Vater war halber Lette, hat mich immer sein kleines Kätzchen genannt.

Katzen sind meine Vorbilder, sie sind frei und sie fürchten sich vor niemandem, auch wenn er viel größer und stärker ist als sie selbst. Deshalb haben wir uns auch das erste Mal im Haus der wütenden Katzen in Riga getroffen …«

»Aber *du* hast Angst, Ona, stimmt's?«

Sie antwortete nicht. In diesem Augenblick fühlte sich Marius ihr nah, er stellte sich die kleine Ona vor, er war ihr Vater, der sie streichelte, sanft mit der Hand über die seidigen falben Haare fuhr. »Oh, entschuldige …«

Sie wandte ihr Gesicht ab, aber er hatte ihre Tränen bemerkt. »Da vorn ist das Haus«, sagte sie mit bebender Stimme.

»Welches Haus?« Er fragte, obwohl es nur *das* Haus sein konnte. In den langen Jahren der Zeugen- und Täterbefragungen hatte er erfahren, dass etwas, das tief unten lag, nur gehoben werden konnte, wenn man immer wieder nachfasste. Er musste Ona dazu bewegen, möglichst viel zu erzählen, bis sie schließlich alles preisgab.

Sie blieb an einem Lattenzaun stehen, hinter dem mannshohe Stockrosen blühten. Der Garten gehörte zu einem Holzhaus, das sich nur durch den leuchtend gelben Anstrich von den anderen in der Reihe unterschied. Marius trat hinter Ona, er wollte ihr das Gefühl geben, nicht allein zu sein. »Der Zaubergarten meiner Mutter, auch der Kirsipuu, der Kirschbaum, steht noch …«, flüsterte sie ergriffen, während sich ihr Blick suchend auf dem Grundstück verlief.

»Hier ist es also passiert?«

»Ja, unter dem Kirschbaum saßen sie … so zufrieden …«

»Und niemand war in der Nähe?«

»Nein, niemand.«

»Und dann?«

»Ich wollte sie mit einer guten Nachricht überraschen und schlich um sie herum. Schließlich sprang ich aus dem Gebüsch, aber sie blieben still. Zuerst begriff ich nicht, was passiert war. Dann spürte ich die Kälte des Todes und dachte an Papas Rat, immer laut zu singen, wenn man Angst hat, und ich sang ganz laut.« Auf Onas Gesicht trat jetzt der unauslöschliche Abdruck, den der Schreck ihr für immer darauf hinterlassen hatte.

»Aber jemand muss dich gefunden haben.«

»Ja, es war Maarja, die Nachbarsfrau. Maarja und Hannu Kütas waren Freunde meiner Eltern. Sie besuchten mich auch im Kinderheim. Beide kamen vor ein paar Jahren in Spanien bei einem Autounfall ums Leben.«

»Waren die beiden Zeugen des Mordes? Warum wurden deine Eltern ermordet?«

Für einen Augenblick schien Ona der Mut zu verlassen, wahrscheinlich hatte sie sich diese Fragen oft genug selbst gestellt und keine befriedigenden Antworten gefunden.

»Nein, es haben sich keine Zeugen gemeldet. Wenn es sie gab, dann brachte sie die Angst zum Schweigen. Mein Vater war Freiheitskämpfer. Er muss etwas gewusst haben, das für die Russen gefährlich war. Als Estland noch zur Sowjetunion gehörte, gab es viele Staatsgeheimnisse.«

Sie wusste also mehr, als sie ihrem Betreuer Joe anvertraut hatte. »Und was hat dieser Mann damit zu tun, den du auf dem Schiff erkannt hast?«

»Damals ging ein Fremder an mir vorbei. Es begann zu regnen, ein Gewitter war im Anzug. Kurz bevor ich meine Eltern fand, kam er mir auf der Seite des Weges entgegen, an der unser Haus lag. Er starrte mich an mit einem Blick –

auf der Baltic Crown bin ich diesem Blick ein zweites Mal begegnet. Der Mann ist jetzt alt, aber die erschreckende Leere in seinen Augen hat ihn verraten.«

Marius fuhr sich mit der Rechten über die Schläfe, und das zählte nicht zu seinen Gewohnheiten. Die Katzenfrau brachte ihn zur Verzweiflung. Nach Jahrzehnten hatte sie einen angeblichen Mörder allein an seinem bösen Blick wiedererkannt. Was sollte er dazu sagen? Doch wie es schien, konnte er die Gründe für den Doppelmord an ihren Eltern nur hier in Tallinn finden, und dazu hatte er genau sechs Stunden Zeit.

*

Offenbar verhielt es sich so, wie Lars befürchtet hatte. Chris lag halb tot in den Kissen und ihr »großer Bruder« pflegte sie. Nur der Gedanke daran, dass er auch ihn einmal so umsorgen könnte, ließ Lars die schlechte Laune herunterschlucken. Es war drei Minuten vor halb zwölf. Seit mehr als einer Stunde wartete er auf einen Anruf von Dominik. Zwischendurch war er beinahe in Versuchung geraten, sich eine Zigarette anzuzünden, obwohl er dem Rauchen abgeschworen hatte. Er musste ja nicht gleich am Morgen nach dieser wundervollen Nacht seine einzige Charakterschwäche zur Schau stellen: die Ungeduld.

Doch dann wurde es ihm zu bunt. Er packte den Tablet-PC in die Schutzhülle, kontrollierte den Inhalt seines Geldbeutels, schob die Sonnenbrille auf die Nase und verließ die Kabine. Dominik konnte ihn jederzeit am Handy erreichen und sich mit ihm in Tallinn treffen, wenn es Chris besser ging. Schließlich war er nicht zum Vergnügen hier. Vor ihm lag Recherche, diesmal die Traditionen der Esten und ihre Küche.

Nicht weit vom Anleger der Baltic Crown entfernt wartete ein Shuttlebus. In jedem Fall wollte er den Domberg und den Rathausplatz mit dem gotischen Rathaus besichtigen. Die App, die er sich auf Dominiks Empfehlung heruntergeladen hatte, gab an, dass auch mehrere Restaurants mit regionaler Küche dort zu finden waren.

Nicht weit von der Newski-Kathedrale stieg er aus. Die bombastische Architektur und die Zwiebeltürme, ein Vorgeschmack auf St. Petersburg. Die Russen waren eben seit Jahrhunderten ein Teil dieser Region. Lars verzichtete allerdings auf eine Besichtigung, er stellte sich lieber in den Schatten der alten Bäume in der Nähe des Parlaments und starrte wieder auf Dominiks SMS: »Wir müssen reden.« Natürlich mussten sie reden, Verliebte hatten sich immer etwas zu sagen. Doch irgendwie beunruhigte ihn diese Nachricht, sie klang so – wieder einmal typisch. Wenn ein Floh hustete, wer machte gleich eine Epidemie daraus? Berufskrankheit? Oder war er schlicht eine Bangbüxe, wie sein Vater immer behauptete? Er sollte besser damit anfangen, Fotomotive auszusuchen, um den Tag nicht völlig zu verplempern.

Der Rathausplatz war ein Menschenheer, und als wäre die Altstadt nicht voll genug, schlängelte sich eine blaue Bimmelbahn wie ein Lindwurm durch die Straßen. Es war längst Mittagszeit, die Restaurants waren innen und außen bis auf den letzten Platz besetzt. Dem Rathaus gegenüber entdeckte Lars eine Gaststätte mit mittelalterlichem Ambiente. Er hatte Glück, im Inneren, am Ende einer der langen Holzbänke, fand er noch Platz. Der Kellner, in Leinenhemd und Bundhose, überredete ihn zu Hapukapsad, was sich als Sülze mit Sauerkraut herausstellte, dazu das obligatorische Roggenbrot. Was appetitlich aussah, entpuppte sich als schwere Kost. Der scharfe Geschmack des Sauerkrauts und die ohrenbetäubende Geräuschkulisse trieb Lars bald den Schweiß auf die Stirn.

Er beschloss, so schnell wie möglich das Weite zu suchen, sein Blick begab sich auf die Suche nach dem Kellner, als … Was war das? Seine Gabel fiel klirrend auf den Teller. Sicher hatte er die beiden verwechselt, die einige Tische weiter in der Nähe der Theke saßen. Doch auch beim zweiten Hinschauen änderte sich nichts an der Aussicht. Dominik und Chris, ins Gespräch vertieft. Lars konnte es immer noch nicht glauben, er zog sein Handy aus der Tasche und drückte Dominiks Nummer. Es war zu laut im Lokal, als dass er auf der gegenüberliegenden Seite das Handy hätte klingeln hören können. Der Mann an dem Tisch rührte sich nicht. Vielleicht sah er Dominik nur verblüffend ähnlich. Lars atmete auf. Da griff der andere in seine Brusttasche und fischte sein Handy heraus. Wenn es Dominik war, was hätte er zu seiner Entschuldigung zu sagen? Der Mann warf einen Blick auf das Display, schien einen Moment zu überlegen … Dann drückte er den Anruf weg.

*

Professor Bergengruen hatte ein geräumiges Taxi organisiert, der Fahrer chauffierte sie zu den wichtigsten Touristenzielen und wartete während der Besichtigungen im Wagen. Nach dem Zwischenfall in Klaipėda, betonte

Karla, wolle sie ganz sichergehen, dass sie nie mehr in eine hilflose Situation käme. Darüber hinaus erwies sich der Fahrer als Multitalent, nicht nur, dass er in der Lage war, Karlas Rollstuhl in rekordverdächtiger Geschwindigkeit zusammenzuklappen und wieder einsatzfähig zu machen, auch plauderte er während der Fahrt amüsant und beinahe akzentfrei auf Deutsch über seine estnische Heimat.

»Ein erstaunlicher Mann. Ich sage immer: Wenn jeder an seinem Platz das Beste gibt, dann funktioniert die Welt.«

Warum klangen Bergengruens Kommentare, auch wenn es sich um Komplimente handelte, immer eine Spur herablassend?, dachte Olivia. Sie verstand sich selbst nicht, warum sie sich von Karla wieder hatte an der Nase herumführen und für diese gemeinsame Stadtbesichtigung vereinnahmen lassen.

Es war nach Mittag, und sie saßen in einem Café mit Blick auf das historische Rathaus am Rand der Touristenströme. Sie habe von dem üppigen Essen so genug, verkündete Karla, ein Eiskaffee würde ihr vollauf genügen. Bergengruen und Olivia schlossen sich an. Die Unterhaltung schleppte sich recht eintönig dahin, und Bergengruen wurde allmählich nervös. Ob er wohl einsah, dass seine Bemühungen bei ihr keine Aussicht auf Erfolg haben würden, dachte Olivia.

Während sie das dachte, fiel ihr auf, dass er ihr, der sich doch angeblich für sie interessierte, bislang nie bewusst in die Augen geschaut hatte. Wenn dieser Mann sie näher kennenlernen wollte, dann wäre Blickkontakt zumindest der erste Schritt. Es war ihre kindliche Neugier, die Olivia trieb, selbst einen Versuch zu starten. Oder war es mehr Trotz als Neugier? Warum hatte sich Richard nicht gemeldet? Was war los mit ihm? Vielleicht war er heute Morgen mit dem Gedanken aufgewacht, dass es doch besser war, Distanz zu halten. Immerhin waren sie beide in einem Alter, in dem es galt, vorsichtig zu sein. Da konnte Liebe sogar lebensgefährlich sein. Vielleicht wollte *er* sich dem nicht mehr aussetzen? Aber war er dann der richtige Mann für sie?

»Entschuldigen Sie mich, aber ich darf keinesfalls die Gelegenheit verpassen, den Prachtbau und seine gotischen Fenster mit der Kameralinse zu bannen«, unterbrach Bergengruen ihre Gedanken, worauf er einen Rest Eiskaffee mit dem Strohhalm einsog und sich mit seiner Fotoausrüstung beschäftigte.

»Aber natürlich«, erwiderte Karla. »Sicher will Olivia Ihnen Gesellschaft leisten, sie interessiert sich so für Fotografie. Verschwenden Sie an mich keine Gedanken. Ich bin hier gut versorgt.« Sie lachte selbstzufrieden, als wäre ihr ein Coup gelungen. Wer sollte eine solche Schwester lieben, dachte Olivia.

In dem Moment begegneten sich ihre Blicke. Bergengruens Augen waren von einem wässrigen Graublau und erstaunlich schmal für die eines Europäers, Augen, die immer zweifelten, dachte Olivia, die durchdringen wollten und niemandem trauten. Sie spürte die unwiderstehliche Willensstärke, die von diesem Blick ausging. Besser, man nahm sich davor in Acht. Sie konnte seinem Blick kaum noch standhalten, als sich auf seinem glatt rasierten Gesicht ein Schimmer von Röte zeigte. Verlegenheit? Er war wohl nicht gewöhnt, dass ihm jemand so lang standhielt.

»Natürlich«, erwiderte er, den Anflug von Unsicherheit mit einem Lächeln überspielend. »Ich würde mich darüber sehr freuen.«

*

In letzter Minute hatte Richard ein Ticket für eine Panoramarundfahrt gelöst. Er war in einer unberechenbaren Verfassung. Seine Gedanken trudelten wie ein Wirbelsturm, der jeden Augenblick in die entgegengesetzte Richtung ausbrechen konnte. Gern hätte er sich einer Hand anvertraut, die ihn dorthin führte, wo die Welt überschaubar war, wo er nichts zu befürchten hatte.

Er lenkte seine Aufmerksamkeit auf die vorbeirollenden Sehenswürdigkeiten in der Hoffnung, dass ihr Anblick ihn beruhigte. Es half nichts, seine Gedanken waren bei Olivia, er malte sich aus, mit ihr durch die bunten Gassen zu spazieren, und ärgerte sich gleichzeitig, ihr sein Herz so bereitwillig geöffnet zu haben. Wie konnte das nur passieren? Er war doch nie für Verliebtheit anfällig gewesen, hatte zurückgezogen gelebt, wenn auch mehr aus einem gesunden Instinkt heraus. Warum war er dem Instinkt nicht auch diesmal gefolgt und hatte diese Frau einfach ignoriert? Ihm wäre der unwürdige Zustand erspart geblieben. »Es kann gefährlich sein, als ungeübter Reiter ein fremdes Pferd zu besteigen, mein Bester.« Auch Bergengruens überheblich tönendes Organ ließ sich aus seinem Kopf nicht vertreiben: »Aber ganz gleich, wie du dich entscheidest, einen Rat gebe ich dir: Pass auf, dass dein Leben nicht zu Ende ist, bevor du weißt, was du willst.«

Die Parkplätze in der Altstadt waren naturgemäß rar.

Irgendwo fand der Bus dann ein Plätzchen und die Türen öffneten sich. Die Mittagszeit stand zur freien Verfügung. Wie die meisten Touristen hielt Richard auf den Rathausplatz zu. Die Sonne brannte auf seine entzündete Kopfhaut. Er gab nichts darum, so war er sich wenigstens bewusst, dass er lebte und litt.

»Wollen Sie mitkommen?«, rief ihm plötzlich ein backenbärtiger Mann zu. Der saß am Steuer einer kuriosen kleinen Lok.

»Wohin?«, fragte Richard, er war ganz verwirrt. Vor ihm stand ein himmelblauer Zug mit weißen Streifen. Warum sollte er in einen Western-Zug einsteigen, der eher auf ein Kinderkarussell passte? Er war doch nicht im Wilden Westen, er war in Tallinn, in Estland. In dem Augenblick löste sich ein schrilles Signal. »Wohin?«, fragte er noch einmal.

»Durch die Stadt. Ich zeige Ihnen das Schönste bis zum Kiek in de Kök«, rief ihm der Lokführer zu.

Mit einer Bimmelbahn im Pyjama bis zum Kiek in de Kök? Richard musste lachen. Wer oder was zum Teufel war Kiek in de Kök? Eine Frau nahm ihren Sohn auf den Schoß und machte Richard ein Zeichen, sich neben sie zu setzen, was er willenlos tat. Der Zug fuhr los, nicht etwa von einem Dampfkessel betrieben, sondern von einem normalen Dieselmotor. Als sie von der Seitenstraße auf den großen Platz einbogen, erhaschte Richard einen Blick auf die Menschenmenge vor dem alten Rathaus. Den hochgewachsenen Mann, der das enorme Kameraobjektiv ausrichtete, erkannte er sofort: Bergengruen. Und neben ihm stand Olivia in einem rot und gelb geblümten Kleid. Richard erstarrte, während im selben Moment die Pfeife der gestreiften Lokomotive schrillte.

21

Sie hatten die Seitenstraße in Kalamaja verlassen und sich in einen nahen Kaffeegarten begeben. Die Begegnung mit ihrem Elternhaus hatte Ona stumm gemacht. In Gedanken versunken starrte sie auf ihre Tasse, während Marius versuchte, das Geschehen vor dreißig Jahren zu rekonstruieren. Die kleine Ona konnte durchaus dem Mörder ihrer Eltern begegnet sein, offenbar war die Tat nur Minuten vorher begangen worden. Allerdings konnte Marius kaum glauben, dass niemand etwas davon bemerkt haben wollte. Die Häuser in diesem Viertel standen dicht an dicht, Fremde fielen auf – vielleicht damals noch eher –, und die Nachbarn waren zu Hause gewesen. »Du hast also nicht um Hilfe geschrien, du hast nur gesungen?«, fragte er sie nicht zum ersten Mal.

»Ja, nur gesungen.«

»Seltsam, dass sie dein Singen hörten, nicht aber die Schüsse. Es waren wenigstens zwei.« Selbst wenn der Täter einen Schalldämpfer benutzt hätte, müssten sie Aufmerksamkeit erregt haben. »Und was passierte weiter?«

»Ich erinnere mich nur, dass Maarja, unsere Nachbarin, plötzlich neben mir stand und meine Hand nahm, später kamen viele Leute und die Polizei …«

»Und die stellten dir Fragen?«

»Davon weiß ich nichts mehr … nur, dass ich lange im Krankenhaus gewesen bin und geweint habe, viel geweint, und ich wollte niemanden sehen. Ich wollte nur zu meinem Papa und zu Mama.«

»Deine Eltern waren tot.«

»Ja, sie haben es mir gesagt, und ich bekam sehr hohes Fieber. Ich konnte vor Schwäche kaum stehen und lag nur im Bett. Maarja und Hannu besuchten mich regelmäßig. Mein Leben hing wochenlang an einem Faden …«

»Aber er hat gehalten.«

»Eines Tages, als ich fast gestorben wäre, saß Maarja an meinem Bett und hielt wie immer meine Hand. Ich habe eine gute Nachricht für dich, flüsterte sie in mein Ohr, und ihre Tränen tropften auf meine Wangen. Du darfst bald wieder tanzen. Wir haben gespart und können die Ballettschule für dich bezahlen. Aber vorher musst du gesund werden, versprichst du mir das? Ich versprach es, und das Unglaubliche geschah: Ich wurde gesund und ging wieder in die Ballettschule. Das ist alles. Ab diesem Zeitpunkt gab es für mich nur noch Tanzen. Von morgens bis abends trainierte ich an der Stange und träumte von der Karriere einer Primaballerina.«

»Du erinnerst dich wirklich nicht mehr, was die Polizei dich fragte?« Er musste alles versuchen, um den Weg der damaligen Ermittlungen zu verstehen. Onas Vater war im Widerstand gewesen, möglicherweise ein Mordmotiv?

Der aufkommende Wind verwirbelte die Blätter in der Espenkrone über ihren Köpfen. Der Himmel hatte sich eingetrübt, es sah nach Regen aus. »So wie damals«, sagte Ona. Sie klang eingeschüchtert, aber anscheinend half ihr die besondere Atmosphäre, sich zu konzentrieren. »Ich erinnere mich, dass niemand unser Haus betreten durfte. Die Polizei war überall, und ich sollte mit Maarja nach nebenan gehen. Aber ich wollte nicht, dann fing ich an zu schreien, ich schrie und schrie … mehr weiß ich nicht.«

»Aber sie müssen dich befragt haben, Ona. Vielleicht später, als du im Krankenhaus und dann im Heim warst.«

»Einmal kam ein Polizist. Er fragte mich nach Mama und Papa. Ob Papa ein Geheimnis hatte. Aber ich wusste von nichts.«

Ein Ansatz, wenn auch nur eine Frage, die andere nach sich zog. »Deine Eltern und die Nachbarn waren also gut befreundet?«

»Ja, sehr gut. Papa und Hannu waren gleich alt und hatten zusammen studiert. Wenn sie nicht gewesen wären, dann …«

Wie ein kleines Mädchen wischte sie sich mit dem Handrücken die Tränen aus den Augen. »Ich habe mich nie richtig bei ihnen dafür bedanken können, weißt du, Herr Kommissar. Plötzlich kam der Autounfall und es war zu spät.«

Er spürte das Bedürfnis, sie in den Arm zu nehmen, aber sie war kein Kind mehr, sie war eine attraktive Frau. »Warum hat sich kein Verwandter um dich gekümmert? Wo war deine Familie, als du sie brauchtest?«

»Sie konnte sich nicht um mich kümmern, weil sie nicht existierte. Meine Großeltern waren gestorben, nur der Vater meiner Mutter lebte noch und war selbst ein Pflegefall. Meine Eltern waren beide Einzelkinder, so wie ich.«

Blieb die Frage: Warum hatten Maarja und Hannu, die besten Freunde der Familie, es zugelassen, dass man Ona in einem trostlosen Waisenhaus unterbrachte? Eigentlich konnte es dafür nur einen überzeugenden Grund geben.

Keine fünfzehn Minuten später, der Himmel hatte aufgeklart, standen sie im Vorgarten des Hauses, das einmal

Onas Nachbarn gehört hatte. Von mehreren Fenstern aus ging der Blick direkt auf den Kirschbaum, unter dem der Mord begangen worden war. Das machte es immer wahrscheinlicher, dass Maarja und Hannu Zeugen der Tat gewesen waren. Vermutlich ging alles so schnell, dass sie sie nicht verhindern konnten, dachte Marius. Ein Auftragsmord, jeder Handgriff saß, ausgeführt in Sekunden. Die Opfer hatten kaum etwas gespürt.

»Ey, was Sie hier machen?« Ein gut gewachsener junger Mann in kurzen Hosen kam barfuß aus dem hinteren Teil des Grundstücks, gefolgt von einem ebenso flachsblonden kleinen Mädchen, nicht älter als vier, das auf der Stelle seinen Lauf unterbrach, die fleischigen Beinchen in den gemähten Rasen rammte und sie mit weit aufgerissenen Kulleraugen anstarrte.

»Bitte entschuldigen Sie«, antwortete Marius. »Es geht um einen Mord vor dreißig Jahren, der nebenan unter dem Kirschbaum geschehen ist.«

»Aha, ich verstehe«, erwiderte der andere und lächelte.

»Wir suchen nach Zeugen.«

»Ich verstehe.« Das Lächeln blieb auf dem Gesicht des Blonden, aber sein Wortschatz war an der Stelle anscheinend zu Ende. Ona half mit ein paar Sätzen auf Estnisch aus.

»Moment«, erwiderte der junge Mann. Er pflückte seine Tochter von der Wiese und verschwand mit ihr im hinteren Teil des Grundstücks. Kurz darauf kam er durch die Vordertür des Hauses zurück, überreichte Ona einen Zettel und sprach mit ihr in seiner Heimatsprache, bevor er sich feierlich mit einem »Alles Gute und auf Wiedersehen« verabschiedete.

»Es ist die Adresse eines Anwalts«, klärte Ona ihn auf, als sie den Weg zur Hauptstraße zurückgingen. »Der junge Mann ist sein Enkel. Nach Maarjas und Hannus tödlichem Unfall hat dieser Anwalt ihr Haus gekauft. Wenn jemand etwas wissen könnte, dann er.«

Endlich eine verwertbare Spur? Aus dem, was Ona ihm bisher erzählt hatte, konnte Marius allenfalls schließen, dass ihr Vater etwas besessen haben musste, das für Dritte so wichtig war, dass sie auch vor Mord nicht zurückschreckten, um es in die Hände zu bekommen. Damals gärte es, Geheimdienste verwischten ihre Spuren, Erpressung stand auf der Tagesordnung. Wahrscheinlich hatten die Nachbarn Ona ins Waisenhaus gesteckt, weil sie befürchten mussten, dass der Mörder zurückkam. Aber noch war das Spekulation, Marius hatte nichts in der Hand. Der Anwalt war ihre einzige Hoffnung.

*

Weggedrückt. Es war Dominik, der an der fensterlosen Seite des Restaurants mit seiner Cousine saß – wenn die Person überhaupt mit ihm verwandt war –, und er hatte Lars einfach weggedrückt, nachdem er seine Nummer auf dem Display erkannt hatte. Sinnlos, das länger zu bezweifeln. Lars' Hände zitterten. Wie es aussah, war er Spielball eines Bisexuellen geworden, der die sich bietende Gelegenheit genutzt und danach den Schalter einfach wieder umgelegt hatte. Doch das war es nicht allein, was Lars so aufwühlte. Ihn ärgerte vor allem, dass er sich so Hals über Kopf verliebt hatte, so bedingungslos, so unvorsichtig, so idiotisch … Er könnte speien bei dem Gedanken, dass Dominik es vorher mit diesem blonden Gift getrieben hatte und es nach ihm wieder täte. Am liebsten würde er ihm eine Szene machen, lauter als alle Kirchenglocken von Tallinn zusammen.

»Noch ein Bier?«, fragte der Kellner.

»Warum nicht?« Es war eh alles egal. »Und einen Wodka dazu.« Und eine Zigarette. Danach schmachtete er jetzt. Aber das Silberetui lag auf dem Balkon seiner Kabine und glänzte in der Sonne. Vielleicht hatte sich längst eine dieser kreisenden Riesenmöwen des glitzernden Dings bemächtigt und als Trophäe in ihr Nest geschleppt. Zur Erinnerung an einen ganz besonders dämlichen Touristen.

Sein Blick streifte noch einmal die Tischreihe an der Wand. Dominik und die Hellblonde waren verschwunden. Irgendwie fühlte sich Lars erleichtert, auch wenn die Wut noch da war. Fragen und Selbstvorwürfe. Ihre gemeinsame Nacht war so aufregend und so zärtlich gewesen. Das hatte etwas mit Liebe zu tun, das konnte man nicht simulieren. Vorausgesetzt Dominik war bi, musste das kein Hinderungsgrund für eine Beziehung sein. Es würde dadurch nicht leichter, könnte sogar eine Qual für alle Beteiligten werden. Es sei denn, man zeigte Größe, genoss die gemeinsame Zeit und wartete geduldig bis zum nächsten Mal. Aber dazu musste man geschaffen sein. War er das?

»Zum Wohl, der Herr«, sagte der Kellner.

Lars kippte den Wodka auf ex. Jedenfalls sollte man darüber sprechen. Aber wie es aussah, hatte Dominik kein Interesse daran. War ihre gemeinsame Nacht wirklich nur ein Ausflug für ihn gewesen? Eventuell war er ihm doch zu alt? An einem Mann um die fünfzig war eben nicht mehr alles so stramm, wie man es sich vielleicht wünschte.

Sein Handy klingelte. Dominiks Nummer auf dem Display. Er sollte sie wegdrücken, ja, das sollte er, wenn er einen Funken Stolz in sich trug. »Lars Fabritius.«

»Dominik hier. Ich würde gern heute Abend mit dir reden.«

Seine Stimme klang hohl, fast gefühllos. Lars erkannte sie kaum.

»Du könntest zu mir kommen …«

»Nein, besser, wir treffen uns in der Piano-Bar, dort ist erst später etwas los. Gegen neun?«

»Ja, gern, Dominik, was …«

Doch Dominik hatte bereits aufgelegt.

*

Nachdem Olivia zugegeben hatte, dass sie von der Kunst des Fotografierens so gut wie nichts verstand, erklärte ihr Professor Bergengruen mit Engelsgeduld einige Grundbegriffe, ließ sie durch den Sucher seiner Hightech-Kamera blicken und am Ende sogar ein Foto schießen. Dabei war ihr vor Aufregung ganz heiß geworden wie einer bemühten Schülerin, die dem großen Meister genügen wollte.

»Einfach großartig«, lobte er sie überschwänglich. »Es ist gar nicht so schwer. Sie brauchen nur etwas Übung, Olivia. Ich darf doch Olivia sagen? Vor allem aber braucht man *Geduld* beim Fotografieren. Es ist wie beim Angeln. Wenn man einen dicken Fisch am Haken hat, ist nicht gleich alles gewonnen, dann beginnt ein zäher Kampf.«

Dass er sich herausnahm, sie mit dem Vornamen anzureden, konnte sie schlecht ablehnen. Es war üblich. Wie schnell duzten sich heutzutage Leute, die sich noch eben völlig fremd gewesen waren, allein, um die Atmosphäre aufzulockern. Allerdings hatte Olivia das Gefühl, dass er hinter der liebenswürdigen Fassade eine Lauerstellung eingenommen hatte, als warte er darauf, dass sie etwas unbewusst von sich preisgab. Beobachtet kam sie sich vor. Dabei lag es keineswegs in ihrer Absicht, etwas zu verbergen. Einem Mann gegenüber, der sich ehrlich für sie interessierte, würde sie nie zögern, sich ihm zu öffnen. Das Gleiche erwartete sie natürlich von ihm. Ein Herz und eine Seele, das waren nicht nur Worte, das war ein Lebensgefühl, für das eine Frau und ein Mann alles in die Waagschale werfen sollten.

»Offenbar habt ihr euch blendend amüsiert«, begrüßte sie Karla, als sie zurück auf der Terrasse des Cafés waren, während ihr Blick wie ein Tennisball zwischen ihnen hin und her flog.

»Nicht nur das«, erwiderte Bergengruen in gelöster Stimmung und machte der Bedienung ein Zeichen. »Drei Gläser Champagner bitte.«

Der Kellner erschien im Handumdrehen wieder an ihrem Tisch und überreichte jedem eines der schlanken Gläser, zu drei Viertel gefüllt mit dem perlenden Getränk.

»Lassen Sie uns auf Olivias hoffnungsvolle Karriere als Fotografin anstoßen. Meiner Unterstützung darf sie jedenfalls sicher sein. Bitte sagen Sie doch ab jetzt Thomas zu mir.«

Als Olivia ein wenig errötete, lachte Karla laut auf. Sie stießen an, die Gläser klangen, und die Leute an den Nachbartischen schauten neugierig zu ihnen herüber. Bergengruen suchte etwas auf dem Display der Kamera. Dann beugte er sich zu Karla hinunter. »Hier, schauen Sie einmal, Karla, den Schnappschuss hat Ihre Schwester gemacht. In seiner Spontaneität einfach zauberhaft, nicht wahr?«

»Ja, Olivia war immer schon begabt, besonders wenn es um Spontaneität ging.« Wieder lachte Karla laut. Olivia nahm ihr den Apparat aus der Hand und warf einen Blick auf das gespeicherte Bild. Touristengewimmel auf dem Marktplatz, sogar eine Teilansicht dieser Bimmelbahn hatte sie erwischt. Erst jetzt fiel ihr auf, dass jemand aus einem Waggon heraus direkt in die Kamera starrte. Es war Richard.

*

Warum eigentlich hatte es ihn schockiert, Olivia mit Bergengruen einträchtig beim Fotografieren zu sehen? Es musste ihm doch klar gewesen sein, dass sein Kollege nicht wartete, bis er sich entscheiden würde, dachte Richard. Bergengruen kannte ihn in- und auswendig. Seit über zwanzig Jahren arbeiteten sie zusammen, keine seiner Charakterstärken und -schwächen waren ihm fremd. Hatte er sie nicht immer weidlich ausgenutzt?

In diesem Moment schämte sich Richard zutiefst, dass ihn dieser Mann so gründlich durchschaut hatte und nach wie vor am Nasenring durch die Manege führte. Ein weiteres Mal wurde ihm empfindlich bewusst, dass er ihm all die Jahre voraus gewesen war. Jetzt umgarnte er Olivia, und die ließ sich von ihm mit wehenden Fahnen einnehmen, weil der Stärkere nun einmal unwiderstehlich ist.

Richard hatte den runden Kanonenturm aus dem Mittelalter erklommen, der Kiek in de Kök genannt wurde, weil er so hoch lag, dass man früher von dort aus angeblich in die Küchen der Bürgerhäuser »kieken« konnte. Mit seinen Utensilien war er jetzt Teil des Stadtmuseums. Geschichte unter Glas aufbewahrt hinter dicken Mauern. Stand er kurz davor, zum Museumsbesucher seines eigenen Lebens zu werden?

»Du bist ein Feigling, Richard Körber«, hörte er die Stimme des in seiner ganzen Pracht posierenden Hanse-Kaufmanns aus dem Bilderrahmen an der Wand. »Mit deiner ach so edlen Haltung hast du dich darüber hinweggetäuscht. Doch der Geruch des Angstschweißes lässt sich nicht überdecken. Was hast du dir nicht alles ausgedacht, um Bergengruen zu beseitigen, Pläne geschmiedet, wie du dich an ihm rächen wolltest. Jetzt lässt du dich kaufen. Ich bin Kaufmann, ich baue darauf, dass die Welt käuflich ist. Aber du glaubst an die Wissenschaft, an ihre Ideale. Du könntest ein Held sein. Aber ein Held wirft sich nicht weg!«

»Du hast recht«, erwiderte Richard, und es hallte von den dicken Mauern wider. »Ich bin wirklich ein Feigling.«

Zwei langhaarige Brünette Mitte zwanzig, die bislang unbemerkt neben ihm gestanden hatten, kicherten hinter vorgehaltenen Händen und entfernten sich plaudernd in Richtung der nächsten Ausstellungsvitrine.

22

Neben den historischen Kaufmannshäusern aus der Hansezeit staken plötzlich kubische Riesen moderner Architektur in den Himmel. »Das ist Rotermann, neue Teil von Tallinn«, erklärte der Taxifahrer in gebrochenem Deutsch, während seine hungrigen Blicke die Frau auf dem Beifahrersitz verschlangen. »Sonderpreis für Shopping-Tour, extra für Sie …« Doch Ona brachte den Süßholzraspler mit einem Blick zum Schweigen. Marius verstand ihn, welcher Mann würde beim Anblick einer solchen Frau nicht alles versuchen?

Der Wagen hielt. Sie stiegen aus. Am Eingang des Büroturms glänzte das silberne Schild von »Mälk & Partner«. Als sie im neunten Stock die elegante Lounge der Anwaltskanzlei betraten, versuchte die Sekretärin ebenso elegant, sie wieder abzuweisen, weil sie keinen Termin vereinbart hatten. Doch als sich Ona vorgestellt hatte, wurde ihnen wenigstens gestattet, im Wartezimmer Platz zu nehmen. Der Chef habe allerdings wichtige Konferenzen und sie müssten Geduld haben.

Geduld war nicht das Problem, sie hatten nur keine Zeit. Doch es dauerte nicht lange, da stand ein smarter Fünfziger im Designer-Anzug und Krawatte vor ihnen: Jüri Mälk, der Chef der Kanzlei. Er bat sie in sein Büro und war von auffallender Höflichkeit. Erst vor ein paar Minuten habe ihm sein Sohn am Telefon von ihrem Besuch in Kalamaja erzählt. Natürlich wisse er von dem Mord, kenne aber nicht die Details. Außerdem sei das Ganze eine Ewigkeit her, und warum sie sich nicht an die Polizei wendeten …

»Haben *Sie* das Haus damals erworben?«, fragte Marius.

»Nein, mein Vater, aber er hat nie dort gewohnt. Er hat es vermietet, und später Mihkel, meinem Sohn, geschenkt. Er ist sein Lieblingsenkel, wissen Sie?«

»Können wir Ihren Vater sprechen?«

»Mein Vater wird Ihnen kaum helfen können. Er ist nicht mehr der Alte, vergisst viel und wirft noch mehr durcheinander. Außerdem hat ihm der Arzt jede Aufregung verboten.« Keine zehn Minuten waren vergangen, und sie fanden sich in der Lounge wieder, ohne auch nur das Geringste erfahren zu haben, das ihnen weiterhelfen konnte. Marius hatte nicht übel Lust, den Fall hinzuschmeißen, wenn da nicht dieses Flehen in Onas Blick wäre. Ihre letzte Chance war der Senior selbst, sie mussten noch heute an ihn herankommen. Allerdings war es bereits Nachmittag, und das Schiff legte um halb sieben ab.

Der Sohn hatte offenbar kein Interesse, in alten Geschichten herumzustochern. Aber wie den Senior erreichen? Sie hatten keine Adresse, vielleicht war er längst in einem Heim irgendwo an der Küste und starrte den ganzen Tag aufs graue Meer?

Doch Ona ließ sich nicht entmutigen. Als sich wieder die Tür eines der Büros öffnete, stellte sie sich dem nächstbesten Anzugträger in den Weg. »Tönu Mälk?«, fragte sie in dem naiven, weichen Tonfall, der einmal das Markenzeichen einer hellblonden Hollywood-Sirene gewesen war. Dem jungen Anwalt verschlug es glatt den Atem: »Da … da … das ist unser Senior-Partner. Aber Herr Mälk hat keine Klienten mehr, Frau …?«

»Ona Kakies ist mein Name. Herr Mälk kennt mich, seit ich ein Kind war. Er würde sich bestimmt sehr freuen, mich nach so langer Zeit wiederzusehen.«

Nach dem, was Ona ihm bisher erzählt hatte, war das glatt gelogen, dachte Marius.

»Oh, es könnte sein, dass er …?

»Ja, Tönu Mälk, das bin ich. Und wer sind Sie?« Die Stimme mit Autorität gehörte zu einem kleinen, alten Mann, der plötzlich neben Marius stand und bewirkte, dass der junge Kollege sich augenblicklich mit einer ehrfurchtsvollen Verbeugung entfernte. Die energische Stimme schien jedoch über Mälks gesundheitliche Verfassung hinwegzutäuschen. Eine gelbliche Gesichtsfarbe und die magere Gestalt wiesen ihn als kranken Mann aus, dachte Marius. »Ich heiße Gautier«, stellte er sich vor. »Ich komme in Begleitung von Frau …«

»Ich sehe schon, ich sehe schon.« Die stumpfen Augen des alten Mannes glänzten plötzlich.

Alle Männer verfielen Ona, dachte Marius. Etwas nagte an seiner Seele, ein Gefühl, das er über die Jahre überwunden zu haben glaubte.

»Bitte folgen Sie mir in mein Büro.« Mälk reichte Ona seinen Arm, offenbar kannte er sie wirklich. »Ich bin nur noch Teilhaber in diesem Geschäft, auch wenn ich es selbst aufgebaut habe«, verriet er im Plauderton. »Immerhin hat man mir als Berater ein eigenes Büro überlassen. Aber Jüri, mein Sohn, verzichtet gern auf meinen Rat. Er hält mich für verschroben und altmodisch.« Der alte Charmeur erreichte, was er offenbar beabsichtigte: Ona zu einem Lächeln zu bewegen.

Sie betraten einen kleinen Raum, der sich jedoch von

dem polierten Ambiente des Empfangsbereichs wohltuend unterschied. Die schlichte Einrichtung in rötlich gebeiztem Holz musste schon einige Jahre auf dem Buckel haben. Vor dem bodentiefen Fenster ein breiter, fast leerer Schreibtisch mit verschlissener Lederauflage. Ins Auge fiel die Glasvitrine, angefüllt mit Pokalen, darüber an der Wand Plakate einer Fußballmannschaft. »Unser Nationalteam«, erklärte der Anwalt nicht ohne Stolz. »Ich bin einer ihrer Hauptsponsoren. Wir sind noch nicht so weit, wie wir uns vorgenommen haben. Aber wir werden immer besser. Vielleicht reicht es bald zur Qualifikation für die Europameisterschaft. Ich selbst habe früher Fußball gespielt, wissen Sie, aber das ist lange vorbei … Bitte setzen Sie sich.« Er warf Marius einen Blick zu, der die Eingangsfrage überflüssig machte.

»Es geht um den Doppelmord vor dreißig Jahren hier in Tallinn.«

»Was kann ich tun?«

»Offenbar kennen Sie diese Dame?«

»Natürlich. Ona Kakies, das berühmte estnische Model. Jeder hier kennt sie, jeder liebt sie. In welcher Beziehung stehen Sie zu ihr, wenn ich fragen darf?«

Ona senkte verlegen den Kopf. Offenbar war ihr nicht bewusst, wie bekannt sie in ihrer Heimatstadt war.

»Meinen Namen kennen Sie bereits. Ich bin Kriminalrat a. D. Frau Kakies bat mich um Hilfe.«

»In welcher Sache?«, klang Mälk auf einmal, wie alle Anwälte klingen.

Jetzt hielt sich auch Ona nicht länger zurück. »Ich habe den Mörder meiner Eltern wiedererkannt, Tönu. Auf unserem Schiff, und ich habe Angst um mein Leben.«

Als er seinen Vornamen aus ihrem Munde hörte, schmolz Mälk sichtlich dahin. Worauf sich bei Marius wieder dieses Gefühl meldete. Aber gerade ihre Wirkung auf Männer konnte jetzt helfen.

»Nach so langer Zeit? Bist du sicher?«, fragte Mälk.

»Ganz sicher. Er ist es, und vermutlich weiß er, dass ich ihn erkannt habe.«

»Und was soll ich tun? An deiner Seite steht immerhin ein Polizist, der dich schützt, und es gibt einen Sicherheitsdienst an Bord.«

»Wir müssen mehr über die Hintergründe erfahren«, ging Marius dazwischen. »Warum dieser Mord begangen wurde und warum es keine Zeugen gab.«

»Aber da bin ich der falsche Mann. Werfen Sie einen Blick ins Polizeiarchiv, fragen Sie die Staatsanwaltschaft.«

Marius entging nicht, dass Mälks rechte Hand leicht zitterte. Er verschwieg etwas, da war er sicher. »Dazu bleibt uns leider keine Zeit. Sie haben das Nachbarhaus gekauft, als das Ehepaar Kütas durch einen Unfall ums Leben kam, richtig?«

»Sind Sie gekommen, um mich zu verhören, Herr Kriminalrat?« Das schien dem alten Herrn gegen die Ehre zu gehen. Doch er beruhigte sich, bedachte Ona mit einem milden Lächeln. »Also gut, Sie haben Glück. Einer Ona Kakies helfe ich natürlich gern.«

»Kannten Sie Onas Nachbarn, Maarja und Hannu Kütas, schon lange?«

»Ich war ihr Anwalt …«

»Und haben ihren Nachlass verwaltet?«

Mälk zögerte.

»Sie sind der Einzige, der uns helfen kann, Tönu.« In Onas Stimme lag wieder dieses Flehen.

»Sie haben ihr Haus gekauft oder haben Sie es geerbt?«

Jetzt ging es Mälk offenbar doch zu weit. Der bleiche Teint des alten Mannes bekam rosa Flecken. »Was bilden Sie sich ein? Tauchen hier auf und wollen in ein paar Stunden einen Mord aufklären, an dem man sich hier jahrelang die Zähne ausgebissen hat?« Die Wut ließ seine Gesichtszüge für einen Moment versteinern. Aufgebracht drückte er sich von der Stuhllehne hoch und trat ans Fenster. Dort blieb er eine Weile schweigend stehen. »Also gut, ich werde Ihnen erzählen, was ich weiß.«

*

Nach drei Wodkas und zwei weiteren Bieren schaute ihn der Kellner etwas besorgt an. »Schon gut, schon gut. Sie haben recht, es ist genug«, murmelte Lars, und während er einen Schein aus der Lederbörse fingerte, verstärkte sich sein Eindruck, dass die Welt durch einen Wodka-Schleier besehen für ihn kein bisschen einfacher geworden war.

Die Sache mit Dominik tat bereits weh, bevor sie überhaupt richtig begonnen hatte. Wer konnte sich schon daran gewöhnen, benutzt und weggeworfen zu werden?

Doch warum verzagen? Spätestens am Abend würde sich alles auflösen. Dominik würde ihm irgendeinen Grund auftischen, weswegen alles von Anfang an falsch gewesen sei. Vielleicht entschuldigte er sich sogar, ihm falsche Hoffnungen gemacht zu haben, und reichte aus Mitleid Komplimente nach, die schlimmer waren als jede bittere Wahrheit. Dann hätte er wenigstens Gewissheit, und es wäre vorbei, die Wunden konnten anfangen zu heilen.

Lars wollte sich erheben, fühlte sich aber plötzlich nicht mehr sicher auf den Beinen.

»Taxi, der Herr?«, fragte der Kellner.

Vielleicht war es das Beste, dachte Lars und nickte. Der Charme von Tallinn könnte ihn heute ohnehin nicht mehr reizen. Schade eigentlich. War er wirklich angetrunken von lächerlichen drei Wodkas? Er spürte einen Schwindel, einen Anflug von Ohnmacht, dem er sich am liebsten hingegeben hätte. »Bleiben Sie sitzen. Taxi kommt gleich.«

Das Tageslicht erschien ihm ausnehmend hell und das Grün der Natur, das ihn während der Fahrt durch das geöffnete Fenster anleuchtete, so freundlich und mild. Ein Tag, schön genug zum Sterben. Allerdings wurde er sich bewusst, welche Unannehmlichkeiten er allen Beteiligten bereiten würde, wenn er hier und jetzt seinen Geist in den Äther schickte und der Fahrer nur seine schlappe, leere Hülle am Kai ablieferte.

Natürlich war ein Toter nicht mehr Herr seiner Schließmuskeln. Alles versagte auf einmal den Dienst. Und wie im Leben stellten sich auch nach dem Ableben nichts als Fragen: Wer käme für die Reinigung des Taxis auf? Würden sie seinen Leichnam direkt überführen? Wer kümmerte sich um den ganzen Papierkram? Nesrin, die er liebte und der er vertraute, hatte nicht einmal einen Zweitschlüssel für seine Wohnung und könnte auch nicht sein Konto auflösen, weil ihr dazu die Vollmacht fehlte. Er lebte allein, hatte keine Familie. Irgendwo in Österreich existierte angeblich noch ein Zweig der Fabritius, zu dem er allerdings nie Kontakt gesucht hatte. Er *musste* also am Leben bleiben.

»Hatten Sie einen schönen Tag?«, fragte der Fahrer in den Rückspiegel.

*

»Stimmt etwas nicht, Olivia?«, fragte Bergengruen, der noch einmal Champagner nachbestellt hatte.

»Nein, nein, es ist alles in schönster Ordnung. Ein Charakterzug meiner Schwester ist ihre Verträumtheit, wissen Sie? Das ist nur nett gemeint, Oli«, mischte sich Karla ungebeten ein. Außerdem war es eine Lüge. *Nichts*, was Karla über sie sagte, war nett gemeint.

Olivia hatte immer noch das Foto auf dem Display von Bergengruens Kamera vor Augen. Ihr war tatsächlich ein echter Schnappschuss gelungen. Mit einem Knips hatte sie alles Elend erwischt, das sich auf Richards Gesicht abgezeichnet hatte. Nicht nur die Enttäuschung, sie mit Bergengruen zusammen zu sehen, auch die Scham, dass er ihr wie ein Voyeur erscheinen musste. Entlarvend und peinlich, wie konnte sie nur ausgerechnet diesen Moment ablichten?

Doch sie empfand auch Wut auf Richard, der so schnell das Feld räumte, obwohl er doch um sie kämpfen sollte. Liebe brauchte auch Rückhalt ... Jetzt dachte sie schon wie Karla. Karla, für die Liebe ein Strategiespiel war.

Ob Bergengruen ihn auf dem Foto erkannt hatte? »*Ein* Gesicht darauf ist mir nicht zum ersten Mal begegnet«, ließ es Olivia keine Ruhe, und sie sah Bergengruen forschend in die Augen.

»So?«, erwiderte er, als wüsste er von nichts.

»Ich glaube, es ist Richard. Ihr Freund Richard Körber, der in der Bimmelbahn saß.«

Er wirkte erstaunt, überlegte anscheinend einen Augenblick. »Wo Sie es sagen, natürlich, warum ist mir das nicht gleich aufgefallen?«

»In dem Trubel, der hier herrscht, ist das wohl kaum ein Wunder.« Karla lächelte ihn verständnisvoll an.

»Überhaupt frage ich mich, warum Ihr alter Freund heute nicht mit uns gekommen ist«, schlug Olivia einen harmlosen Ton an, wohl wissend, dass sie ihm damit die Champagnerlaune verderben würde. Aber sie fühlte sich gut dabei. Sie hatte auch nicht vor, so schnell loszulassen, selbst wenn Karla wie eine Löwin für Bergengruen kämpfen würde.

»Ja, auch ich hatte fest mit ihm gerechnet. Aber der gute Richard ist in letzter Zeit seltsam geworden und sein Magen spielt oft nicht mit«, ließ sich Bergengruen nicht aus der Reserve locken. Karla stand ihm natürlich zur Seite. »Vielleicht wollte er Tallinn auch allein erkunden. Es gibt Einzelgänger, die sich am liebsten von der Menschheit zurückziehen. Ein Wissenschaftler eben, der sich nur in seinem Labor zu Hause fühlt.«

Was weißt du schon von Richard?, hätte Olivia am liebsten dem verfluchten Geschwätz ihrer Schwester ein Ende bereitet.

»Nein, meine Liebe«, kam ihr Bergengruen zuvor und fuhr in sonorem Tonfall fort. »Ich kenne Richard seit über zwanzig Jahren. Er wird solide Gründe haben, heute auf ein Zusammensein mit uns zu verzichten.«

Welche Gründe das wohl sein könnten, fragte sich Olivia und meinte, auf Bergengruens Gesichtszügen einen verräterischen Anflug von Genugtuung zu erkennen.

*

Als Richard den Museumsturm verließ, hatte sich das Wetter geändert, der Himmel war wolkenverhangen und ein straffer Wind kühlte die Sommerwärme herunter. Der Anblick der gepflegten Parklandschaft in der Umgebung der alten Stadtmauern beruhigte ihn. Er ging ein paar Schritte den Fußweg entlang und setzte sich auf einen Mauervorsprung. Kurz zuvor hatte er noch überlegt, sich einer Gruppe Touristen anzuschließen, die in die Bastionsgänge hinabsteigen wollten. Aber eigentlich hatte er genug von dicken, mittelalterlichen Mauern und finsteren Gängen. Unter freiem Himmel fühlte er sich bedeutend wohler.

Wie ein junger Fuchs, der zum ersten Mal den Bau verließ, streckte er die Nase in den Wind und schnupperte. Jeder Schritt in die Welt bedeutete Gefahr, ein unkalkulierbares Wagnis. Jetzt fiel ihm auf, dass er das Leben nie als solches begriffen hatte. Das Wort »Abenteuer« kam für ihn nur in Romanen vor, in nicht ernst zu nehmenden, willkürlich ausgedachten Geschichten. Doch nachdem ihn dieser Mann auf dem Bild, dieser Kaufmann in seiner ganzen Selbstherrlichkeit, so verächtlich angeschaut hatte, kam ihm ein Gedanke, der ihn selbst verblüffte: Think big! Wenn man von den Amerikanern etwas lernen konnte, dann das. Mit einem ängstlichen Herzen kam man nicht weit. Wer nicht *alles* haben wollte, stand am Ende mit nichts da. So war das Leben.

Genau betrachtet war er doch auf der sicheren Seite. Er würde in jedem Fall auf gute Altersbezüge zurückgreifen können, wenn er im Kampf mit seinem Erzrivalen den Kürzeren zöge. Was riskierte er also? Niemand konnte ihn erpressen oder zwingen, sich zwischen Bergengruens Nachfolge am Institut und dieser kleinen,

bezaubernden Frau namens Olivia Sesselmann zu entscheiden. Selbst Bergengruen nicht. Nein, es lag allein
an ihm, und er wollte beides: das Institut *und* Olivia. Ab
jetzt ging es um alles.

23

Die Stimme des alten Anwalts klang bedrückt, als er sagte: »Wer es nicht erlebt hat, kann sich nicht vorstellen, was es bedeutet, wenn man Angst haben muss, seine Meinung zu sagen. Wenn eine Macht wie eine giftige Wolke über dem Land liegt und dir die Luft zum Atmen nimmt. Bis einundneunzig war Estonia fest im Griff der Sowjets und ihrer Geheimdienste.«

Erstaunlich, wie gut er Deutsch sprach, dachte Marius, wahrscheinlich war er deutscher Abstammung wie viele hier und pflegte die Traditionen. In dem Augenblick drehte sich Tönu Mälk zu ihnen um, sein Gesicht war aschfahl. »Ich brauche eine kleine Stärkung, mein Zuckerspiegel, wissen Sie? Darf ich Ihnen etwas zu trinken anbieten?« Er öffnete die Seitentür eines alten Aktenschranks. »Kennst du noch Kali, Ona?«

»Natürlich, jeder echte Este kennt Kali, das Wurzelbier.« Ihre Wangen glühten vor Stolz. Marius winkte ab, er musste einen klaren Kopf behalten.

»Keine Sorge, Kali ist alkoholfrei«, ermunterte ihn Ona.

»Meinetwegen. Aber was haben die Sowjets und ihre Geheimdienste mit dem Mord zu tun?«

Der Anwalt füllte ein breites Glas mit karamellfarbener Flüssigkeit und reichte es Marius. »Neunundachtzig fiel die Mauer in Berlin. Auch wir wollten uns nicht mehr unterdrücken lassen. Doch noch bis einundneunzig drohte Gorbatschow, uns mit Waffen zur Ruhe zu zwingen. – Schmeckt Ihnen das Bier?«

»Ja«, erwiderte Marius, »aber kommen wir auf den Punkt.«

»Es ist aus Roggenbrot«, erwiderte der Anwalt und lächelte. »Typisch deutsch, diese Ungeduld. Im Sozialismus lernen Sie, Geduld zu haben und auf den richtigen Moment zu warten, oder Sie gehen vor die Hunde. Fragen Sie Ihre Brüder aus dem Osten.«

Noch nie hatte ihm jemand gesagt, dass er typisch deutsch sei, dachte Marius. Dem halben Schweizer, der in ihm steckte, gefiel das überhaupt nicht. »Ein Bier aus Roggenbrot – interessant.«

»Alles, was damals passierte, sollte zu deinem Schutz sein, Ona …« Endlich kam Mälk mit der Sprache heraus. Er begab sich wieder in den Ledersessel hinter seinem Schreibtisch. »Dein Vater war ein glühender Freiheitskämpfer, so wie ich, so wie wir alle. Natürlich auf verlorenem Posten. Wer seinen Mund aufmachte, musste mit Repressalien rechnen. Unsere Lieder waren die einzigen Waffen, die wir besaßen, Lieder unserer Heimat, die uns zusammenschweißten. Wir sangen sie, um nie zu vergessen, wer wir waren: stolze Esten, stolze Balten, und um die Angst zu beherrschen, unser Ich zu verlieren …«

»Aber alle haben Lieder gesungen, nicht nur Onas Eltern.«

»Zweifellos«, entgegnete der Anwalt, während sein Blick liebevoll auf Ona ruhte. »Dein Vater war mutig, er ging ein gefährliches Stück weiter. Durch seine Arbeit in der Verwaltung hatte er Kenntnis von Staatsgeheimnissen und war in den Besitz einer Liste mit Namen aus der ersten Reihe in Moskau gelangt. Die meisten Esten wussten nicht, dass die Sowjets in den Sperrgebieten Uranabbau für ihre Atomwaffen betrieben und Schiffsminen bauten ...«

»Er versuchte, die Sowjets zu erpressen?«, fragte Marius.

»Offenbar ja.«

»Sie wissen es nicht genau?«

»Ich kannte Onas Eltern nicht persönlich, und *genau* wusste man in diesen Zeiten ohnehin nichts. Erst als es vorbei war, lichtete sich langsam das Dickicht. Aber bis heute ...«

»Und woher wissen Sie, dass diese Liste existierte? Von Maarja und Hannu Kütas?«

»Vielleicht«, antwortete Mälk.

Warum wich er plötzlich aus?, dachte Marius. »Der Mörder wollte also Onas Eltern für immer zum Schweigen bringen und die Liste vernichten?«

»Vermutlich ...«

»Hat er die Liste am Ende bekommen?«

Keine Antwort. Mälk starrte eine Weile unbewegt auf die Schreibtischplatte. Anscheinend haderte er mit sich, ob der Moment wirklich gekommen war, mit der Sprache herauszurücken. »Nein«, erwiderte er dann mit aller Entschiedenheit.

»Bitte, Tönu, was ist passiert?«, drängte jetzt Ona, und der alte Mann konnte ihr nicht widerstehen. »Maarja Kütas hat mir erzählt, was vorgefallen war. Ein Schatten im Garten, zwei Schüsse kurz hintereinander. Von dem Mord hatten sie nicht viel gesehen, doch die Angst hatte sie gelähmt. Erst als du, die kleine Ona, plötzlich im Garten standst und ganz laut gesungen und geweint hast, überwanden sie ihren Schock. Du warst nicht ansprechbar. Von der Polizei erfuhren sie dann, dass der Täter auch das Haus durchsucht hatte, und ahnten, worum es ihm gegangen sein musste.«

»Wo also war die Liste?«, dachte Marius laut.

Mälk rutschte von seinem Sessel und stellte sich wieder ans Fenster. »Außer Maarja und Hannu Kütas hatte niemand etwas gesehen oder gehört«, fuhr er fort. »Vom ersten bis zum letzten Verhör kam nicht mehr heraus, als dass es sich um einen Auftragsmord handeln könnte, der vom KGB ausging.«

»Aber Ona hat er nicht erwischt.«

»Gott sei Dank. Nach dem Mord an ihren Eltern hat man sie in ein Kinderheim gebracht unter dem Namen Kakies, dem Spitznamen, den ihr Vater ihr gegeben hatte, und ihr späterer Künstlername.«

»Um sie vor dem KGB zu schützen?«

»Ja. Der Mord hatte sie allerdings völlig aus der Bahn geworfen. Sie erkrankte an Hirnhautentzündung, war zeitweise verwirrt. Über ein halbes Jahr lag sie im Krankenhaus und ihr Zustand war kritisch. Als schließlich die Sowjetunion zusammenbrach, dachten wir, die Gefahr wäre vorüber. Viele Geheimnisse waren keine mehr, die Sperrgebiete frei zugänglich, obwohl es bis heute unheimliche Orte geblieben sind, von denen man nicht spricht.«

»Und die Liste?«, fragte Marius.

»War wertlos geworden, so dachte ich …«

»In wessen Händen befand sie sich?«

Auf Mälks Gesicht standen wieder die Zweifel. Nach allem, was Marius bisher gehört hatte, konnte er ihn verstehen. Doch jetzt war die Zeit gekommen: »Einmal muss die Wahrheit auf den Tisch!«

Mälk zögerte noch, dann sah er offenbar ein, dass er loslassen musste. »Etwa zwei Wochen vor dem Mord hatte Onas Vater seinem Jugendfreund Hannu Kütas die Liste anvertraut. Der hätte allerdings nie gedacht, dass es deswegen schon bald um Leben und Tod gehen könnte …«

»Und Hannu hat sie dann Ihnen gegeben?«

Mälk nickte. »Ein paar Stunden nach dem Mord hat er sie mir in die Hand gedrückt und gesagt, sie müsse aus dem Verkehr gezogen werden, um Ona nicht in das tödliche Spiel hineinzuziehen …«

»Dann kamen Maarja und Hannu ums Leben«, nahm Ona den Faden auf. »War das auch Mord?«

»Angeblich war es wirklich ein Autounfall«, erwiderte Tönu Mälk. »Doch als ich in der Zeitung las, dass sich eine gewisse Ona Kakies auf dem Höhepunkt ihrer Karriere zurückziehen wollte, wusste ich, dass die alten Kader immer noch nicht aufgegeben hatten.« Er warf ihr einen auffordernden Blick zu. »Das weißt nur du. Was ist damals genau passiert, Ona?«

*

Mit einem Seufzer ließ Lars die Tür seiner Kabine hinter sich ins Schloss fallen, nachdem er das Schild »Bitte nicht stören« draußen an die Klinke gehängt hatte. Als Erstes befreite er sich von dem Zeug, das er mit sich herumtrug, legte Handy, Chronograf und die Codekarte auf dem Schreibtisch ab. Dann spülte er seinen Mund mit Wasser aus. Der säuerliche Geschmack von Wodka und Bier ekelte ihn jetzt an. Schließlich zog er sich aus und warf sich halb nackt aufs Bett.

In seinem Kopf drehte sich alles, er konnte keinen klaren Gedanken fassen. Das musste der Zustand vor dem Wahnsinn sein. Seine Hand fuhr über die Bettseite, wo Dominik gelegen hatte. Lars wollte es nicht, doch die Sehnsucht war stärker. Tränen benetzten seine Augen. Er fragte sich, ob am Ende Hasselbachs Tod an seinem absoluten Tief schuld war. Hatte er diese kaputte Type am Ende geliebt und sich aus Trauer und dem Gefühl von Verlassenheit dem Nächstbesten in die Arme geworfen? Nur so konnte es gewesen sein, dachte Lars.

Als er erwachte, drang leises Rauschen an sein Ohr. Die Baltic Crown war also wieder unterwegs. Um neun war er mit Dominik verabredet. Der Gedanke daran erzeugte Unruhe in ihm. Seine Instinkte waren offenbar weiter als sein Verstand. Sie sagten ihm, dass Dominik kein Abenteurer war, sein Verhalten passte nicht dazu. Lars fiel die Szene im Restaurant ein. Dominik hatte zunächst gezögert, bevor er seinen Anruf entschlossen weggedrückt hatte. Da steckte Wut dahinter, zumindest eine große Enttäuschung. Aber warum?

Lars rutschte vom Bett und trat ans Fenster.

»Guten Abend, meine Damen und Herren, liebe Kinder ...«

Die sonore Stimme des Kapitäns störte ihn jetzt, er drehte den Lautsprecher ab. Außerdem konnte er sich denken, was der Kapitän zu sagen hatte. Sie waren auf dem Weg nach St. Petersburg, dem Venedig des Nordens, und man solle unbedingt die Eremitage erleben oder so ähnlich. Bei dem Gedanken durchströmte Lars wieder Energie. Die malerische Fassade des Winterpalastes stand ihm vor Augen.

Er durfte sich nicht hängen lassen, auch wenn ihm Margitta, seine Tischnachbarin im Admiral's-Splendid, wahrscheinlich seinen inneren Zustand sofort vom Gesicht ablesen würde. »Wollen Sie mir nicht erzählen, was Sie bedrückt, Lars? Geteiltes Leid ist halbes Leid.« Er fragte sich, wie er den Abend überstehen sollte.

*

Nach den Sicherheitskontrollen an Bord hatte sich Professor Bergengruen von ihnen verabschiedet, nicht ohne vorher noch zu versuchen, eine Verabredung zum Abendessen zu treffen. Olivia hatte abgewiegelt. Sie fühlten sich recht erschöpft und könnten sich noch nicht festlegen, aber vielleicht würden sie sich später ohnehin in dem kleinen Bistro begegnen.

»Wo sich Professor Bergengruen heute als so großzügig erwiesen hat, hättest du durchaus etwas freundlicher zu ihm sein können«, kommentierte Karla, kaum dass sie ihre Kabine erreicht hatten.

»Ich *war* freundlich zu ihm. Ich hätte auch einfach *Nein* sagen können. Nein, nein und noch mal nein!« Es war der Tropfen gewesen, der das Fass zum Überlaufen brachte. Olivia drehte sich nicht einmal zu Karla um, sie wusste, dass ihre Schwester jetzt kerzengerade in ihrem Rollstuhl saß und ihr vor Empörung der Mund offen stand. »Sag jetzt nicht: Aber Oli … Ich weiß nicht, was dieser Mann vorhat. Ich glaube noch nicht einmal, dass er mich mag. Es kommt mir eher vor, als ob er sich etwas beweisen will.«

»Alle Männer wollen sich etwas beweisen. Das ist doch

eine Grundlage, mit der eine intelligente Frau bestens umgehen kann.«

Immer dieses altkluge Geschwätz. Und ausgerechnet von Karla, die nicht die geringste Erfahrung mit Männern hatte. »Warum sollte ich damit umgehen wollen? Dieser Mann ist mir völlig fremd, er spielt in meinem Leben keine Rolle und wird es auch nicht.«

»Aber Oli, so war das doch nicht gemeint. Ich fand nur, dass wir mit diesem Herrn einen netten Nachmittag verlebt haben, oder etwa nicht?«

Olivia verzichtete auf die Antwort, sie dachte an Richards erschrockenes und enttäuschtes Gesicht auf dem Foto und Bergengruens selbstgefälliges Grinsen, als sie nachgefragt hatte, warum sein Freund denn nicht mitgekommen sei.

»Ich hätte mir gut vorstellen können, den schönen Tag mit dem Konzert des Streichquartetts ausklingen zu lassen.«

»Was hält dich davon ab? Wenn du das Konzert so gern mit Professor Bergengruen besuchen möchtest, ruf ihn an und frag ihn. Mit mir darfst du allerdings heute nicht rechnen, ich bin verabredet.« Die Lüge war einfach aus Olivia herausgesprudelt, und auf Gegenreaktion brauchte sie nicht zu warten.

»Das hättest du mir auch vorher sagen können, Oli, und mit wem?«

»Bin ich dein Dienstmädchen oder deine Krankenschwester? Schon gar nicht deine Gefangene.« Da war er, der Moment des Befreiungsschlages, und er würde schmerzvoll ausfallen: »Ja, vielleicht habe ich dich damals an den Neckar gelockt, weil ich wollte, dass du ins Wasser fällst. Ich weiß aber nicht mehr, ob ich auch wollte, dass du ertrinkst. Niemand weiß es! Doch manchmal denke ich, es wäre besser gewesen, wenn du ertrunken wärst!« Sie hörte das Schluchzen hinter sich. Aber sie fiel nicht mehr darauf herein. Karla den kleinen Finger zu reichen, bedeutete, dass sie die ganze Hand nehmen würde.

»Du hast mir versprochen, dass nie mehr ein Mann zwischen uns stehen soll«, wimmerte Karla.

»Das heißt nicht, dass du mir die Männer vorschreibst.«

»Aber Olivia, ich will doch nur … Bleib hier, Oli, ich werde mich bessern, ich …«

Doch Olivia riss die Kabinentür auf und lief hinaus auf den Gang. Es zog sie hoch zum Aussichtsdeck, sie wollte nur noch das Rauschen der Wellen hören.

*

Richard hatte es in seiner Kabine nicht mehr ausgehalten. Er war immer ein Einzelgänger gewesen, doch jetzt quälte ihn das Alleinsein und er begab sich nach oben auf das Sonnendeck. Dort herrschte bereits vor dem Dinner Partystimmung, angeheizt von den südamerikanischen Rhythmen aus den Lautsprechern. Das hemmungslose Gelächter wirkte ansteckend, und er überlegte, sich unter die Leute zu mischen. Den ganzen Tag hatte er kaum ein Wort gesprochen, etwas Unterhaltung würde ihm guttun, doch an der Bar gab es keinen freien Platz mehr. Er setzte sich in die Nähe der Reling und blickte auf die offene See. Die nächste Station war das legendäre St. Petersburg.

In dem Moment öffnete sich die automatische Schiebetür, eine Frau stürzte auf die Reling zu und beugte sich gefährlich weit darüber hinaus. Sie wollte doch nicht etwa …? Richard hielt es nicht in seinem Stuhl. Nein, bei Gott, das durfte sie auf keinen Fall. Er rannte zu ihr, umarmte sie von hinten. »Olivia, was in aller Welt hast du vor?«

Sie wandte sich um, die Locken flatterten um ihr tränennasses Gesicht. Er erkannte alles in ihren Augen: Verzweiflung, Wut, Reue, Sehnsucht … Sie zögerte wie er, aber sie fühlten das Gleiche: ein tiefes Bedauern und ein großes Verlangen. Er wusste nicht, was er tun sollte, damit sie ihn richtig verstand. Er hatte keine Erfahrung mit großen Gefühlen. Vielleicht war es an der Zeit … Sollten sie sich küssen? Da spürte er bereits ihre Lippen auf den seinen, er drückte Olivia fest an sich. So standen sie an der Reling, sprachlos und unzertrennlich. Gab es überhaupt ein Leben nach dieser Umarmung, nach diesem Kuss?

»Möchtest du dich setzen?«, hauchte er nach einer ganzen Weile in ihr Ohr. Sie nickte, also nahmen sie hinter dem Windschutz aus Glas Platz.

Olivia mied seinen Blick. Weshalb sie sich auch immer schämte, dachte Richard, er hatte weitaus mehr Grund dazu. »Ich muss mich bei dir entschuldigen.«

»Warum?«, entgegnete sie. »Du hattest sicher deine Gründe, mich mit diesen Monstern allein zu lassen.«

Monster, ja, Monster, das waren sie wirklich. Bergengruen und Olivias Schwester passten zusammen wie … Er musste laut lachen. Dann nahm er ihre Hand, doch sie entzog sie ihm. »Du bist ein Feigling!«

Das hatte ihm heute schon einmal jemand gesagt. Diesmal allerdings verteidigte er sich. »Nein, Olivia, das bin ich nicht. Ich musste mir nur darüber klar werden, was in meinem Leben jetzt wichtiger ist, die Karriere oder die Liebe.«

»Und zu welcher Auffassung ist der Herr Doktor gekommen?« Sie blinzelte ihn neugierig an ohne den geringsten Anflug von Ironie.

»Die Karriere ist mir immer wichtig gewesen …«

Einen Augenblick lang funkelten ihre Augen enttäuscht, und sie war drauf und dran, sich von seinem rechten Arm zu befreien, der ihre Taille umfasste.

»Aber auf deine Liebe kann und will ich nicht mehr verzichten.«

24

Der Nachmittag schlug Marius noch in seinen Bann, als er längst an der Reling seines Balkons auf der Baltic Crown stand und gedankenverloren in die Ferne starrte. Ona und er waren in letzter Minute zurück auf dem Schiff gewesen. Allerdings hatte Joe sie in Empfang genommen, ohne einen Hehl aus seinem Ärger zu machen. Mit wütenden Blicken hatte er ihn bedacht und Ona mit Vorwürfen überzogen. So waren sie etwas unschön vor mehr als einer Stunde auseinandergegangen. Seitdem holten Marius unentwegt die Bilder aus Tallinn ein.

Der Grund für den Mord an Onas Eltern lag nach den Ausführungen des Anwalts auf der Hand. Aber warum hatte sich Ona so viele Jahre danach, als längst neue Zeiten angebrochen waren und sich alles beruhigt zu haben schien, so plötzlich aus ihrem geliebten Beruf als Model zurückgezogen?

»Es war nach einer großen Modenschau in Brüssel«, begann sie, unverkennbar gingen ihr die Erinnerungen sehr nahe. »Auf einmal standen zwei maskierte Männer in meinem Hotelzimmer. Der eine packte mich wie eine Schlachtgans am Hals und sagte, wenn ich *sie* nicht herausrücke, dann sei es für mich aus mit dem Catwalk. Niemand wolle ein Model mit gebrochenen Beinen und einem Gesicht wie Frankenstein sehen.« Ona fuhr sich mit zittrigen Händen durch ihr Haar. »Ich wusste nicht einmal, worauf es die Kerle abgesehen hatten. Schließlich kannte ich die Hintergründe nicht.«

»Die beiden haben also die Liste nicht erwähnt?«, fragte Marius.

»Sie sagten nur, wenn ich ihnen das geben würde, wonach sie suchten, sei alles gut. Sollte ich allerdings die Polizei einschalten, wäre ich tot.«

»Maarja, Hannu Kütas und ich hatten dich gut versteckt, Ona«, mischte sich jetzt Tönu Mälk ein. »Dein Deckname Kakies, so wie dich dein Vater immer nannte, hat dich beschützt, und wir dachten, je weniger du weißt, desto besser für dich. Zumindest haben die Kader vom ehemaligen KGB Jahre gebraucht, um dich zu finden. Aber es war falsch von mir zu denken, die Namen auf der Liste wären passé.«

»An diesem Abend geschah nichts weiter«, fuhr Ona fort, »doch seither ließen mich die Kerle nicht in Ruhe, schickten mir Blumen mit schwarzer Karte, tauchten plötzlich in meiner Garderobe auf, zeigten mir bei jeder Gelegenheit, dass ich keine Chance hatte, ihnen zu entkommen.« Sie überfiel anscheinend wieder die Angst, die Marius an ihr kannte, seit sie sich an der Rezeption auf dem Schiff begegnet waren.

»Du konntest es niemandem erzählen?«, fragte er, mehr um zu bestätigen, dass er ihre verzweifelte Situation verstand.

»Nein, ich hatte solche Angst, dass sie ihre Drohungen wahr machten.«

»Meine arme Ona«, erwiderte der alte Anwalt entsetzt. »Wenn ich gewusst hätte …«

»Es führte so weit, dass ich meine Hotelzimmer nur noch in Begleitung betrat und nachts das Licht nicht ausschaltete. Ich schlief kaum noch, bei jedem Geräusch schreckte ich auf. Es wurde so schlimm, dass ich die Konzentration während meiner Vorstellungen verlor und gefährliche Fehler machte. Einmal wäre ich beinahe vom Catwalk gestürzt. Beim letzten Mal, es war vor einem Auftritt in München, erwarteten die Maskierten mich im Wohnzimmer meiner Suite. Ihre Geduld sei erschöpft, sagte der eine mit russischem Akzent. Wenn ich nicht bald liefern würde, könne ich mir den Baum aussuchen, unter dem man meine Leiche finden würde. Meine Eltern waren unter dem Kirschbaum in unserem Garten ermordet worden … Ich brach zusammen, musste in dem Monat alle Vorstellungen absagen. Eine Katastrophe für das Geschäft, und es sprach sich wie ein Lauffeuer herum: Die Kakies sei am Ende. Ich bekam keine Angebote mehr und war gezwungen aufzugeben. Den beiden Männern bin ich nicht wieder begegnet, aber eigentlich verfolgen sie mich bis heute. Nachts gehe ich nicht mehr aus, und an manchen Tagen schaue ich mich ständig um aus Angst, jemand könnte mir von hinten an die Kehle gehen.« Sie stockte, überwältigt von ihren Gefühlen.

»Und warum haben *Sie* die Liste nicht längst veröffentlicht?«, stellte Marius die Frage dem Einzigen, der sie beantworten konnte. Tönu Mälk zuckte zusammen. War es Schuldbewusstsein, das den Anwalt verlegen machte? »Vor einundneunzig hatte ich eine schäbige kleine Anwaltskanzlei, wissen Sie? Nach dem Zusammenbruch der Sowjetunion kannte ich wie viele nur ein Ziel: nach oben. Da brauchen Sie Freunde und keine Feinde.«

»Und was haben Sie jetzt mit der Liste vor?«

»Nichts. Sie bleibt dort, wo sie ist. Und in zwei, drei Monaten oder sogar früher liegt sie unter meinem Kopf zwei Meter tief in estnischer Erde. Mach dir weiter keine Sorgen, Ona. Sie haben eingesehen, dass du nichts weißt. Sie werden dich in Ruhe lassen.«

»Aber der Mörder meiner Eltern ist auf dem Schiff, ich habe ihn erkannt.«

»Du warst ein kleines Kind, Ona, vergiss das nicht, und bei einem Prozess stünde Aussage gegen Aussage, es gibt keinerlei Beweise. Du solltest besser den Frieden wahren, in deinem eigenen Interesse.« Tönu Mälk hustete, er wirkte auf einmal abgespannt, man sah ihm deutlich an, dass er krank war, todkrank. »Du wirst einen Brief von der Kanzlei erhalten, Ona, mit der Anfrage, ob du gern die Botschafterin unserer Fußballnationalmannschaft werden willst. Ich rechne fest damit, dass du zusagst, und zwar bald, damit ich dich noch offiziell als Präsident begrüßen kann.« Über seinen Augen lag ein feuchter Schleier, und Wehmut erfüllte seine Stimme, sein Händedruck hingegen war kurz und zuversichtlich. Ona und er umarmten sich.

Unten vor dem Haus wartete ein Taxi auf sie. »Bitte komm mit«, sagte Ona leise, bevor sie einstiegen. Marius ahnte, wohin es gehen sollte, und er sah ein, dass es sein musste, wenn auch die Zeit drängte. Kaum eine Stunde blieb noch, bis das Schiff wieder auslief.

Der Friedhof war schön gelegen, ein Spaziergang unter rauschenden Baumkronen. Marius empfand Erleichterung. Sie hatten die Hintergründe aufgedeckt, das war viel in der kurzen Zeit, wenn sich dadurch auch nichts ändern würde. Der Täter lief immer noch frei herum und würde wahrscheinlich nie gefasst werden. Die mysteriöse Liste nahm der Anwalt mit ins Grab. Vermutlich lagen die meisten, deren Namen darauf standen, längst in Friedhofserde.

»Da vorn ist es«, sagte Ona. Marius folgte ihr ein paar Schritte, dann blieb er stehen. Die Verzierung auf dem Grabstein ähnelte einer Kette. Er hatte dieses Muster schon einmal gesehen, und er wusste auch wo: an Onas rechter Fessel.

*

»Kennen Sie St. Petersburg, Lars?«, fragte Margitta. An diesem Abend trug sie ein smaragdgrünes Kleid mit Rundausschnitt, dazu üppigen Goldschmuck, was ihr die Aura einer altägyptischen Pharaonin verlieh. Offenbar verstand sie es, dem Leben eine besondere Note abzugewinnen. Eine Begabung, dachte Lars, die der Musikalität und dem Kunstsinn nicht im Geringsten nachstand.

»Nein«, erwiderte er, »noch nicht. Aber ich freue mich darauf und ganz besonders auf die Gemäldegalerie in der Eremitage.«

»Wenn Sie noch eine Begleitung suchen, ich wäre gern dabei.« Sie lächelte verschmitzt, und ihre Augen hatten wieder diesen merkwürdigen Glanz, den er beobachtet hatte, bevor sie eine persönliche Frage stellte. »Oder sind Sie bereits vergeben?«

»Spielt das eine Rolle?«, konterte er souverän. »Wer sollte es fertigbringen, *Sie* aus dem Rennen zu werfen.«

Mit dem Geplänkel versuchte er sich Mut zu machen. Zwar hielt er hartnäckig an der Hoffnung fest, dass es sich um ein Missverständnis handelte und Dominik und er sich nach einer kurzen Aussprache erlöst in die Arme fallen würden. Aber im Grunde fürchtete er sich vor ihrem Zusammentreffen.

»Himbeerparfait an Schokoladeneis und Physalis, guten Appetit, die Herrschaften«, fiel der Kellner ein und platzierte die süße Verführung vor ihnen auf der Damasttischdecke.

»Sie Schmeichler«, erwiderte Margitta amüsiert. »Ich bin sicher, ein Mann wie Sie findet immer Begleitung, wenn er darauf Wert legt.«

Doch Lars hörte bereits nicht mehr zu, und während er den fruchtigen Schaum löffelte, liefen in seinem Kopf Bilder seiner überreizten Fantasie ab.

Als er eine Dreiviertelstunde später die Stufen zur Piano-Bar hinabstieg, glaubte er plötzlich, drauf und dran zu sein, sich lächerlich zu machen. Er hätte ihm einfach eine Nachricht schicken sollen, dass er anderweitig verabredet sei und das Gespräch verschieben musste. Wieso sollte er überhaupt mit ihm reden? Dominik war eine Reisebekanntschaft, nichts weiter.

Außer dem Barkeeper hinter dem Tresen und dem Pianisten, der mit »Everybody loves somebody« dem Eintretenden das Gefühl gab, zu Hause zu sein und sich seiner Sünden nicht schämen zu müssen, war die Bar noch leer.

Lars ließ sich auf dem erstbesten Barhocker nieder und bestellte beim Kellner den alkoholfreien Tagescocktail. Der hatte ihm offenbar gleich angesehen, dass er zu Small Talk nicht aufgelegt war, und verzog sich, nachdem er ihn bedient hatte, in eine Ecke der Bar, wo er Schreibkram erledigte.

»Guten Abend.« Plötzlich stand Dominik neben ihm. Seine Stimme klang ruhig – ohne den geringsten Zug von Wiedersehensfreude auf seinem Gesicht. Er ließ sich vom Kellner einen Cognac einschenken und ging mit dem Glas ein paar Schritte in den weniger ausgeleuchteten Teil des Raumes. Lars folgte ihm, sie setzten sich einander gegenüber in zwei große Sessel. Was ist eigentlich los, wäre die Frage gewesen, aber Lars wagte es nicht, sie zu stellen. Erst jetzt fielen ihm Dominiks dunkle Augenringe auf.

»Du hast mir deinen Namen verschwiegen«, begann Dominik endlich, auf einmal klang seine Stimme kratzig, als hätte er sich vorher aufgeregt oder geweint.

Lars verstand nicht. »Ich sagte dir doch, dass ich aus Sicherheitsgründen zuerst den falschen Namen angegeben habe, und dafür habe ich mich entschuldigt.«

»Als ich gestern Nacht ging, habe ich einen Briefumschlag mit deinem vollständigen Namen auf dem Schreibtisch gesehen. Du heißt Fabritius?«

»Ja, Lars Fabritius. Warum?«

»Lars Fabritius ist ein Mörder.«

*

Sie saßen nebeneinander auf dem Aussichtsdeck und schwiegen. Für Olivia war es vollkommenes Glück, dass ihre Hand in seiner ruhte und sie sich anlächelten, sobald ihre Blicke zusammenfanden. Es war auch ein Gefühl des Trostes und der Erneuerung, als hinge sie durch die Berührung mit Richard an einem Tropf, der sie belebte und ihr frische Energie zuführte.

»Ich habe Karla etwas versprochen, weißt du?« Wenn ihre Begegnung auf diesem Schiff der Anfang einer gemeinsamen Zukunft sein sollte, dann war es das Beste, so früh mit der Sprache herauszurücken wie möglich, um größere Enttäuschungen zu vermeiden. »Ich habe ihr versprochen, dass uns nie ein Mann auseinanderbringen soll, denn mein verstorbener Ehemann hat mein Erbe mit seiner Spielsucht ruiniert.« Das musste Richard erfahren, noch bevor sie die nächsten Schritte gingen, wenn es überhaupt so weit kommen sollte.

»Ich spiele nicht, ich rauche nicht und ich trinke nur gelegentlich – geschäftlich oder bei besonderen und feierlichen Anlässen, wenn du das meinst.« Er sprach todernst, wie ein Politiker bei seinem Amtseid im Plenum.

»Deshalb reagiert sie oft so hart und verständnislos.« Olivia wunderte sich in diesem Moment selbst, dass sie Karla verteidigte.

»Du meinst, sie glaubt ein Anrecht darauf zu haben, dein Leben zu bestimmen, weil sie dich finanziert?«

Es tat weh, wenn er das so unverblümt sagte. »Nein, so ist es nicht direkt.«

»Olivia. Du machst dich unglücklich, wenn du die Wahrheit ignorierst.«

Ihr schoss das Wasser in die Augen. Was sollte sie nur machen?

Er drückte ihre Hand. »Ich werde dich nicht vor die Wahl stellen, Olivia, aber wenn ich …«

Sie schloss seine Lippen mit ihrem rechten Zeigefinger. »Und wer hat *dich* vor eine Wahl gestellt?«

Richard war nicht der strahlende Sieger, aber sie glaubte fest daran, dass er so ehrlich war, wie ein Mensch nur sein konnte, und er Rückgrat zeigte, wenn es darauf ankam. Jetzt war der Augenblick, es unter Beweis zu stellen. Ihm stieg das Blut in den Kopf. »Als ob du es nicht wüsstest ...«

»Du meinst Bergengruen? Ich dachte, ihr seid Freunde.«

»Was nennt sich nicht alles Freunde? Freunde können schlimmer sein als Feinde. Zwischen uns herrschte immer Konkurrenz. Bergengruen ist mein Vorgesetzter. Er hat mich über die Jahre zu seinem Kuli gemacht. In Kürze räumt er allerdings den Platz an der Spitze des Instituts, und ich soll seine Nachfolge antreten.«

»Na, dann ist doch alles zum Besten.«

»Unter einer Bedingung ...«

Sie sah ihn fragend an.

»Unter der Bedingung, dass ich die Finger von dir lasse.«

Es war wirklich unfassbar, dieser Bergengruen hatte sie zum Spielball seiner Eitelkeit gemacht. Es lag jetzt an ihr, dieses Spiel so schnell wie möglich zu beenden.

*

Richard fragte sich, ob er nicht ein schlechteres Bild als nötig von sich abgegeben hatte. Sie sollte ihn verstehen, aber er wollte keineswegs wie ein Schwächling vor Olivia dastehen. Ein Schwächling hatte ihre Existenz ruiniert, daraus hatte sich die schwierige Beziehung zu ihrer Schwester ergeben, deren Rolle vollkommen aus dem Ruder gelaufen war. Erst durch Olivias missglückte Ehe war Karla offenbar ihr gegenüber in eine Position der Stärke gerückt, die sie schamlos ausnutzte.

Bei ihm war es anders, und doch ging es um das Gleiche, um Macht. Er hatte Bergengruen respektiert, und der hatte dies ausgenutzt, war ihm mehrmals in den Rücken gefallen über die Jahre.

»Wir haben uns beide auf die falschen Partner eingelassen«, sagte Richard. »Sie machen uns kleiner, als wir sind.« Anscheinend dachte Olivia ähnlich, so sagte es ihm ihr mitfühlendes Lächeln.

»Früher gab es dafür eine einfache Lösung«, fuhr sie dann plötzlich in ihrer munteren, unbekümmerten Art fort, die er an ihr so liebte.

»So? Welche denn?«

»Mord!«

Er lachte laut auf. »Aber Olivia.«

»Die Frauen mordeten mit Gift und die Männer erschossen sich im Duell.«

Richard drückte zärtlich ihre weiche Hand.

»Du überraschst mich. Ich hätte nicht gedacht, dass hinter einer so liebenswerten, lustigen Frau eine kleine Teufelin steckt.« Er kicherte.

»Du kennst die Menschen einfach zu schlecht, Richard. Im dunkelsten Winkel unserer Seele sind wir alle …«

Sie schauten sich an wie zwei Komplizen, die zusammen ein unüberwindbar geglaubtes Hindernis aus dem Weg räumen könnten, wenn sie nur wollten, und sie spürten die Kraft, es auch zu tun.

25

Marius nahm das Dinner im Fischrestaurant ein, bediente sich am Büfett und wählte dann einen kleineren Tisch nahe dem Panoramafenster. Sein Blick fiel auf die ruhige See. Er war wieder allein, das Abenteuer war zu Ende. Eine gewisse Genugtuung erfüllte ihn: Ona Kakies verstand endlich ihre eigene Lebensgeschichte. Darauf hätte er gern mit ihr angestoßen und lächelte in die Vorstellung hinein, dass sie ihm in raffinierter Haute Couture gegenübersaß und sich von Zeit zu Zeit eine Strähne ihrer langen weichen Haare aus dem Gesicht strich.

Altmännerfantasien, nichts weiter. Er sah es seufzend ein, empfand nichtsdestoweniger Abschiedsschmerz und das erste Mal Wehmut, dass er nie die wirkliche Liebe erlebt hatte. Allerdings war er auch nie bereit gewesen, etwas für sie zu riskieren. Andere hatten sich Affären geleistet, sich anderswo geholt, was sie zu Hause nicht bekamen, hatten etwas gewagt, um Dinge zu erleben, die sie noch nicht kannten. Er hatte es bei Sibylle belassen. Lag es daran, dass er zu fantasielos gewesen war, zu feige? Oder nannte man das Treue?

Jedenfalls stand fest – und der Gedanke gab ihm wieder Halt –, in ihrer Situation hatte Ona keinen Liebhaber, sondern einen Kriminalrat gebraucht, und einen erfahrenen dazu. Sie würde ihn nie vergessen, das musste ihm genügen. Er hatte ihr zu neuem Selbstbewusstsein verholfen, wenn auch der Mord an ihren Eltern nie ganz geklärt würde, so könnte sie doch ihr Leben wieder selbst in die Hand nehmen.

Sie war nicht verrückt. Sie war eine außergewöhnliche Frau, die gekämpft und gewonnen hatte. Ihre Geschichte handelte nicht nur von Mord, sie handelte auch von der Befreiung ihres Landes, von Angst, Mut und Stolz.

Nach einem zweiten Glas Wein verließ Marius das Restaurant und fuhr hoch auf das Aussichtsdeck. Er hatte das Bedürfnis, von oben auf die Welt zu schauen. Ja, er brauchte jetzt diesen Blick, um wieder die Übersicht über sein eigenes Leben zu bekommen.

Als er eine Viertelstunde später den Weg zu seiner Kabine antrat, meldete sich plötzlich der Schmerz in der Hüfte, den er beinahe vergessen hatte. Doch in diesem Moment kam er ihm wie ein alter Bekannter vor, dem man nicht gern begegnete, der einem aber gleichzeitig das Gefühl gab, dass die Welt fest in ihren Angeln hing.

In seinem Postfach neben der Kabinentür steckten Werbeprospekte und ein Brief. Marius öffnete ihn. Onas Handschrift. Sicher bedankte sie sich mit ein paar netten Worten bei ihm. Vielleicht käme es doch noch zu einem kleinen Abschiedsrendezvous.

Marius,

das, was ich gesagt habe, ist die Wahrheit. Ich habe ihn erkannt, er ist es, der Mörder meiner Eltern. Er muss dafür bestraft werden. Ich habe ihm gesagt, dass ich mit ihm reden muss. Er streitet ab, mich zu kennen, tarnt sich als Großvater, aber er ist ein Mörder, der Mörder meiner Eltern. Ich brauche dich noch einmal. Lass mich nicht allein! Um zehn Uhr bei den Sonnendecks.

Ona

Er hätte es wissen müssen. Diese Frau war unerbittlich. Hatte ihr nicht auch der erfahrene Anwalt geraten, den Frieden zu wahren, dass es kaum mehr als Zufall sei, wenn sie den Täter erkannt habe? Auch wenn es nicht unmöglich war. Dann ging es noch einmal um Leben und Tod. Angeblich tarnte sich der Mann als Großvater. Plötzlich fiel Marius etwas ein.

*

»Mörder … Mörder …«, hallte es in seinem Kopf und löste eine Lawine aus. Lars fielen Hasselbachs Worte ein: »Wir können es nicht immer verhindern, Mörder an der Wahrheit zu werden, Lars. Das ist Teil des Geschäfts. Aber daran sind nicht nur wir schuld. Die Leute wollen nicht die Wahrheit lesen. Die Leute wollen Geschichten lesen: üble, reißerische Geschichten.«

Ausgerechnet Dominik, dem er seine aufrichtigsten Gefühle entgegenbrachte, mit dem er sogar eine gemeinsame Zukunft plante, nannte ihn jetzt einen Mörder. »Was sagst du da?«

»Anscheinend hast du die Angelegenheit längst vergessen, hat dich offenbar nicht weiter berührt. Ich bin Dominik Brinkfeld, Gregor Brinkfeld war mein Onkel.« Dominiks Stimme bebte vor Wut.

Die Affäre Brinkfeld. Brinkfeld-Toys, ein Spielwarenfabrikant, Jahre her, der Anfang seiner Karriere in Berlin. Mit der Berichterstattung hatte Lars sich die ersten Meriten verdient, die Auflage des Blattes war nachweislich gestiegen. Die Frau von Unternehmer Brinkfeld hatte ihren Mann der Vergewaltigung bezichtigt. »Eine unschöne Geschichte …«

»Nicht nur das …«

»Aber Dominik, was kann ich dafür, dass sich dein Onkel …«

»*Du* und die Presse haben die Hetze veranstaltet und so lange mit diesen erlogenen Schmierereien nicht aufgehört, bis er …«

»Aber Dominik, das stimmt so nicht …«

»Stimmt so nicht? Ihr habt ihn ohne Beweise hingerichtet! Die Wahrheit ist: Linda, das geldgierige Dreckstück, hatte ihn verleumdet, um bei der Scheidung noch mehr absahnen zu können.«

Fakt war: Die Umsätze der Firma waren in kurzer Zeit eingebrochen, und die Scheidung kostete Brinkfeld ein Vermögen. Nicht viel später musste er Insolvenz anmelden.

Hasselbach war stolz auf ihn gewesen. »Chapeau, so wird Zeitung gemacht, Lars. Wer es schafft, aus einer Randnotiz einen Renner zu machen, der darf sich Profi nennen.«

Die Geschichte war längst ausgelutscht, als die Meldung reinkam, dass Brinkfeld sich in seiner Villa erschossen hatte. Ein halbes Jahr später wurde seine Ex wegen Verleumdung auf Bewährung verurteilt. Brinkfeld hatte sie nicht vergewaltigt.

»Alles Lüge. Dass Gregor sie angeblich misshandelt, sie zu anormalen Sexpraktiken gezwungen hat. Dieser ganze ekelhafte Mist war die Erfindung von einem talentierten Journalisten gewesen, von *dir!*«

»Aber Dominik. Ich habe mich an das gehalten, was Linda Brinkfeld in Interviews erzählt hat und was offizieller Pressetext war.«

»Und an das, was du der Sekretärin, der Haushälterin, dem Gärtner, dem Chauffeur, Freunden, Bekannten und den Nachbarn in den Mund gelegt hast? Mit einer Meute von Halbwahrheiten habt ihr eine blutrünstige Treibjagd gegen einen Unschuldigen veranstaltet.«

»Dominik, ich … Es gibt in unserem Beruf …«

Dominik ließ ihn nicht ausreden, es hielt ihn nicht länger in seinem Sessel. Für einen Augenblick dachte Lars, dass er ihm an den Kragen gehen würde. Doch er besann sich, wandte sich von ihm ab und verließ die Bar.

*

Olivia hatte sich von Richard getrennt, nicht ohne sich mit ihm für den nächsten Morgen zu verabreden. St. Petersburg wollten sie sich unbedingt gemeinsam anschauen. Karla würde sie keine Wahl lassen, Richards Gesellschaft zu akzeptieren oder nicht. Ihre Schwester musste lernen, dass sie ab jetzt wieder ein eigenes Leben führte, was nicht ausschloss, dass Karla darin ihren Platz fand. Sie sollte jedoch nie mehr darüber bestimmen dürfen. Wenn sich Bergengruen anmeldete, würde ihm Olivia ohne Umschweife einen Korb geben. Nach dem, was sie von Richard über ihn wusste, verzichtete sie gern auf seine Gesellschaft. Als Olivia an ihrer Kabine ankam, zögerte sie. Trotz ihrer Vorsätze war sie aufgeregt wie vor einer Prüfung.

»Da bist du ja«, begrüßte Karla sie mit sanfter und heller Stimme, ohne auch nur im Geringsten anklingen zu lassen, dass sie gekränkt oder verärgert sein könnte. »Was hältst du davon, wenn wir heute Abend einmal außer der Reihe speisen, Oli? Vielleicht in dem Steakhouse? Ich würde dich sehr gern einladen.«

Dahinter steckte sicher wieder ein teuflischer Plan. »Du brauchst es erst nicht zu versuchen, Karla, was immer du auch vorhast.«

Doch sie schien auf ihre Reaktion vorbereitet. »Ich kann dich verstehen, bitte glaub mir, ich habe eingesehen, dass ich mich dir gegenüber falsch verhalten habe. Gib mir bitte die Chance, diese Missverständnisse für alle Zeit zu beenden.«

Zu oft hatte Olivia das bereits gehört. »Es wird nie mehr so wie früher, Karla. Das sollte dir klar sein.«

»Ich weiß«, erwiderte Karla in dem unverändert sanften, aber festen Ton. »Du kannst dich auf mich verlassen. Vertrau mir nur noch dieses eine Mal. – Aber jetzt möchte ich mich festlich anziehen. Hilfst du mir? Du weißt doch, dass der Reißverschluss von meinem neuen Kostüm so schwer geht.«

Warum konnten sie nicht immer so schonend miteinander umgehen? Es war diese verdammte Eifersucht, die sie bereits als Kinder aufgerieben hatte. Vielleicht hing es mit Papa zusammen. Wer war Papas Liebling? Damit hatte es angefangen. Olivia und Karla, die Zwillingsschwestern, die nicht voneinander loskamen.

Das Dinner verlief sehr angenehm, die Steaks von argentinischen Rindern schmeckten unvergleichlich und der kalifornische Wein passte perfekt dazu. Nicht eine scharfe Bemerkung kam über Karlas Lippen, auch verlor sie kein Wort über Professor Bergengruen, als hätte es ihn nie gegeben.

»Dein Herz schlägt für diesen Richard«, sprach sie ganz unbefangen das heikle Thema an. »Es hat sich eben doch gelohnt, eine Schiffsreise zu buchen, nicht wahr?« Sie hob ihr Glas und prostete Olivia mild lächelnd zu:

»Ich werde das Meine dazu beitragen, dass sie dir unvergesslich wird.«

*

Ein ereignisreicher Tag ging zur Neige. Richard war jetzt sicher, die große Liebe gefunden zu haben. In der kurzen Zeit dieser Schiffsreise hatte sich sein Leben völlig geändert. Aber noch war dieser Tag nicht zu Ende. Es wartete die letzte große Herausforderung auf ihn. In der Whiskey-Lounge wartete er auf seinen alten Rivalen, aus dessen Schatten er sich jahrzehntelang nicht befreien konnte. Nur noch wenige Minuten und er hätte diesen Schritt getan.

Schon spürte er eine Hand auf seiner Schulter, und er war sich sicher, dass er auch dieses Gefühl der Erniedrigung nie mehr ertragen wollte. Er wischte die Hand weg und erhob sich aus seinem Ledersessel zur vollen Größe. Bergengruen sah ihn verwundert an. »Bleib doch sitzen, alter Freund«, sagte er. Worauf beide Platz nahmen.

»Wir sind keine alten Freunde, Thomas«, erwiderte Richard. »Uns haben Beruf und Ehrgeiz zusammengeführt. Menschlich gesehen sind wir lediglich ein unglückseliges Gespann.«

»Aber ein erfolgreiches, vergiss das nicht.«

»Wobei du die Erfolge abgesahnt hast, die dir andere zugearbeitet haben …«

Für diesen Angriff hatte Bergengruen nur ein müdes Lächeln. »Wenn du schon die Stunde der Wahrheit einläutest, dann bleib bitte objektiv: Wer nicht das Charisma hat, um Bahnbrechendes auf den Weg zu bringen, der sollte zufrieden sein, daran teilzuhaben.«

Es tat weh, aber Richard hatte sich auf einen Schlagabtausch mit Bergengruen eingelassen. Da musste er auch einstecken können. »Das ist deine Sicht der Dinge. Du hast jedenfalls alles erreicht, was man erreichen kann. Nicht genug. Jetzt verlangst du von mir eine Entscheidung zwischen Olivia und deiner Nachfolge am Institut. Ich sage dir: *Beides* steht mir zu, ich denke nicht daran, auf eines zu verzichten.«

Auf Bergengruens Gesicht erschien lediglich mitleidiger Spott. »Der Schatten will also gegen *den* aufbegehren, der ihn wirft?« Mit unveränderter Ruhe führte er sein Glas zum Mund, nahm einen Schluck, ließ ihn durch die Kehle rinnen und sagte nachdenklich: »Mutig, mutig.«

Richard kannte das aufreizende Spiel, schließlich zermürbte ihn Bergengruen seit Jahren mit dieser überheblichen Art, doch jetzt war Schluss damit. »Ich warne dich, komm mir nicht mehr in die Quere!«

Bergengruen setzte hörbar sein Glas auf der Tischplatte ab, für einen Moment schien er sich von Emotionen hinreißen zu lassen. »Mein lieber Richard. Ob du es glaubst oder nicht, du hast mir eben sehr imponiert. Du bist kein Feigling, wie ich manchmal dachte. Ich habe schon immer an dir geschätzt, dass du nicht hinterhältig bist, du warst auch stets kollegial, was ich von mir nicht behaupten kann. Daher verstehe ich deine Verbitterung. Jetzt, wo unsere gemeinsame Zeit bald vorbei ist, will ich eingestehen: Oft war ich neidisch, wie du dich so hingebungsvoll deiner Sache widmen konntest, so selbstvergessen, so uneitel, während für mich vor allem die Karriere zählte. Ich gebe auch zu, dass ich testen wollte, ob der selbstlose Kollege sich am Ende nicht doch bestechen lassen, der Karriere den Vortritt vor dem privaten Glück einräumen würde, wie ich es fälschlicherweise getan habe.«

Er hatte also ein Spiel mit ihm getrieben, dachte Richard, aber das war jetzt nicht so wichtig. »Soll das heißen, dass …?«

»Das heißt: Ich halte Olivia für eine reizende Person, aber gewiss nicht mehr.«

»Und was ist mit deiner Nachfolge am Institut?«

»Da muss ich dich enttäuschen, Richard. Du wirst es nicht werden.« Seine Stimme klang plötzlich gedämpft. Er griff wieder zum Glas. Diesmal zitterte seine Hand.

»Weshalb nicht?«

»Ich habe vor einer knappen Stunde zwei Nachrichten erhalten. Der Nobelpreis für Medizin geht in diesem Jahr an einen Amerikaner und einen Japaner, und für die Leitung des Instituts haben sie bereits einen Nachfolger aus München gefunden.«

26

Nächtliche Dunkelheit, nur ein schmaler Messingstreifen glänzte am Horizont, der von der Sonne übrig geblieben war, als Marius die Stahltreppe zu den Oberdecks hochstieg. Er war allein hier. Die Luft hatte sich spürbar abgekühlt, die meisten Gäste, die noch draußen waren, amüsierten sich an den Tresen der Bars auf dem windgeschützten Pooldeck oder tanzten zur Partymusik der Drei-Mann-Band.

Es war noch nicht ganz zehn. Inzwischen hatte sich Marius mehr als einmal gefragt, ob er den Brief nicht besser hätte zerreißen und die Angelegenheit beenden sollen. Doch bis hierhin war er mit Ona gegangen, er konnte sie jetzt nicht schutzlos der Gefahr überlassen.

Die Notbeleuchtung reichte gerade aus, um den Weg zu finden. Versteckte Winkel gab es genug. Die beiden Türen, die ins Schiff führten, waren abgeschlossen und anscheinend nicht für Passagiere bestimmt. Eine davon lag etwas abseits vom Hauptgang, wahrscheinlich die Tür eines Geräteraums oder Ähnlichem. Der breite Rahmen verdeckte gut einen Mann, ideal, um dort einen Beobachtungsposten im Schatten des Schornsteins zu beziehen. Wenn Ona nun mit dem Mann, den sie für den Mörder hielt und der vielleicht Marius' alter Bekannter war, hier auftauchte, dann würde er Zeuge ihrer Unterhaltung und möglicherweise eines Geständnisses werden. Aber weiter durfte er nicht denken, er hatte nicht einmal eine Pistole.

Schritte auf der Wendeltreppe. Marius verzog sich in den Schutz des Türrahmens. Die Schritte kamen näher, schwer und unsicher – nach einem Blick atmete er auf. Offenbar ein Betrunkener, der sich verlaufen hatte. Auf der Plattform angekommen lallte er unverständliches Zeug und trat, nachdem er sich einmal um sich selbst gedreht hatte, den Rückweg an. Ein Blick auf seine Armbanduhr sagte Marius, dass es über die Zeit war. Er konnte sich nur wünschen, dass Joe, Onas Betreuer, sie an diesem Treffen hinderte.

»Ich habe deine Stimme erkannt. Du und der andere, ihr habt mich damals in Brüssel bedroht, habt mich fast in den Wahnsinn getrieben. Aber ich bin nicht verrückt geworden, ich bin hier. Ich kann bezeugen, dass du dabei gewesen bist, und ich kann noch mehr.«

Es war unverwechselbar Onas Stimme. Aber die beiden Schatten befanden sich auf der anderen Seite der Reling, durch ein meterhohes Gitter von ihm getrennt. Er würde den Schornstein zur Hälfte umrunden müssen, um dorthin zu gelangen, Stahltreppe runter, Stahltreppe rauf. Das dauerte, und am Ende wäre er nicht einmal Zeuge der entscheidenden Unterhaltung. Er blieb, wo er war.

»Du bist allein, du kannst gar nichts beweisen. Also, was willst du von mir?«

»Ich wollte dem Mörder meiner Eltern gegenüberstehen und ihm ins Gesicht sagen, dass er ein Feigling ist, ein armseliger, dreckiger Feigling. Wir sind jetzt freie Esten und werden es bleiben, auch wenn solche Leute wie du frei herumlaufen dürfen.«

»Du solltest schweigen, Ona.«

Ja, Marius erkannte den Bass des russischen Verbindungsmannes, mit dem er jahrelang zusammengearbeitet hatte. Die Vergangenheit von Dmitri S. war immer schon undurchsichtig gewesen. Warum sollte er nicht auch als Auftragskiller für den KGB gearbeitet haben? Vielleicht waren diese Kontakte auch der Grund, weswegen die SOKO immer nur kleine Erfolge gegen die Mafia erzielen konnte, die großen hatte Dmitri S. vermutlich selbst verhindert.

»Ich bin jetzt Großvater, verstehst du, ein friedliches Großväterchen, und ich lasse mir von der Tochter eines Verräters nicht meine Familie zerstören.«

»Dieser Blick ist es, den ich wiedererkannt habe.« Onas Stimme bebte. Angst hatte sie, und doch versuchte sie, den Mann so weit zu bringen, dass er sich verriet.

»Du hast keine Ahnung, was es heißt, ein armer Junge aus dem Russenviertel zu sein«, knurrte Dmitri S. »Du hast keine Wahl, du musst jede Chance nutzen, die du kriegen kannst. Ich habe mir etwas aufgebaut, verstehst du? Ich habe getan, was man von mir verlangt hat, und damit gutes Geld verdient. Ich will noch ein paar Jährchen etwas davon haben. Und das lass ich mir von einer wie dir nicht kaputtmachen.«

»Du bist ein Mörder und du wirst dafür büßen, das ist alles, was ich weiß …«

Ein Fehler. Dmitri S. war fast so weit gewesen. Ein geschickter Staatsanwalt, ein Kriminalrat als Zeuge und natürlich gründliche Polizeiverhöre hätten ihn früher oder später zur Strecke gebracht. Doch nach Onas Drohung blieb dem gewissenlosen Killer nur eine Möglichkeit, aus der Sache herauszukommen.

»Denkst du, ich werde warten, bis …«

Marius rannte. Fast wäre er auf den Stahlstufen ausgerutscht, hielt sich im letzten Augenblick am Geländer fest und umrundete den Bauch des Schornsteins. Da hörte er einen Knall … einen Schuss … Es war zu spät.

*

Brinkfelds Selbstmord war nach dieser schmutzigen Scheidungsschlacht eine Tragödie gewesen, aber nicht mehr als eine der unzähligen täglichen Tragödien, die nun einmal den Stoff für die Arbeit eines Journalisten lieferten. Lars musste es Dominik irgendwie erklären, schon deshalb, weil er ihn einen Mörder genannt hatte. Das konnte er unmöglich auf sich sitzen lassen.

Er hastete die Stufen der Bar hinauf hinter ihm her, und für den Fall, dass er ihn nicht mehr erwischte, nahm er sich vor, Dominiks Handy so lange mit Nachrichten zuzuschütten, bis er antwortete. Der Gang war voller Menschen, doch Dominik ragte heraus. Dominik, bleib stehen!, wollte er rufen, als er beinahe über einen Rollator gestolpert wäre. Er blickte auf: Dominik war verschwunden. In dem Augenblick schloss sich die automatische Schiebetür zum Außendeck.

Draußen war nur das Rauschen der Wellen – und Dominik. Er stand mit dem Rücken zu ihm an der Reling. Es musste doch eine Möglichkeit geben, diese unsägliche Geschichte aus der Welt zu schaffen. Lars näherte sich ihm, berührte seine Schulter. »Dominik, bitte …«

»Fass mich nicht an!«

»Lass es mich wenigstens erklären.«

Dominik schwieg, das hieß, er hörte zu.

»Ich … wir … Wir sind nicht so, wie alle Welt denkt. Natürlich fühlen Journalisten mit, aber wir müssen das, was wir schreiben, auch verkaufen, verstehst du? Und da setzen wir eben Themen …«

»Aha, und eines dieser Themen war, meinen Onkel zu ruinieren und in den Selbstmord zu treiben, oder wie?«

»Bestimmt nicht. Es ging darum …« In diesem Augenblick fragte sich Lars allerdings, worum es damals wirklich ging. Er wusste nur und hatte es selbst erst im Job gelernt: Wer die Presse einspannte, um weiterzukommen, der musste auch in schlechten Zeiten mit ihr leben. So war der Deal, zugegeben ein Deal mit dem Teufel. Aber das konnte er Dominik nicht sagen. »Es war eine Geschichte wie viele. Wir schreiben für den Leser, und der Leser ist ein Voyeur.«

»Das heißt, ihr zieht die Leute aus, damit der Leser seinen Spaß hat?«

»Das kann man sehen, wie man will. Um ein Bild von dem zu bekommen, was abläuft, muss man immer Vorhänge herunterreißen. Mir tut es leid, dass es deinen Onkel erwischt hat, den du so geliebt hast. Wenn ich damals gewusst hätte, dass er sich umbringen würde, hätte ich …«

»Du lügst, schamlos lügst du. Ihr geifert nach Aufmachern, giert nach Macht, für andere Schicksal zu spielen. Mit Wahrheit und Aufklärung hat das nichts zu tun. Ein mieses Geschäft betreibt ihr unter dem Schutz der Pressefreiheit, so ist das.«

»Moment, Dominik, das geht zu weit. Es stimmt schon, wir Journalisten spitzen gern zu, es gibt auch Lügner unter uns, sogar Faker der übelsten Sorte. Aber wo gibt es die nicht? Wer letztlich gelogen hatte, war doch nicht ich: Es war Linda Brinkfeld, deine Tante, die unbedingt ihr Privatleben ans Licht zerren musste. Diese Frau hat deinen Onkel auf dem Gewissen.«

Dominik stutzte, doch die Wut in ihm schien stärker zu sein. »Ich habe mir geschworen, wenn ich einen von euch Schmierfinken erwische, dann mache ich ihn fertig. Jeder soll wissen, was ihr seid, was *du* bist.«

Lars konnte seine Emotionen verstehen, aber damals hatte er nur seinen Job gemacht. Dass er dabei alle Möglichkeiten ausgereizt hatte, konnte man ihm nicht ernsthaft vorwerfen. »Dominik, beruhige dich. Ich bin längst nicht mehr an der Front, bei mir ist Frieden eingekehrt. Ich schreibe jetzt über die Baltische Küche, schon vergessen?«

Er nahm seine Hand. Ein Fehler, wie er sofort einsah. Dominik packte ihn am Kragen: »Ich habe dir gesagt: Fass mich nicht an! Du brauchst dir keine Mühe zu geben. Ich glaube dir kein Wort, an deinen Händen klebt Blut. Ich werde dafür sorgen, dass du keine Zeile mehr schreibst, da darfst du sicher sein! Das ist nicht einmal schwer in Zeiten von Social Media. Du sollst dich so fühlen, wie sich Gregor damals gefühlt hat.« Er drückte fester zu.

Plötzlich – ein Knall auf dem Oberdeck. Es klang wie ein Schuss. Der Griff um seinen Hals lockerte sich. Dieser junge Dummkopf würde ihm die größten Schwierigkeiten machen, schoss es Lars durch den Kopf. Er traute ihm zu, das wahr zu machen, was er angedroht hatte. Eine Katastrophe. Nach all den Jahren würde er mit nichts auf der Straße stehen. Die Meute würde sich gegen ihn wenden und ihn jagen, um sich selbst zu schützen. Der Neue in der Redaktion wäre froh, ihn auf diese Weise loszuwerden. Als Notopfer, als ein abschreckendes Beispiel für fehlgeleiteten Journalismus.

»Was war das?« Dominik hielt eine Sekunde inne. Die Gelegenheit für Lars, sich aus seinem Würgegriff zu befreien. Er schlug ihm gegen die Brust, womit Dominik offenbar nicht gerechnet hatte. Er verlor das Gleichgewicht und fiel nach hinten gegen die Reling. Zwei kräftige Stöße von Lars genügten, dass er abrutschte und in die Tiefe stürzte.

*

Nach dem Dinner saß Olivia auf dem Balkon ihrer Kabine. Die angehende Nacht löschte die Bilder des Tages, morgen würden sie neue sehen, diesmal von St. Petersburg, dem strahlenden Venedig des Nordens mit seinen Kanälen und Prachtbauten.

Bei Karla brannte noch Licht, sie saß in ihrem Bett und las Dostojewski, »Der Idiot«. Diesen Roman würde sie nicht nur mögen, weil die Geschichte größtenteils in ihrem geliebten St. Petersburg spiele, hatte sie zu ihr gesagt, die feine Melancholie, die er verströme, würde auf besondere Weise ihre Seele berühren, auch wenn er mit einem Mord endete.

Karlas sensible Seite. Auf einmal wirkte sie ausgeglichen und zufrieden mit ihrer Rolle. Vielleicht war sie überfordert gewesen. Es wäre eine Erklärung für ihr penetrantes Verhalten in letzter Zeit. Sie hatte wegen ihrer Behinderung offenbar Angst vor der Veränderung und jetzt endlich eingesehen, dass ihr niemand etwas wegnehmen wollte. Karla könnte weiterhin in der Villa wohnen, auch wenn Richard und sie sich ein eigenes Appartement nehmen würden. Niemand bedrängte sie auszuziehen. Richard verdiente gut, sehr gut sogar. Sie spekulierten nicht auf den Verkauf der Villa. Und wenn Karla sich eines Tages davon trennen wollte ... Beim Dinner hatte sie noch eingeräumt, dass die Villa für eine Person eigentlich viel zu groß sei. Man solle gar nicht meinen, wie wenig Platz der Mensch eigentlich brauche. Der morgige Tag bot eine weitere Chance für einen neuen Anfang, einen Anfang zu dritt.

*

Bergengruen hatte versucht, die neuesten Nachrichten wie einen nüchternen Lagereport klingen zu lassen, aber es gelang ihm nicht zu verbergen, dass es das absolute Desaster für ihn bedeutete. Der Nobelpreis, Traum seines Lebens, war an andere gegangen, und die Kommission hatte ohne seinen Rat über die Nachfolge an der Spitze des Instituts entschieden. Das Schicksal zeigte endlich auch diesem Mann die Grenzen auf.

Doch nicht die Schadenfreude in Richard überwog in diesem Moment, die Wut ließ ihn aus seinem Sessel fahren. Bergengruen hatte also aus purer Überheblichkeit versucht, ihm Olivia auszuspannen. Das erste Mal in seinem Leben spürte Richard durch und durch das Bedürfnis, jemandem körperliche Schmerzen zuzufügen. Er wollte ihn schlagen, ihn verprügeln, bis diesem schlechten Kerl das Blut aus der Nase lief, – nein, das genügte nicht –, ihm die Rippen brechen, eine nach der anderen, dass er um sein Leben wimmerte. »Du hast also mit Olivia und mir dein Spiel getrieben. Das nennst du Freundschaft? Das nennst du Respekt? – Du kannst einem leidtun, armseliger Menschenverächter, der du bist. Man sollte dir …«

»Richard, du vergisst dich!«

»Nein, Thomas, im Gegenteil. Gerade jetzt vergesse ich mich einmal *nicht!*«

Doch Richard hatte ihn nicht angerührt. Eine stärkere Macht hatte ihn daran gehindert. Er hatte sich auf dem Absatz herumgedreht und den großen Bergengruen verdutzt zurückgelassen. Allerdings hatte ihn die Wut durch die Gänge des Schiffes getrieben, lange konnte er sich nicht beruhigen. Erst als ihm immer mehr klar wurde, dass Bergengruen eine Prüfung in seinem Leben gewesen war und er sie bestanden hatte, kam er allmählich wieder zu sich. Er setzte sich in die immer noch beleuchtete Bibliothek in der Nähe des Theaters und malte sich den Landgang mit Olivia am nächsten Morgen aus. Das schillernde St. Petersburg wartete auf sie. Dass ihre Schwester Karla auch dabei sein würde, entlockte ihm nicht mehr als ein Schmunzeln.

ST. PETERSBURG

27

Außer Atem kam Marius auf der anderen Seite der Plattform an. Der Schuss hatte seine Herzfrequenz auf das Doppelte hochgetrieben. Doch in dem schummrigen Licht machte er nicht zwei, wie er angenommen hatte, sondern drei Personen aus. An der Reling stand Ona, die mit zitternden Händen eine Pistole auf die beiden anderen auf dem Boden richtete. Zwei Männer. Der eine beugte sich über den anderen und wandte Marius sein breites Kreuz zu, während der unter ihm nur ein Stöhnen vernehmen ließ.

»Marius, Gott sei Dank«, seufzte Ona. In dem Augenblick traf das grelle Licht eines Suchscheinwerfers auf das Deck, worauf zwei Uniformierte die Szene stürmten. »Hände hoch, keiner rührt sich! Waffe auf den Boden!« Ona folgte sofort dem Befehl. Einer der Security-Männer trennte die beiden am Boden. Es waren Joe und der verletzte Russen, den er überwältigt hatte. Auch Marius hielt die Hände hoch, schließlich mussten sich die Sicherheitsmänner einen Überblick verschaffen. Danach könnte die Situation in aller Ruhe geklärt werden.

Fast zwei Stunden hatte die Security gebraucht, die Lage zu sondieren, und alle Beteiligten fürs Erste befragt. Dmitri S., das »treu sorgende Großväterchen«, saß jetzt dort, wo er hingehörte, in der Arrestzelle, nachdem er vorher ärztlich versorgt worden war. Im Gerangel mit Joe, der

Ona gefolgt war und im letzten Augenblick eingegriffen hatte, war der Killer selbst mit einem Streifschuss verletzt worden. Welche Gerichtsbarkeit zuständig sein würde, musste allerdings noch geklärt werden.

Marius war mit dem Lift auf das Aussichtsdeck gefahren. Der Versuch, jetzt noch zu schlafen, wäre sinnlos, zumal sich am Horizont über der glitzernden See bereits der neue Morgen ankündigte. Er nahm sich vor, so lange auf und ab zu spazieren, bis das Gedankenkarussell in seinem Kopf zum Stillstand käme, und wollte dann in der Tag-und-Nacht-Bar einen ersten Kaffee trinken. Als er aufblickte, näherten sich ihm Ona und Joe, Arm in Arm. So wie sich beide ansahen, gab es nichts misszuverstehen: Joe war ihr neuer Held. Wie schnell sich die Welt doch drehte, dachte Marius.

»Da bist du ja«, sagte Ona und schenkte ihm noch einmal ihr umwerfendes Lächeln. »Ich kann gar nicht sagen, wie dankbar ich dir bin. Was du für mich getan hast, werde ich dir nie vergessen. Vielleicht besuche ich dich einmal in Hannover.«

»Braunschweig«, verbesserte er, aber er glaubte ohnehin nicht daran.

*

Dominik hatte nicht um Hilfe geschrien, dazu war er nicht mehr gekommen. Stille herrschte um Lars herum, nur das Raunen der Wellen war zu hören. Er wischte sich über die Stirn und rückte seine Kleidung zurecht. Grauenvoll der Gedanke, dass Dominik noch eben vor ihm gestanden hatte und jetzt irgendwo da draußen war, begraben unter Millionen Kubikmetern von Wasser. Doch was sollte er jetzt tun? Das Erste, was Lars einfiel, war: Nichts, außer ihm gab es keine Zeugen. Aber da war Chris, Dominiks Cousine ... Er musste es melden, sonst setzte er sich unweigerlich einem Verdacht aus. Nur: Was sollte er melden? Was war eigentlich passiert? Er hatte sich verteidigt, Dominik von sich gestoßen, der hatte ihm ja fast die Luft abgedrückt. Notwehr, ja, es war Notwehr gewesen, durchgedreht war dieser junge Mann auf einmal, hatte ihn für den Mörder seines Onkels gehalten und ihn angegriffen. Nur deshalb hatte sich ... dieser tragische Unfall ... ereignet.

»Offenbar ist in der Nacht jemand über Bord gegangen«, sagte Margitta am nächsten Morgen beim Frühstück zu Lars. »Haben Sie nicht auch das Kreisen des Helikopters gehört? Länger als eine Stunde irrten die Suchscheinwerfer übers Wasser, und wenn mich nicht alles täuscht, hat sich das Schiff mindestens einmal um die eigene Achse gedreht.«

»Es soll ein tragischer Unfall gewesen sein, habe ich gehört.« Lars hatte die Nacht über kein Auge zugemacht. Nach der Befragung durch die Security war er mit der Erlaubnis des Kapitäns in seine Kabine entlassen worden und durfte sich frei auf dem Schiff bewegen unter der Bedingung, kein Aufsehen über das Vorgefallene zu erregen.

Margitta nahm einen Schluck aus ihrer Kaffeetasse, während sie ihn kritisch musterte. »Warum erscheint es mir ausgerechnet jetzt so, als ob Sie ein Geheimnis vor mir hätten?«

Eiskalt durchfuhr es ihn. Dieses kleine Luder. Doch sie konnte es nicht wissen, nein, niemand außer ihm wusste, was genau vorgefallen war.

»Oh, bitte entschuldigen Sie, Lars.« Sie lachte hell auf, dass er zusammenzuckte. »Ich bin schon wieder unerträglich und das am frühen Morgen.«

Er seufzte, ohne es zu wollen, und bemerkte, dass seine Hände bebten. Um es zu verbergen, griff er nach der Serviette, tupfte sich damit den Mund ab, während er vermied, in Margittas Augen zu sehen.

»Dabei bin ich es, die vor Ihnen ein Geheimnis hütet. Wenn ich es jetzt lüfte, werden Sie mich besser verstehen.«

»Ach so?« Doch was bedeutete schon das Geheimnis einer alten Frau, jetzt, wo sein Leben nur noch eine Lüge war?

»Es ist schnell erzählt: Ich war die Staatsanwältin des Verfahrens gegen Linda Brinkfeld, einer meiner letzten Prozesse. Sie erinnern sich, damals wurde sie wegen Verleumdung verurteilt, wenn auch nicht wegen ihres eigentlichen Vergehens – jetzt kann ich es sagen. Ich habe sie von Anfang an verdächtigt, ihren Mann mit voller Absicht in den Tod getrieben zu haben.«

Warum war er nur auf diese Kreuzfahrt gegangen?, dachte Lars, ausgerechnet hier holte ihn die Vergangenheit ein, wo er einen Schlussstrich darunter ziehen wollte. »Ja, ich erinnere mich.«

»In diesem Zusammenhang ist auch Ihr Name gefallen. Linda Brinkfeld hat versucht, alles auf die Presse abzuwälzen. Falsche Darstellung und so weiter ... Die Schattenseiten Ihres Berufes, Lars. Ich kann mir vorstellen, dass die Geschichte nicht ganz spurlos an Ihnen vorübergegangen ist.«

»Nein, natürlich nicht.« Er wusste, dass er log. Worauf wollte sie eigentlich hinaus?

»Ich finde, Sie sollten Ihr Schreibtalent lieber weniger gefährlichen Ereignissen widmen. Was halten Sie davon, über Küche und Kultur des Baltikums zu schreiben? Ein aktuelles und faszinierendes Thema, und was das Beste ist: Dabei wird wohl kaum jemand zu Tode kommen.«

Zu spät, dachte Lars und stimmte in Margittas Lachen ein.

*

»Herzlich willkommen in St. Petersburg, der Traumstadt an der Newa«, hatte sie die Reiseleiterin mit einem unüberhörbarem, aber sympathischem Akzent begrüßt und gleich anschließend voll Begeisterung ein Gedicht von Puschkin auf Russisch rezitiert. Es folgte die Besichtigung der Peter- und-Paul-Festung, was mit Anstrengungen verbunden war, besonders die der Kathedrale. Bataillone von Touristen rückten an, um das Innere zu besichtigen. Olivia wischte sich den Schweiß von der Stirn, als sie endlich den goldstrotzenden Altar passiert hatten und sich das Gedränge draußen auflöste. Auf den Prunk hätte sie leicht verzichten können, aber Karla hatte darauf bestanden, unbeeindruckt vom Nachdrängen der Besucher zu verweilen, um ein Gebet zu sprechen.

Später, während sie im Bus über den berühmten Newski-Prospekt fuhren, wunderte sich Olivia immer noch darüber. Neben ihr saß Richard und hielt ihre Hand. Wie ein frisch verliebtes Pärchen lächelten sie vor Glück um die Wette. Auch auf Karlas Gesicht lag ein zufriedener Ausdruck. Sie schien nahezu beseelt von diesem Besuch. Olivias Gewissen beruhigte es ungemein, dass Karla ihren Frieden gefunden hatte.

Gegen Mittag war die Kanalfahrt angesagt, vorbei an Kirchen und Palästen und natürlich der berühmten Eremitage. Hinten im offenen Teil eines der langen Ausflugsboote fanden sie nebeneinander Platz.

»Ich freue mich, dass wir uns heute so gut verstehen«, sagte Olivia zu Karla. »Ich bin sicher, du wirst dich schnell an Richard gewöhnen.«

Karla wandte sich ihr zu, ihre Augen waren plötzlich feucht. »Ja, und noch wichtiger ist, dass *ihr* euch versteht. Versprich mir, Oli, dass ihr euch immer gut vertragt.«

»Das werden wir, Karla, glaub mir.«

Das Boot hatte die Mitte der Newa erreicht, die an dieser Stelle breit wie ein See war. Direkt vor ihnen lag, in der Sonne glänzend, der märchenhafte Winterpalast.

»Eine wundervolle Aussicht«, entfuhr es Olivia, sie fühlte sich so gut wie lange nicht, wie erlöst kam sie sich vor.

»Nimm doch bitte für einen Moment meine Tasche«, erwiderte darauf Karla. »Darin ist übrigens ein Brief für dich.«

Ein Brief? Etwas verwundert nahm Olivia die Handtasche entgegen. Karla zog sich am Schiffsgeländer hoch, wollte offenbar besser sehen. Sie kam in den Stand, beugte sich vornüber und … Olivia verstand erst, was geschehen war, als sie den Aufschrei ringsum hörte.

*

Richard hatte zum anderen Ufer in Richtung der Peter-
und-Paul-Festung geschaut, als er die Schreie der anderen
Passagiere hörte. Der Kapitän des Ausflugsschiffs dros-
selte sofort die Geschwindigkeit und drehte bei. Doch
obwohl die Crew unverzüglich das Nötige tat und die
Newa an der Stelle angeblich kaum mehr als zwei Meter
tief war, konnte Karla Sesselmann nur noch tot gebor-
gen werden.

Olivia war entsetzt, verzweifelt, fassungslos. Ihre
Schwester hätte darüber vermutlich tiefe Genugtuung
empfunden. Karla hatte sich verstellt, die Bekehrte gemimt
und ein Theaterstück aufgeführt, um sich an der Welt und
vor allem an Olivia zu rächen. Auch an Richard nagte das
schlechte Gewissen, weil Olivia und er mit Karla ihr Spiel
gespielt hatten. Doch es war zu Ende. Karla gab es nicht
mehr, und sie durfte Olivias Leben nicht weiter beherrschen. Seine erste große Aufgabe war jetzt, sie zu trösten
und ihr eine Stütze zu sein. So würden sie ein unzertrenn-
liches Paar werden, entgegen allen Widrigkeiten.

Am Abend, als sie auf dem Balkon von Richards Kabine
saßen, sagte Olivia zu ihm: »In Karlas Tasche lag ein Brief
für mich.« Sie zog einen weißen Umschlag hervor. »Offenbar ihre letzten Worte. Ich möchte ihn nicht allein lesen.«

Liebe Oli,
    *bitte entschuldige, wenn ich meiner romantischen Ader
nachgegeben und vermutlich einige Aufregung verursacht
habe mit meinem Abgang. Aber St. Petersburg ist nun einmal die Stadt, in der ich sterben wollte.*
    *Ich bin dir keine gute Schwester gewesen, das habe ich
eingesehen. Mit meinem Neid habe ich alles zerstört, des-*

halb will ich dich und deine neue Liebe von mir befreien. Ich würde euch nur im Weg stehen.

Am Schluss mache ich dir noch ein Geständnis. Bisher habe ich es nicht fertiggebracht, weil ich befürchtete, dass du mich danach nur noch hassen könntest. Ich bin es gewesen, die damals plötzlich in der Einfahrt auftauchte, worauf Hans-Peter den Unfall baute. Er ist mir ausgewichen. Ich habe damals das Schicksal ganz bewusst herausgefordert. Sollte ich zulassen, dass dein Mann unser beider Leben mit seiner Spielsucht ruinierte? Es hatte sich gegen ihn und für mich entschieden. Vielleicht war es gut, was ich getan habe? Denk darüber nach, Oli, und verurteile nicht zu sehr

deine Schwester Karla

28

»Ein Ausflug zum Peterhof ist ideal, um sich von der Aufregung zu erholen.« Der Kapitän hatte Marius freundschaftlich auf die Schulter geklopft und mit einem bittersüßen Lächeln angefügt: »Ich würde Sie gern begleiten, aber ich habe gerade eine Menge zu tun.« Der Mann konnte einem leidtun, wenn man bedachte, was innerhalb kurzer Zeit auf seinem Kreuzfahrtschiff und rundherum passiert war. Doch wenn Marius an seine Arbeit bei der Braunschweiger Polizei dachte und zusammenzählte, was in manchen Wochen so alles angefallen war …

Das Panorama von St. Petersburg, besonders die Wasserspiele im Park des Zarenschlosses, hatten ihn für Stunden abgelenkt, doch als der Abend kam, zogen die Bilder von Tallinn an seinem inneren Auge vorüber. Onas Stimme klang in seinen Ohren, und er erinnerte sich an jede ihrer Berührungen. Sie war eine Heldin, hatte nicht aufgegeben und den Mörder ihrer Eltern letztlich zur Strecke gebracht. Marius brauchte sich nicht zu schämen, wenn er wegen einer solchen Frau völlig außer sich geraten war.

Die meisten Passagiere hielt es nach dem Dinner nicht mehr an Bord, sie stürzten sich in das schillernde Nachtleben der rastlosen Metropole. Marius hatte überlegt, sich ihnen anzuschließen, dann aber erregte die Whiskey-Lounge seine Neugier. Er setzte sich in einen der großen runden Ledersessel einem Herrn gegenüber, der offenbar etwas von Whiskey verstand. Eine regelrechte Zeremonie machte er daraus, wie er die goldene Flüssigkeit in seinem Glas schaukelte und genüsslich daran roch, bevor er einen Schluck nahm. Ein Ritual der inneren Ruhe, der Selbstfindung.

Waren seine Wanderungen mit Niedermoser und Wächli nicht auch Rituale der Selbstfindung gewesen? Deshalb hatte er nicht darauf verzichten können.

Sein Gegenüber räusperte sich, als wäre er einem Gespräch nicht abgeneigt. »Bergengruen«, stellte er sich vor.

»Angenehm, Gautier, Marius Gautier«, erwiderte er. »Waren Sie schon in den Schweizer Alpen?«

MEINEN LIEBEN DANK

an alle, die ihr Bestes gegeben haben, um diesen Buchtraum Wirklichkeit werden zu lassen.

Euer Mick Schulz

Alle Bücher
von Mick Schulz:

MS Mord
ISBN 978-3-8392-2237-9

Nenn es Schicksal
ISBN 978-3-8392-2326-0

MS Mord – tödliches
Nordlicht
ISBN 978-3-8392-2525-7

MS Mord – baltische Angst
ISBN 978-3-8392-2740-4

GMEINER SPANNUNG

WWW.GMEINER-VERLAG.DE

Wir machen's spannend